MICA HEALAND

ISLE of SIN

INS LIC

Isle of Sin

Band 2 einer Reihe

Bildmaterial: Shutterstock, Freepik
Korrektorin: Annette Nenner

Bestellung und Vertrieb: Nova MD GmbH, Vachendorf

ISBN: 978-3-96966-988-4

Druckerei Smilkov Print Ltd
Pokrovnishko shose
2700, Blagoevgrad

Federherz Verlag
Süntelstraße 70
31848 Bad Münder
www.federherzverlag.de
Instagram: @federherz.verlag

VORWORT

Die isle of darkness hat uns verändert.
Wir haben lernen müssen, dass nichts ist,
wie es scheint.
Bist du bereit, noch näher hinzusehen?
Wenn dir Waffen, Gewalt, derbe Sprache
oder Sexualität zu viel sind,
dann schließe besser die Augen.
Doch wenn du wissen willst,
wer ER wirklich ist, dann stell dich darauf ein,
die Dunkelheit zu sehen.

Der Vorhang ist gefallen.
Wir haben unsere Masken abgesetzt.
Nackt stehen wir uns gegenüber und blicken in unsere Seelen. Und ich? Ich sehe dich – erkenne den Menschen, der du wirklich bist.
Doch bist auch du bereit, genauer hinzusehen, oder wirst du davonrennen, sobald meine Dunkelheit über dich kommt?

BREXEN

07.09.2020

Ihren leblosen Körper in meinen Händen zu halten ist alles, was ich seit Jahrzehnten zu vermeiden versuche, und doch sitze ich hier und streiche ihr die Haare aus der kalten Stirn.

»Verzeih mir«, flüstere ich und ziehe sie noch einmal eng an meine Brust. Mein rechter Oberarm ist angeschossen, doch der Schmerz, der bei jeder Bewegung durch meine Nervenbahnen schießt, ist nichts im Vergleich zu dem, was ich fühle, wenn ich Kylee im Schein der Taschenlampe vor mir liegen sehe. »Es geht nicht anders«, erkläre ich ihr, obwohl sie mich nicht hören kann. Die Drogen, die Isaac besorgt hat, wirken schnell. Sie ist längst nicht mehr bei Bewusstsein.

Gerade als ich sie zurück in den Sand legen will, spüre ich etwas Hartes an ihrem Bauch und taste danach. Es ist ihr Notizbuch, das aus der Tasche ihres Hoodies gerutscht ist. Das kleine goldene Büchlein wiegt wie Blei in meiner Hand. Ich sollte es ins Meer werfen oder verbrennen, um sämtliche Beweise zu vernichten, doch ich bringe es nicht über mich. Es ist ihr geheimstes Gut.

Wie in einem beschissenen Hollywoodfilm sehe ich sie vor mir, wie sie, nur wenige Stunden zuvor, auf meinem Sofa gesessen und darin ihre Gedanken verewigt hat. Ich schließe die Augen und sehe ihre gekrauste Stirn und die Unterlippe, auf der sie ständig herumkaut, während sie nachdenkt. Ich wünschte verdammt nochmal, ich könnte die Augen geschlossen halten. Doch es bringt nichts. Wir können der Realität nicht länger davonlaufen.

Ich bin es gewohnt, Entscheidungen innerhalb von Sekunden zu treffen, daher zücke ich den kleinen Stift, der an der Seite des Büchleins klemmt, und schlage die letzte Seite auf.

Vergiss es nicht!

Sie wird wissen, was ich meine. Nur mit Hilfe dieses Gedankens wird sie mir meine Aktion verzeihen. Wenn sie sich daran erinnert, dass ich sie liebe. Sie wirklich von Herzen liebe. Denn das tue ich. Sie ist der erste Mensch auf dieser Welt, bei dem ich das bedingungslos tue. Und nur aus diesem Grund nehme ich das Satellitentelefon aus meinem Rucksack und schalte es ein. Jedes Freizeichen sticht mir direkt ins Herz. Doch es gibt keinen anderen Weg. Sie muss hier weg und dafür gibt es nur eine einzige Möglichkeit. Ich muss sie direkt in die Schussbahn stellen.

»Bitte nennen Sie Ihren Erkennungscode, Agent«,

ertönt die monotone Stimme am anderen Ende und ich habe keine Zeit mehr zu zögern.

»Zero-Two-Zero-Six-Whiskey-Bravo-Lima«, rattere ich wie ferngesteuert meine Identifizierung herunter und warte auf die Freigabe, zu sprechen. Dabei drücke ich noch ein letztes Mal Kylees Hand und schiebe sie unter meine Jacke, die ich inzwischen über ihr ausgebreitet habe. Ich muss mich beeilen.

»Agent Ward. Sprechen Sie, Sir.«

»Ich brauche ein mobiles Einsatzteam. So schnell wie möglich. Schalten Sie Agent Brown ein. Ich habe eine wichtige Zeugin im Feindbeschuss, die umgehend evakuiert werden muss. Entnehmen Sie meine Koordinaten«, fordere ich in barschem Ton und warte, ehe die Frau in der Londoner Zentrale reagiert. Ich trage ein GPS-Tracking-Gerät in meinem Rucksack. Eingenäht in den Stoff des Bodes, damit niemand es erkennt, der es nicht sehen soll. Alle Agenten im Außendienst sind damit ausgestattet.

»Okay. Ich sehe Sie. Ich habe ein Team in Glasgow, wir können in vierzig Minuten bei Ihnen sein.«

»Machen Sie dreißig draus«, maule ich und stehe auf. Die Taschenlampe bereits ausgeschaltet in meinen vorderen Hosenbund geschoben, ist es zu dunkel, Kylee noch einmal zu sehen. Zum Glück, denn sonst würde ich wahrscheinlich zögern. Sie zurückzulassen ist schwerer, als ich dachte. »Die Zeugin ist bewusstlos und benötigt ärztliche Hilfe. Ich lasse sie beim Tracker am Strand zurück und begebe mich in Feindkontakt.«

»Sir, ich bin verpflichtet, Sie darauf hinzuweisen, dass Sie allein …«

»Seht einfach zu, dass ihr das Mädchen hier wegbringt«, keife ich und verliere jeden Moment die Geduld. Ich muss hier weg und dafür sorgen, dass ich das Theater mit Isaac und seinen Jungs in den Griff kriege. Ich habe keine Zeit mehr.

»Können Sie genauere Informationen über die feindlichen Truppen geben?«, rattert die dumme Kuh am anderen Ende die Standards herunter und sie kann froh sein, dass sie nicht in Reichweite ist. Mein Geduldsfaden ist gerade verdammt kurz vorm Reißen.

»Schätzungsweise zehn bis fünfzehn Mann. Ich werde ein Signallicht geben, wo genau der Feind sich aufhält. Macht nicht allzu viel Lärm, wenn ihr hier auftaucht. Ich versuche, das Manöver von der Zeugin wegzubringen. Aber sie hat absolut Vorrang. Kapiert?«, knurre ich und lege den Rucksack neben Kylee. Die Neunmillimeter schiebe ich in meinen hinteren Hosenbund. Ein Messer nehme ich in die Hand. Ein anderes stecke ich in meinen Schuh. Ich habe keine Ahnung, ob das, was ich vorhabe, funktioniert, aber ich muss es wenigstens versuchen. Denn sonst ist das hier nicht nur das Ende für Kylee und mich. Dann bedeutet diese Nacht meinen Tod. Und ich kann nicht länger für ihren Schutz sorgen.

»Ich empfehle erneut, nicht auf eigene Faust ...«, beginnt die Tussi wieder von vorne mit ihren Tiraden, die sie in der Akademie gelernt hat, doch da ist sie bei mir an der falschen Adresse.

»Schätzchen, ich werde mich nicht wiederholen. Sieh zu, dass die Jungs in dreißig Minuten hier sind, und holt das Mädchen von dieser gottverdammten Insel. Agent Brown wird wissen, wie es weitergeht.«

Mit dem letzten Ton beende ich das Telefonat und stecke das Satellitentelefon in den Rucksack.

Meine Hand schwebt bereits über Kylees Wange, da balle ich meine Finger zur Faust. Ich verbiete es mir, sie noch ein letztes Mal zu berühren, und laufe stattdessen los.

So schnell ich kann, renne ich im Schutz der Klippen über den Strand, bis ich die ersten Lichter von Isaacs Männern erkenne. Das Laufen stellt für mich kein Problem dar, allerdings spüre ich, wie der rechte Ärmel meines Shirts sich mehr und mehr mit Blut vollsaugt. Es ist nicht wichtig. Wichtig ist einzig, dass ich es hinkriege, meine Tarnung nicht auffliegen zu lassen. Und zwar für keine der Seiten.

Ich schaue die Klippen hinauf und nehme mein Messer in den Mund, um die Hände frei zu haben. Die Klinge zwischen die Zähne gepresst, spüre ich das Adrenalin, das durch vertraute Bahnen meines Körpers rauscht. Auf der Jagd zu sein bedeutet, über Grenzen zu gehen, die für andere Menschen undenkbar sind. Doch ich bin ein Jäger. Ich bin ein Killer. Das ist, wozu ich all die Jahre ausgebildet wurde. Ja, ich war in Oxford und ich wäre vielleicht ein recht passabler Betriebswirt geworden. Aber das hier. Das ist es, was ich wirklich kann. Jagen. Wie ein verfluchtes Tier krabbele ich die Felsen hinauf. Ich verlasse mich auf meine Arme, ganz gleich, ob angeschossen oder nicht. Ich verlasse mich auf meine Beine und meinen messerscharfen Verstand. Mein Körper ist eine Maschine und ich weiß ihn verdammt nochmal einzusetzen.

Kurz bevor ich den Rand der Klippen erreiche, platziere ich die Taschenlampe so, dass ein herannahender Helikopter sie sehen kann. Ich höre die ersten Stimmen. Still bleibe ich im hohen Gras liegen, nachdem ich über den Klippenrand geklettert bin.

Wenn Isaacs Männer mich jetzt sehen, war alles umsonst. Ich muss ungesehen an ihnen vorbei. Daher robbe ich weiter über das feuchte Wiesengras, bis ich die

Grundstücksmauer erreicht habe. Im Hintergrund versuche ich, grob die Zeit im Kopf zu behalten. Der Weg über den Strand und das Klettern sollten ungefähr zehn bis fünfzehn Minuten gedauert haben. Es sollten also maximal noch fünfzehn sein, ehe das Einsatzkommando da ist. Genug Zeit, mich bis auf die andere Seite von Isaacs Gruppe durchzuschlagen. Wenn er sieht, dass ich aus derselben Richtung komme wie seine Männer, bringt er mich vielleicht nicht mit dem Beschuss weiter nördlich in Zusammenhang und sie finden Kylee nicht. Sie von ihr wegzulocken hat oberste Priorität.

Ohne auf die Schmerzen in meinem Arm zu achten, krabbele ich weiter und weiter, bis ein Geräusch mich herumfahren lässt.

»Ich weiß nicht. Hier ist kein Mensch«, höre ich jemanden ganz in der Nähe. Es ist einer von Isaacs Männern. Ich erkenne seine Stimme nicht. Aber das ist auch nicht wichtig. Wenn er mich findet, ist es aus. Darum werde ich ihn töten, ganz gleich, wer er ist. Mit langsamen Bewegungen greife ich an meinen Rücken und zücke die Beretta mit Schalldämpfer. Das Messer aus meinem Mund stecke ich in meinen Gürtel. Die Waffe in beiden Händen, drehe ich mich in einer geschmeidigen Bewegung auf den Rücken. Über mir leuchten die Sterne, der Wind weht leicht über die Grashalme auf den Wiesen und meine Augen scannen die Umgebung. Flach auf den weichen Boden gedrückt, sehe ich mich um, bis ich eine Silhouette rechts von mir wahrnehme.

Es ist Adam. Ich erkenne ihn an seinem breitbeinigen Gang und dem dicken Kopf. Er hält genau auf mich zu, aber der Wichser hat mich noch nicht gesehen. Er sieht nur in die Ferne, jedoch nicht unmittelbar vor seine Füße.

»Lektion eins – alle Richtungen im Auge behalten«,

sage ich und drücke ab, genau in dem Moment, in dem uns nur noch ein einziger seiner Schritte trennt. Er geht sofort zu Boden. »Sorry Kumpel«, flüstere ich und sehe mich schnell um, ob jemand uns bemerkt hat.

Weit und breit ist niemand zu sehen. Perfekt. Ich stehe auf und schleife Adam über die Wiese, so weit, bis ich südlich vom Haus bin. Um uns herum leuchten Taschenlampen und die Deppen, die Isaac mitgebracht hat, machen mehr Lärm als eine Fußballmannschaft. Doch sie sehen uns nicht. Weil sie blind sind. Diese Idioten.

Ich nehme mir kurz Zeit, um zu Atem zu kommen, und hänge mir Adam über meine gesunde Schulter. Der Penner ist schwerer als gedacht, doch er ist eine perfekte Fahrkarte mitten hinein in die nächste Lüge und heraus aus der misslichen Lage, in der ich stecke.

Mit so viel Schwung wie möglich werfe ich die Neunmillimeter über die Klippen, drehe mich um und räuspere mich noch ein letztes Mal.

»Fuck«, keuche ich so laut, wie es geht, und wuchte Adam bei jedem Schritt mit mir. »Isaac«, rufe ich, und sofort werden sämtliche Taschenlampen auf mich gerichtet. Wie auf Kommando höre ich Helikopter im Himmel. Perfektes Timing, OCA.

»Brex«, knurrt der Junior-Chef und ich sehe, wie er mit schnellen Schritten und gezückter Waffe auf mich zukommt. Und damit ist er nicht der Einzige. Seine Männer richten ihre Waffen allesamt auf mich und es kostet mich größte Mühe, mein angestrengtes Gesicht in eine genervte Grimasse zu verwandeln.

»Was soll der Scheiß, Bruder?«, frage ich und werfe Adam neben mich. Es kostet mich all meine schauspielerischen Fähigkeiten, nach seinem nicht vorhandenen Puls zu suchen und so zu tun, als würde ich ihn untersuchen wollen. »Die ganze Insel wimmelt von Agents. Was zum

Teufel geht hier vor sich? Hast du die Wichser hierhergeführt?« Ich sehe hoch und werfe ihm einen wütenden Blick zu. Dieser wiederum kommt mir spielend leicht ins Gesicht, da ich tatsächlich stinksauer bin.

Noch immer richtet er seine Waffe auf mich. Doch die Helikoptergeräusche werden lauter und lenken immer mehr Aufmerksamkeit auf sich.

»Brexen. Hör auf mit der Show. Ich habe dich durchschaut. Du hast die Kleine nicht umgebracht. Du verarschst mich.«

Der grenzenlose Zorn, den ich empfinde, als ich aufspringe und den kleinen Scheißer am Kragen packe, ist echt. So echt, wie ein Gefühl nur sein kann. Denn einzig wegen ihm liegt mein Mädchen allein und betäubt da unten im Sand.

»Einen verdammten Scheiß hast du«, knurre ich und schubse ihn ins Gras. Seine Männer zucken, doch ein Blick genügt und sie weichen wieder zurück. Verdammt, sie kennen mich. Isaac mag Nelsons Sohn sein, doch ich bin the fucking Blade und jedem hier ist klar, dass ich sie töte, noch bevor einer seinen Abzug gedrückt hat. Sie alle stehen am Anfang ihrer kriminellen Karriere und scheißen sich vor Angst fast in die Hosen. Ich kann ihre Feigheit riechen. »Ich komme von meinem Boot und werde von der verdammten Agency überrascht«, schreie ich und die Taschenlampen richten sich abwechselnd auf Isaac und mich. »Du lockst die OCA hierher? Und besitzt dann noch die Dreistigkeit, auf mich zu zielen? Bist du jetzt vollkommen übergeschnappt?«

»Die OCA?«, kreischt Isaac und rappelt sich wieder auf. »Warum sollte die Agency hier sein?« Der Helikopter nähert sich schnell. Uns bleibt nicht viel Zeit. »Du hast die Kleine nicht umgebracht. Ich weiß es. Du spielst ein falsches Spiel. Warst du das?«, schreit er und zeigt dabei auf den toten Adam, doch mein Pokerface sitzt einwandfrei.

»Sie haben auf uns geschossen, du Idiot.« Ich reiße Joe Campbell die Lampe aus der Hand und richte sie auf meinen Oberarm. Man sieht deutlich das feuchte Blut auf dem Stoff. »Ich habe versucht, ihn zu retten«, brülle ich ihn an. »Denkst du, das sind Touristenrundflüge, oder was?« Mit der Taschenlampe ziele ich in den Himmel. Wie auf Kommando feuern die ersten Schüsse in unsere Richtung. Noch kommen sie aus der Ferne, aber es wird nicht lange dauern und wir stehen in direktem Beschuss. Wir müssen hier weg und zwar sofort.

»Brexen«, warnt Isaac, doch die Situation lässt keine Diskussionen zu. Die Schüsse nähern sich rasant.

»Gib mir eine Waffe«, schreie ich und will ihn in Richtung Wald zerren. »Wir müssen in den Wald, nur so haben wir eine Chance.

Seine Männer rennen bereits los, doch Isaac rührt sich nicht.

»Du bist unbewaffnet?« Ich scheine ihm direkt ins Gesicht. Dort kämpft Zweifel gegen Vertrauen und es scheint unentschieden zu stehen.

»Natürlich bin ich unbewaffnet«, schreie ich. »Nachdem du weg bist, dachte ich, ich könnte einfach einen entspannten Abend verbringen, verdammt! Jetzt komm schon, Mann. Das können wir klären, wenn wir hier weg sind.« Ich zerre an seinem Ärmel und bin erleichtert, als er ebenfalls losläuft. Der Helikopter wird jeden Moment landen und die Teams der OCA sind gut. Niemandem hier ist das so bewusst wie mir. »Und jetzt gib mir eine verfluchte Waffe«, wiederhole ich.

»Woher zum Teufel kommen die?«, raunt Isaac. Ich bin erleichtert, als er mir endlich im Rennen eine Pistole hinhält. Gemeinsam sprinten wir über den letzten Hügel, auf dem schon vereinzelt Bäume stehen. Wenn wir erst im Wald sind, haben sie keine Chance, uns zu finden.

»Das sollte ich eher dich fragen«, brülle ich ihn an und mache hinter einer alten Eiche halt. Ich linse um den Stamm und feuere ein paar Schüsse ab, um unseren Vorsprung zu verbessern. Isaac tut es mir gleich. Er trifft sofort und einer der Agents geht zu Boden. Ich hingegen brauche drei Anläufe, ehe ich den Scheinwerfer des Helikopters getroffen habe. Ich habe nicht vor, Agenten zu töten, doch immer wieder kommt mir einer vor den Lauf, ehe ich feuern kann und das Glas endlich zu Bruch geht. Jetzt ist es dunkel.

»Komm«, schreie ich und wir rennen weiter. »Bringen wir uns erstmal hier raus. Und dann bist du mir eine Erklärung schuldig«, bluffe ich und verpasse ihm während des Laufes einen Klaps auf den Hinterkopf. Diese Partie ist gerade nochmal gut gegangen, doch das Spiel ist noch lange nicht vorbei.

BREXEN

08.09.2020

»Blade.«

Der beschissene Gorilla, der an Isaacs Haustür postiert ist, nickt mir mit mürrischem Gesichtsausdruck zu und hält die Tür für mich auf, als sei ich ein verdammter VIP.

Ich ignoriere ihn.

So wie ich gerade versuche, jegliche Emotionen von mir zu schieben. Denn ließe ich auch nur ein einziges Gefühl davon zu, würde ich wahrscheinlich dafür sorgen, dass die Welt in Flammen aufgeht.

Das beschissene Haus in Greater London erinnert schon beinahe an ein Schloss. Die beleuchtete Einfahrt, die fetten Wagen vor der Tür. Isaac liebt große Auftritte. Eine gigantische Eingangshalle mit Kronleuchtern und Klassikmusik im Hintergrund.

Doch mich kann all das nicht täuschen. Ich kenne den kleinen Pisser, seit er noch Windeln getragen hat. Und heute komme ich zum ersten Mal nicht mit freundlichen Absichten. Ich habe nach der gestrigen Aktion kein Wort mehr mit ihm gesprochen. Weder mit ihm noch mit Nelson. Nachdem die Agency abgerückt ist, haben wir uns auf verschiedene Boote begeben und sind getrennt voneinander nach London geflogen.

Offensichtlich haben sie meinen Bluff geschluckt, andernfalls hätte ich den heutigen Tag wohl nicht überlebt.

Allerdings soll man den Tag nicht vor dem Abend loben.

Aus dem Keller dringt ein dumpfer Bass nach oben. Hier unten in seinem persönlichen Club findet seit Monaten eine nicht endende Party statt. Tags wie nachts kommen die verzogenen Kids aus London, um sich mit dem großen Isaac Callen zu besaufen. Für diese Menschen zählt nur ein einziges Bild auf Instagram oder eine Nacht in diesem Haus. Für Isaac ist das sein Leben. Er wohnt schon seit drei Jahren ohne Nelson hier und stellt den Leuten eine Maske zur Schau, durch die ich blicke wie durch Glas. Und heute werde ich sie mit meiner Faust zerschmettern, bis nichts mehr davon übrig ist.

Mir ist klar, dass streng genommen ich der Verräter von uns bin. Doch ich bin derjenige, der es cleverer anstellt. Diese Aktion gestern kann unmöglich Nelsons Wille gewesen sein. So ist er nicht. Hätte er mich unter Verdacht, wäre er es anders angegangen. Er hätte mich womöglich in die Sauna eingeladen, um mich zu entwaffnen, und mir dann theatralisch ein Messer ins Herz gerammt. Die großen Auftritte mit einer ganzen Armee an Männern sind nicht sein Stil.

Mit aller Kraft stoße ich die Doppelflügeltür zum Wohnzimmer auf und die Türblätter scheppern laut gegen die Wände.

»Fuck«, brüllt Isaac, der in seinem weißen Ledersessel lehnt und sich den Schwanz lutschen lässt. Die

Kleine, die auf allen vieren vor ihm hockt, zuckt erschrocken zusammen und sein harter Schwanz springt aus ihrem Mund.

Ich bin ein hervorragender Agent und noch dazu die rechte Hand eines Mafiabosses. Ich brauche nur Sekunden, dann habe ich die Lage im Blick.

Zwei Männer. Beide bewaffnet. Einer hinter dem Billardtisch. Einer an der Bar, die in die Küche führt. Der am Billardtisch ist mir bekannt. Es ist einer seiner Leibwächter. Den anderen habe ich hier noch nie zuvor gesehen und irgendwas in meinem Bauch sagt mir, ihn besser im Auge zu behalten.

Drei Mädchen. Eins kniet mit weit geöffnetem Mund und schwarz verschmierten Augen vor Isaac, die andere sitzt halb auf seinem Schoss. Beide tragen nur Unterwäsche und stellen keinerlei Gefahr dar. Das dritte steht an der Bar und fummelt an dem suspekten Unbekannten.

»Schick deine Huren weg«, knurre ich noch im Türrahmen stehend und meine damit nicht nur die Mädchen. Isaac streichelt der Blondine über die Wange.

»Wer hat dir gesagt, dass du aufhören darfst, Schätzchen?«

Ohne zu zögern, presst er ihr Gesicht zurück auf seinen Schwanz und seine Lider flattern, während sie widerlich stöhnend damit fortfährt, ihm einen zu blasen. Die andere knöpft dabei sein Hemd auf und lässt ihre rot manikürten Fingernägel über sein Sixpack wandern. »Auch schön, dich zu sehen, Brex.«

Unsere Blicke treffen sich und mir platzt endgültig der Kragen.

Ich habe mich nicht unter Kontrolle. Weil irgendjemand mir ans Bein pissen will. Und vor allem, weil mein Mädchen allein in einem Krankenhauszimmer liegt und ich nicht bei ihr sein kann.

Darum fasse ich unter den schwarz lackierten Esstisch und wandele alle Wut in Kraft um, mit der ich ihn umwerfe und quer durch den Raum schmettere. Blumenvasen, Champagnergläser und Flaschen wirbeln durch die Luft und zerspringen auf dem Boden in Scherben. Doch weder das Zerschmettern des Glases noch das Brennen in meiner Schusswunde sorgen dafür, dass ich mich besser fühle. Mit schnellen Schritten bin ich bei Isaac und ziehe die Hure an den Haaren in den Stand.

»Verpiss dich«, spucke ich ihr ins Gesicht und schubse auch die zweite vom Sessel. »Habe ich jetzt deine Aufmerksamkeit?«, brülle ich wie ein Löwe und stütze mich links und rechts auf die Armlehnen seines Sessels.

Doch er lässt sich nicht im Geringsten aus der Ruhe bringen. Zum einen, weil er Nelson Callens Sohn ist, zum anderen, weil er höchstwahrscheinlich zugedröhnt ist.

»Brexi, Brexi. Etwas unentspannt unterwegs heute, hm?«, singt er beinahe und nickt den Mädchen und den Männern zu. Sein Leibwächter hat bereits seine Waffe auf mich gerichtet. Der blonde Schnösel sieht mich mit schief gelegtem Kopf an, als müssten wir uns kennen. Doch sie alle verstehen, was besser für sie ist, und lassen uns allein.

Erst als ich die Tür hinter uns ins Schloss fallen höre, löse ich mich von seinem Sessel und richte mich auf, um mir eine Zigarette anzuzünden.

Dabei erinnert mich ein stechender Schmerz in meinem Oberarm daran, dass ich noch lebendig bin. Wahrscheinlich hat die Naht, die mir unser Doc heute Morgen verpasst hat, meinen kleinen Ausraster nicht überlebt.

»Also, das war jetzt echt nicht cool, Mann«, stöhnt

Isaac und verstaut seinen schlaffen Schwanz zurück in seiner Designerjeans.

»Nicht cool?«, schreie ich und ziehe so fest es geht an der Kippe, um irgendwie runterzukommen. Es hilft nicht. Ich lasse ihm nicht mal die Gelegenheit aufzustehen. Vorher bin ich bei ihm und halte ihm das Messer an die Kehle, das die ganze Zeit über in meinem Ärmel gesteckt hat. Ich trage grundsätzlich an jedem Handgelenk eine Klinge. Doch noch nie habe ich sie auf Isaac gerichtet. »Nicht cool?«, wiederhole ich und nuschele, weil die Zigarette in meinem Mundwinkel hängt.

Am Kragen ziehe ich ihn in den Stand und seine Augen weiten sich, während die Klinge immer tiefer in seine Haut drückt.

»Du wolltest reden?«, presst er hervor, »dann nimm das scheiß Messer herunter.«

So auf das Blau seiner Augen fixiert, bemerke ich den Lauf seiner Waffe erst, als er ihn mir in die Seite drückt.

»Das ist das zweite Mal in zwei Tagen, dass du eine Waffe auf mich richtest. Langsam geht mir die Geduld aus, kleiner Scheißer«, knurre ich, löse allerdings die Klinge von seinem Hals und weiche einen Schritt zurück.

»Dann sind wir wohl quitt, hm?«, zischt er und legt sich die Hand an den Hals. »Vergiss nicht, dass du mich mit einer Waffe empfangen hast.«

»Weil du nichts auf meiner Insel zu suchen hattest. Was sollte der Mist? Weiß Nelson von der Aktion? Und erzähl mir ja keinen Scheiß, Mann. Ich bin gerade nicht unbedingt zu Scherzen aufgelegt.«

Ich sehe, wie die Maske des harten Gangstermachos in sich zusammenfällt und der Junge zum Vorschein kommt, den ich schon ein Leben lang kenne.

»Mann, die Kleine zu töten war ein simpler Auftrag. Nelson hat gesagt, ich soll mich darum kümmern. Also habe ich das getan. Hättest du einfach nur den Scheißjob erledigt, wäre all das nicht passiert.«

»Dann wusste Nelson von deinem Auftritt?« Ich bin immer noch so zornig, ich könnte eine ganze Armee Männer töten und es würde nichts nützen. Weil mir die Wut in den Adern kocht. Weil ich jede Sekunde ausraste. Weil ich verdammt nochmal hilflos bin. Und das ist etwas, womit ich nur schwer zurechtkomme.

»Nein«, brummt er und steckt die Knarre zurück in den Hosenbund. »Natürlich nicht. Sein Auftrag lautete nur, sicherzustellen, dass Kylee Hawthorn tot ist.« Dabei geht er an mir vorbei und hält direkt auf die Bar zu.

»Willst du mich verarschen?« Ich drücke die Zigarette in dem Kristallaschenbecher aus, der auf einem kleinen Tisch neben seinem Sessel steht, und folge ihm. Den Griff meines Messers nach wie vor fest in meiner Hand. Ihren Namen aus seinem Mund zu hören treibt mich an meine Grenze. »Und du schickst direkt die Kavallerie inklusive der OCA? Wenn dein Vater davon erfährt, bist du fällig.«

»Ich wollte erst nur überprüfen, ob du es erledigt hast.«

»Du meinst, wozu du nicht fähig bist?«

»Genauso wenig wie du«, spuckt er mir entgegen.

»Sie ist tot«, behaupte ich mit fester Stimme und Isaac dreht sich mit einem Glas Whisky zu mir herum. Seine Augenbraue ist so in die Höhe gezogen, dass sie hinter seinen dichten Locken verschwindet.

»Ist sie nicht. Ich hab ihre Sachen gesehen, Brex. Es standen zwei Teller auf dem verfluchten Tisch. Ganz gleich, was du mit ihr gemacht hast. Du hast mich angelogen. Ich hatte keine Wahl. Ich musste reagieren. Wie stehe ich denn sonst da?«

Er kippt den Whisky in einem Zug in seine Kehle

und nachdem er geschluckt hat, landet sein Blick direkt in meinen Augen. Ich weiß instinktiv, ich habe keine Chance. Isaac weiß Bescheid. Ich senke den Kopf und atme tief durch. Dabei verstaue ich mein Messer und suche in meinem Kopf nach einer Möglichkeit, die Kurve zu kriegen.

»Bruder«, stöhnt er und ich sehe auf dem dunklen Teppich, wie seine weißen Sneakers sich mir nähern. »Rede mit mir, Mann. Was ist da auf dieser Insel passiert? Woher kam die verfluchte Agency? Die ganze Sache stinkt doch zum Himmel.«

Seufzend hebe ich den Kopf. Ich bin so müde. Nicht wegen der Schussverletzung oder des Schlafmangels. Sondern wegen Kylee. Weil es mich alle Kraft kostet, mich von ihr fernzuhalten.

»Warum wolltest du, dass ich sie töte?«, frage ich die elementarste aller Fragen.

»Weil sie angefangen hat zu graben. Weil Nelson eine fette Rechnung mit ihr offen hat. Das weißt du.«

Erneut schwappt die Wut über alle Emotionen, die in den vergangenen Tagen aus meiner Schale hervorzubrechen drohen.

»Verarsch mich nicht, Isaac. Nicht heute. Ich schwöre dir, ich töte dich, wenn du versuchst, mich reinzulegen.«

Ich sehe es sofort. Die Ratlosigkeit in seinem Gesicht. Der Junge hat ein beschissenes Pokerface. Und jetzt gerade hat er keine Ahnung, wovon ich rede.

»Du weißt es nicht«, keuche ich fast schon erleichtert.

»Was weiß ich nicht?« Er wendet sich ab, um sich und diesmal auch mir einen Drink einzuschenken.

»Sie konnte sich nicht erinnern«, erkläre ich ihm, doch er hat keine Ahnung, wovon ich rede. »Ich meine, sie wollte uns niemals schaden. Sie hätte diese Story nie von sich aus geschrieben. Die Rechnung, die Nelson mit ihr offen hatte, ist längst beglichen.«

Isaac weiß das, was er wissen soll. Dass Kylees Eltern mit Nelson im Twist lagen und ich sie deshalb beobachte. Dass wir sie im Auge behalten und ausschalten, wenn sie uns zu nahekommt. Nicht mehr. »Sie hat von irgendjemandem Informationen über uns bekommen. Sie wurde verdammt nochmal mit der Nase darauf gestoßen.«

»Hm«, brummt er und dreht das Glas auf dem schwarzen Tresen hin und her. Ich ignoriere die Kreditkarten und weißen Pulverreste auf der glänzenden Oberfläche. Ich bin nicht sein Vater. Andernfalls würde ich ihm den Arsch aufreißen. »Dann ist sie also nach wie vor nicht tot?«

Wir sehen uns an und wieder einmal wird mir allzu schmerzhaft bewusst, dass ich keine Ahnung habe, auf welcher Seite ich stehen will. Oder auf wessen Seite er steht, wenn der Vorhang gefallen ist.

»Irgendjemand verarscht uns. Jemand hat versucht, mich zu linken. Jemand, der wusste, dass ich sie beobachte. Derjenige warst nicht du?«

»Nein, Mann. Wegen mir kannst du mit der Kleinen bis ans Ende aller Tage in den Sonnenuntergang reiten. Was juckt sie mich?«

»Dann bleibt nur Nelson«, schlussfolgere ich und bewege mich damit auf gefährliches Terrain. »Hast du ihm von deinem Verdacht erzählt, sie könne noch leben?«

»Nein«, murmelt er und senkt den Kopf. »Das war die erste Sache, um die ich mich allein kümmern sollte. Und ich habe es anscheinend gründlich in den Sand gesetzt. Immerhin sind zwei meiner Männer tot und du angeschossen. Was ist das zwischen dir und dieser Hawthorn, Brex?«

Ich bleibe ihm eine Antwort schuldig, denn wir

starren beide zur Tür, die sich in diesem Moment öffnet. Ohne hinzusehen spüre ich, wie Isaac sich neben mir versteift.

»Meine Herren.« Nelson kommt hereinspaziert und sieht sich im Chaos um. »Gibt es hier irgendetwas, von dem ich wissen müsste?«

Wie immer trägt er einen maßgeschneiderten Anzug und ein strahlend weißes Hemd. Die Situationen, in denen ich ihn in den vergangenen zwanzig Jahren mit anderer Kleidung gesehen habe, kann ich an zwei Händen abzählen.

»Paar Jungs von den Brothers haben Ärger gemacht.«

»Gott«, spuckt er aus und stützt sich bei jedem Schritt auf seinen Holzstock. Vor drei Jahren wurde er angeschossen und hat sich nie gänzlich erholt. Die grauen Strähnen an den Schläfen weiten sich zudem aus, dennoch wirkt Nelson Callen bei jedem Schritt so respekteinflößend, wie es kaum ein anderer könnte. Er ist der wahre König Londons. Wir wissen das alle. Und man sieht es ihm an. »Was hatte dieser Abschaum hier zu suchen?«, fragt er und kickt mit seinem Stock leicht gegen ein heil gebliebenes Glas.

»Nur 'ne Party. Haben sich selbst eingeladen«, spielt Isaac bei der Lüge mit. »Brex hat sie zum Teufel gejagt.« Sein Kopf nickt in meine Richtung und ich bestätige mit einer knappen Kopfbewegung, was er sagt.

»Nun denn«, seufzt Nelson und lässt sich in den weißen Sessel sinken, in dem sein Sohn eben noch den Schwanz gelutscht bekommen hat. »Schlimm genug, dass dir ständig jemand die Scheiße vom Hintern wischen muss. Aber wir haben wohl Wichtigeres zu besprechen. Wann genau wollte einer von euch mich über die Geschehnisse der letzten Nacht informieren?«

Ich kneife die Augen leicht zusammen und sehe zu

Isaac, der seinem Vater ebenfalls einen Drink einschenkt. Meiner steht noch unberührt zwischen gerollten Geldscheinen. Ich brauche einen klaren Kopf.

»Tja, ein nicht ganz so nettes Urlaubsende«, setze ich alles auf eine Karte. »Wenn du mich gebraucht hättest, wäre ein Anruf nett gewesen. Du musst nicht direkt die fucking OCA schicken.«

Drei simple Buchstaben, die ihn abrupt aufblicken lassen. Wütend sieht er zu seinem Sohn, dann wieder zu mir.

»Die OCA?«, murmelt er und sein Blick versucht, sich in mich hineinzubohren. Doch meine Mauern sind stark. Er hat keine Chance. »Was hattet ihr überhaupt auf dieser Insel zu schaffen? Herrgott, die OCA! Du weißt, wie gefährlich sie uns werden kann.« Er lässt es sich nicht nehmen, das *uns* besonders zu betonen.

»Brex hat dort Urlaub gemacht. Ein paar meiner Männer und ich sind hin. Wir wurden überrascht«, lügt Isaac ihm mitten ins Gesicht. Seine Lügen spielen mir in die Karten.

»Es gibt einen Maulwurf in unseren Reihen. Jemand, der Isaac die falsche Information zugespielt hat, Kylee Hawthorn sei noch am Leben. Er wollte sich davon überzeugen, dann hat die Agency die Party gesprengt.« Ich löse unseren Blickkontakt keine Sekunde. Ich mag vielleicht nur Nelsons Ziehsohn sein, doch er hat mich immer geschätzt. Wir wissen beide, dass ich wesentlich fähiger wäre, sein Imperium eines Tages zu übernehmen. Isaac ist viel zu flatterhaft.

»Überrascht? Ein Maulwurf?« Er stützt seinen Stock auf und kommt in den Stand. Nelson ist nicht viel kleiner als ich. Aber im Gegensatz zu ihm bin ich in Topform. Bis auf die kleine Schusswunde. »Ich habe dir viele Jahre beigebracht, wie wichtig es ist, die Kontrolle zu wahren, nicht wahr?«

»Oh ja, Sir«, lache ich, obgleich ich ihn dabei wütend anfunkele. »Ich habe die Kontrolle keineswegs verloren. Die Agency hat nichts gefunden, was interessant für sie ist. Mal wieder tappen diese Pisser im Dunkeln. Und den Maulwurf werden Isaac und ich gemeinsam finden und er wird hängen dafür, dass er die Familie hintergangen hat. Niemand zweifelt mich und meine Arbeit an.«

»Sehr schön«, bringt Callen voller Stolz hervor. »Und du, hast du dich davon überzeugen können, dass Miss Hawthorn nicht unter den Lebenden weilt?«, fragt er und sieht dabei seinen Sohn an. Das ist typisch Nelson. Er misstraut allem und jedem.

Isaac wiederum schaut zu mir und ich versuche, ihm mit meinem Blick alles zu erzählen, was in meinem Herzen vor sich geht.

»Isaac?«, knurrt Nelson. Er hasst es, zu warten.

»Ja«, sagt der kleine Penner nach einer gefühlten Ewigkeit und ich hätte beinahe laut geseufzt. »Ja, ist sie. Ich hab ihre Leiche selbst gesehen. Ich hatte auch mit nichts anderem gerechnet, schließlich ist Brex dein bester Mann.« Mit aller Kraft zwinge ich mich, die Schultern oben zu behalten.

»Dann hast du dich in die Irre leiten lassen?«

Nelson macht ein paar Schritte auf seinen Sohn zu.

»Ihn trifft keine Schuld. Da ist eine ziemlich große Scheiße abgelaufen. Jemand versucht, uns gegeneinander auszuspielen«, lüge ich und in Gedanken falle ich Isaac um den Hals. Er ist immer noch sowas wie mein Bruder. Vielleicht hatte er vor, Kylee und mich zu töten. Aber nur, weil er denkt, er hätte keine andere Wahl. Fressen oder gefressen werden. Jäger oder Gejagter. In unserer Welt muss man sich für eine Seite entscheiden.

»Jemand hat uns gelinkt«, stimmt er mir jetzt zu und kippt anschließend seinen Whisky in einem Zug. »Ich habe nur gemacht, was du gesagt hast. Aber die Informationen, dass sie noch lebt, waren gefaked. Jemand hat uns dort hingelockt. Uns und Brex. Nur um uns in der Einsamkeit die verfluchte Agency auf den Hals zu jagen.«

Nelson sieht mit zusammengepressten Lippen zwischen uns hin und her. Ich zwinge mich, ruhig weiterzuatmen.

Isaac spielt mit. Natürlich tut er das. Denn wenn sich herausstellen würde, dass er einen Fehler gemacht hat, indem er mir ohne Erfolg seine Männer auf den Hals gehetzt hat, und die Frau, die ursprünglich er töten sollte, noch lebt, hätte das Konsequenzen für ihn. Ich habe ihm gerade den perfekten Sündenbock geliefert. Und er hat dafür Kylees Leben vorerst in Sicherheit gebracht. Innerlich möchte ich mir auf die Schulter klopfen. Ich habe an den richtigen Fäden der Marionette gezogen. Verdammt, ich lasse sie sogar tanzen, als gäbe es kein Morgen mehr.

»Ihr wollt damit also sagen, wir haben ein Leck?«

»Ein ziemlich großes sogar«, behaupte ich voller Nachdruck. Ausnahmsweise ist es die Wahrheit. Nur dass Nelson keine Ahnung hat, dass ich einer der verfluchten Maulwürfe bin.

Langsam fängt er an, mit dem Kopf zu nicken, und irgendwann sieht er mich dabei an.

»Gut, Junge.« Das ist alles, was er in meine Richtung sagt. In seiner Sprache bedeutet das so viel wie: Dann sieh zu, dass du das Problem lösen kannst, ehe es mich anfängt zu nerven.

Ich will ihm gerade zunicken, da wendet er sich seinem Sohn zu. Mit seinem Stock tippt er ihm auf die Brust.

»Und du findest besser mit ihm den Maulwurf, ehe

mehr passiert.«

Ich sehe, wie Isaac schluckt. Er hat letzte Nacht zwei seiner Männer verloren. Ich mag vielleicht ein Killer sein. Aber ich bin kein herzloser Wichser. Es tut mir aufrichtig leid. Brian und Adam waren keine guten Menschen. Aber für Isaac tut es mir leid. Er hat sie geschätzt und ich habe sie ihm genommen. Nelson Callen hat von Sensibilität keinen Schimmer. Ich hingegen fühle jedes Leben, das ich nehme. Ich trage diese Last mit mir und bin mir ihrer bei jedem Schritt bewusst.

»Ja, Sir«, knurrt er und ich hoffe, Nelson hört den sarkastischen Tonfall nicht mit der gleichen Deutlichkeit wie ich.

»Und seht zu, dass das hier in Ordnung kommt.« Er lässt den Blick einmal durch den Raum schweifen. »Wir sind doch nicht in einer verfluchten Straßengang.«

Und damit dreht er sich um und geht. Ich bin sicher, vor der Wohnzimmertür warten mindestens zwei seiner Leute. Drei weitere im Wagen vor dem Haus. Nelson ist ein geächteter Mann. Und vor allem ist er schlau. Sehr schlau. Das sollte man niemals unterschätzen.

Isaac und ich verharren in unserer Position, bis wir den Motor des Royce vor der Tür hören und die Scheinwerfer durch die Gardinen einen Schatten an die Decke malen.

Fast synchron atmen wir erleichtert aus.

Wir sehen uns an und ich greife blind nach meinem Whisky.

»Danke«, nuschele ich und hebe mein Glas, um mit ihm anzustoßen.

»Das wirst du mir erklären müssen«, brummt er und stößt sein Glas gegen meines.

Ich weiß, dass er recht hat. Auch wenn ich keine Ahnung habe, wie ich das anstellen soll.

BREXEN

10.09.2020

Nie zuvor habe ich solche Schmerzen erleiden müssen. Mein Herz steht in Flammen und droht, sich jeden Augenblick aus meiner Brust zu brennen. Und doch kann ich nicht wegsehen. Immer weiter starre ich auf den kleinen Bildschirm vor mir. Der Whisky und ein Joint von Isaac sind meine einzigen Begleiter an diesem Tag. Doch sie können mir nicht helfen. So wie nichts mir helfen kann.

»Bitte«, fleht Kylee und sieht sich panisch in ihrem kleinen Wohnzimmer um. Auch durch die schlechte Auflösung der Kamera sehe ich deutlich, dass sie weint. »Wo bist du?«

»Fuck!«, schreie ich und donnere mein Glas mit aller Kraft gegen die Hotelwand.

Heute Morgen ist sie aus dem Krankenhaus entlassen worden. Seitdem versucht sie alles Mögliche, um mit mir in Kontakt zu treten. Sie sucht nach der Kamera, die sie niemals finden wird, und spricht mit mir, in der Hoffnung, ich höre sie. Und das tue ich. Jedes einzelne ihrer Worte trifft mich wie ein Messerstich. Doch ich kann ihr nicht helfen. Mich ihr jetzt zu nähern, wäre zu riskant.

Nelson denkt, sie sei tot, und das ist das einzig Gute an dieser ganzen Scheiße. Doch die Callens wissen, dass es einen Maulwurf gibt, und obwohl ich weit oben stehe in der Familienhierarchie, sollte ich es nicht darauf ankommen lassen. Mein Doppelleben ist auch so schon verdammt heikel, da muss ich nicht noch Kylee mit hineinziehen.

Wenn Nelson herausbekommt, dass ich sein Maulwurf bin, bedeutet das im besten Fall meinen Tod. Er wird mich foltern. Mich brechen, bis nichts mehr von mir übrig bleibt.

»Morgen, Honey«, flüstere ich dem kleinen Bildschirm zu und raufe mir die Haare. Morgen sehe ich sie und ich kann es kaum erwarten. Die Agency ist nicht dumm und weiß mich sicher vor den Callens zu verstecken. Nur darum kann ich Kylees Verhör selbst übernehmen. Alles andere käme auch nicht infrage. Ich schätze meine Kleine clever genug ein, nichts preiszugeben. Aber Brown ist gut. Sie würde die Informationen aus ihr herausquetschen wie aus einer Zitrone.

»Brexen«, weint Kylee und mir bleibt nichts außer den Joint erneut anzuzünden, in der Hoffnung, er beruhige mich genug, um nichts Dummes zu tun.

Ich beobachte sie bereits seit Stunden. Immer mal wieder kommt Aiden, dieser Wichser, aus seinem Büro und speist sie mit Floskeln ab. Dieser Lackaffe sieht mein Mädchen nicht. Er erkennt weder ihre Not noch spürt er ihre Sehnsucht. Weil er blind ist. Und ein abgefucktes Arschloch.

»Morgen«, flüstere ich erneut und lege meinen Finger auf den Bildschirm.

BREXEN

11.09.2020

»Sie wirkt kratzbürstig auf mich.« Miranda betrachtet das Foto, das am oberen Rand von Kylees Akte festgetackert ist. »Im Krankenhaus schien sie nicht gerade kooperativ.«

»Sie ist entführt worden. Was erwartest du?«, knurre ich sie an und balle unter meinem Schreibtisch die Hände zu Fäusten.

Es ist seltsam, wieder hier zu sein. Da ich die meiste Zeit augenscheinlich undercover unterwegs bin, fällt Büroarbeit für mich flach, wofür ich wirklich dankbar bin. Dieses Zimmer, das ganze Gebäude, es fühlt sich an wie ein Gefängnis. Ein Käfig, aus dem ich am liebsten ausbrechen möchte.

»Ich sag's ja nur«, schnurrt Miranda Brown und setzt sich mit ihrem zierlichen Hintern auf den Schreibtisch. Auch wenn das ihr Büro ist, bin ich es, der auf dem Bürosessel sitzt und eine Augenbraue hebt, sobald ihr Arsch die Platte erreicht hat. »Und du denkst wirklich, wir hätten sie nicht in den Zeugenschutz stecken sollen? Mir gefällt die Sache nicht.«

»Verlass dich auf mich. Ich hab das im Griff. Die Callens suchen in Schottland nach ihr. Sie haben von dem Transport nichts mitbekommen und jagen stattdessen einem leeren Anglerboot nach.«

Natürlich vollkommener Quatsch. Aber Kylee kann nicht in den Zeugenschutz. Weil ich zusammen mit dem Clan hochgehe, wenn sie auspackt. Und weil sie dann weg ist und ich keine Chance habe, an sie heranzukommen. Nein. Ich nehme die Sache lieber selbst in die Hand und ich bin sicher, meine Kleine wird keinen Ton verraten.

»Sehen wir uns heute Abend?«

Was sie eigentlich wissen will, ist, wann ich es ihr das nächste Mal besorge. Frauen neigen dazu, niemals das auszusprechen, was sie wirklich wollen. Das erschwert uns Männern das Leben erheblich.

»Heute nicht.« Auch wenn Miranda nichts für meine Situation kann, schaffe ich es nicht, meine Stimmlage zu zügeln. Ich habe einen tierischen Kater. Noch dazu kann ich es keine Minute länger erwarten, Kylee zu sehen.

»Schade.« Ihre rot angemalte Unterlippe schiebt sich vor und ich stelle mir einen Moment vor, wie es wäre, wenn sie sich um meinen Schwanz legen würde.

Es juckt mich nicht.

Kein Stück.

Mit ihren falschen Titten und den langen Fingernägeln reizt sie mich nicht im Geringsten. Alles an ihr ist unecht.

Ja, ich habe es ihr schon besorgt. Mit der Zunge, mit der Hand, sogar mit ihrem verfickten Vibrator. Doch sie hat niemals etwas von mir zu sehen bekommen. Und das soll auch so bleiben. Sie kennt nur Agent Ward. Den

Mann, der vor vielen Jahren augenscheinlich die Seiten gewechselt hat.

Mein wahres Ich bekommen nur wenige Personen zu sehen. Entweder solche, denen egal ist, wer ich bin, oder die, bei denen es mir wiederum wichtig ist, dass sie mich kennen. Mich, wie ich wirklich bin. So wie bei Kylee.

»Ist sie da?«, lenke ich uns zurück zum Wesentlichen. Vor allem, weil mich die Vorstellung der nackten Miranda auf diesem Schreibtisch anwidert. Alles, was ich mit ihr angestellt habe, hatte immer nur einen Zweck – sie gefügig zu machen. Und das hat hervorragend geklappt. Immerhin sitze ich in ihrem Büro auf ihrem verdammten Stuhl und halte die Fäden dieses Falls in der Hand. Frauen sind genauso leicht zu manipulieren wie Männer. Man muss nur den passenden Köder haben.

»Mit dem Verlobten.«

»Aiden ist hier?«, reiße ich den Kopf herum und starre Miranda an. Scheiße. Es dauert nur einen Moment, dann habe ich mich wieder im Griff. »Als ihr Anwalt?«, werfe ich schnell ein und die Verwunderung auf Mirandas Gesicht klärt sich langsam.

»Oh, das hoffe ich doch nicht«, lacht sie und schiebt ihren Rock absichtlich etwas nach oben, um die Beine zu überschlagen. Ja, sie mag recht hübsch sein, aber dieses Theater macht sie in meinen Augen äußerst unattraktiv. »Nachher kommt er auf dumme Ideen und bringt sie davon ab, Infos preiszugeben.«

Miranda Brown denkt genau wie alle in der Agency, dass Kylee von den Callens entführt wurde und ich sie im Zuge meiner Ermittlungen ausfindig machen konnte. Laut meiner Aussage habe ich sie auf die Insel bringen können, doch die Callens haben uns verfolgt. Ich konnte lediglich zwei ihrer Männer ausschalten, ehe sie mich entlarvt hätten, also musste ich meine Undercover-Rolle weiterspielen und konnte Kylee nicht begleiten. Sie erhoffen sich von ihr neue Beweise, die sie im Laufe ihrer Gefangenschaft in Erfahrung bringen konnte. Was natürlich totaler Blödsinn ist. Die Erkenntnisse, die Kylee auf Eilean Ross gewonnen hat, will Miranda ganz sicher nicht hören.

Langsam wird es kompliziert, alle glauben zu lassen, was ich sie glauben lassen will, ohne mich zu verhaspeln. Aber wie hat Nelson so schön gesagt? ›Ich habe dir beigebracht, die Kontrolle zu bewahren.‹ Und das tue ich. Ich kontrolliere verflucht nochmal jeden in diesem Spiel. So lange, bis mir das alles um die Ohren fliegt. Nur dass ab jetzt nicht mehr nur mein Leben dabei draufgehen könnte, sondern auch Kylees. Das ändert die Spielregeln massiv und macht mich furchtbar nervös.

»Schick sie rein«, knurre ich und bin kurz davor, sie von ihrem eigenen Schreibtisch zu schubsen. Ich habe weder Zeit noch Lust für solche Balztänze. Sie wird es doch niemals bis zu meinem Schwanz schaffen. Hätte sie ihren Verstand in meiner Gegenwart nicht permanent ausgeknipst, wüsste sie das längst. »Wir werden sehen, wohin uns das führt. Wenn sie nicht mitspielt, rede ich allein mit ihr. Sie vertraut mir«, sage ich und wünschte mir, es wäre so.

»Denkst du nicht …«

»Miranda«, unterbreche ich sie barsch. Dabei lege ich meine Hand auf ihren Oberschenkel und schiebe sie gemächlich unter ihren Rock. Nur ein kleines Stück. Sie öffnet sofort bereitwillig ihre Beine. Ihr Atem geht flach, doch ich werde kein Stück höher gehen. »Tu, was ich dir sage, kapiert?«

Sie schluckt. Ihr Blick liegt auf ihrem Schenkel, auf dem mein Daumen ganz leicht in Richtung ihrer perfekt gewachsten Pussy drückt. Sie sieht auf und nickt eifrig.

»Natürlich, Brexen«, schnurrt sie und beugt sich vor, um ihre Hand auf meine Brust zu legen. »Das überlasse ich dir. Du wirst die Kleine schon in den Griff bekommen.« Ihr viel zu süßes Parfüm schwebt in meine Nase und ich muss mich bemühen, einen angeturnten Gesichtsausdruck hinzukriegen. Denn im Grunde genommen bin ich einfach nur genervt. Genervt, weil sie von Kylee redet, anstatt sie endlich zu mir zu bringen. Und vor allem, weil Aiden hier ist. Das macht mich richtig wütend. Hat sie denn wirklich gar nichts gelernt?

»Hol Miss Hawthorn«, befehle ich. Schwer atmend stehe ich auf und trete vor die Fensterfront, die einen Blick auf die National Gallery und den Leicester Square hergibt.

»Mach ich«, haucht Miranda und ich zwinge mich, tief durchzuatmen, als sie weg ist. Ich hasse London. Nicht unbedingt die alten Straßen und Gebäude. Aber die vielen Menschen. Die Korruption und die Gewalt, die unterhalb des Touristendeckels lauert. Ich hasse London vor allem, weil es mein Leben vor vielen Jahren in eine Richtung gelenkt hat, in die es nie hätte gehen dürfen. Ich gehöre nicht hierher. Das war mir lange Zeit nicht so klar wie heute.

Manchmal stehe ich einfach hier und frage mich, was ich überhaupt tue. Helfe ich wirklich einer Regierung, an die ich nicht glaube, meine Familie zu verraten? Oder schütze ich diese, indem ich die richtigen Strippen bei der Agency ziehe? Ich weiß es nicht. Im Grunde bin ich nirgendwo ganz. Ich bin zerrissen zwischen meinen Welten und in all den Jahren gab es nur eine Konstante.

Braune sanfte Locken, die mit dem Wind wehen, und Augen, die voller Neugier die Welt betrachten. Kylee ist mein Lebensinhalt, seit ich dreizehn bin. Sie zu beschützen ist alles, was je von wahrer Bedeutung für mich war. Angefangen als ein Auftrag, den es zu erfüllen galt. Eine Bürde, mit der ich Nelson imponieren wollte. Es wurde zur Gewohnheit und ich begann, auf sie aufzupassen. Wie ein großer Bruder, der über seine Schwester wacht. Ich beschützte sie, so wie ich mir gewünscht hätte, jemand hätte auf mich aufgepasst. Dann wurde Kylee älter und ich verliebte mich in sie. In die Art, wie sie stundenlang in der Bibliothek auf dem Boden saß und allein zwischen den Gängen las. Ich verliebte mich in den Blick, mit dem sie die anderen Menschen ansah. So voller Skepsis und doch mit einer unstillbaren Neugierde. Und schließlich verliebte ich mich in ihren Körper. Denn aus dem kleinen unsicheren Mädchen war eine unfassbar heiße Frau geworden. Ganz gleich, wen ich unter mir liegen hatte, ich stellte mir vor, es seien ihre Beine, die sich um meine Hüfte schlangen, und ich wünschte mir, ihre Lippen wären es, die sich um meinen Schwanz schlossen.

Mein Beschützerinstinkt machte mich egoistisch und irgendwann konnte ich es nicht mehr ertragen, auch nur ein paar Tage von ihr fernzubleiben. Weil sie mein Leben geworden war.

»Diesem reizenden Herrn verdanken Sie Ihr Leben«, holt Mirandas Stimme mich zurück in die Gegenwart. Ich drehe mich um und da steht sie.

Es trifft mich wie ein Schlag in die Magengrube. Vor mir steht nicht meine Kylee.

Die, deren Mauern ich in den vergangenen Tagen zerschlagen habe.

Nein.

Vor mir steht die alte Miss Hawthorn. Die Haare eng am Kopf zusammengebunden, so dass nicht eine einzige Strähne hervorlugt. Spießige Klamotten und ein trauriger Gesichtsausdruck.

»Miss Hawthorn«, sage ich kühl. Sie murmelt etwas Unverständliches vor sich hin. Der Schock ist ihr in ihr zauberhaftes Gesicht geschrieben.

Ich reiche ihr die Hand und ihre Finger finden fast von allein meine.

Das ist der Moment, in dem meine Welt sich endlich weiterdrehen kann. Denn sie ist noch da. Mein Mädchen mit den wilden Fantasien und dem bezaubernden Lächeln. Sie hat sie nur kurz verloren. Doch ich werde sie zu ihr zurückbringen. Und wenn es das Letzte ist, was ich auf dieser Welt tue.

KYLEE

Mit offenem Mund starre ich auf meine Finger, die vertraut und fremd zugleich in Brexens Hand ruhen. Unauffällig streichelt sein Daumen auf meinem hin und her. Die Welt, so wie ich sie kenne, existiert schon seit elf Tagen nicht mehr. Doch jetzt gerade, in diesem vollkommen surrealen Augenblick, dreht sich alles so schnell in die entgegengesetzte Richtung, dass mir schwindelig wird.

Ich möchte etwas sagen, so vieles fragen, doch ich kann ihn nur anstarren. Sein Kinn ist frisch rasiert, was seine markanten Wangenknochen zum Vorschein bringt und die vollen Lippen noch weicher wirken lässt. Zu wissen und mich daran zu erinnern, wie sie sich auf meinen angefühlt haben, ist gerade nicht sehr vorteilhaft.

»Miss Hawthorn?«, schaltet sich diese dämliche Agent Brown ein und ich sehe zwischen ihr und Brexen hin und her. Er hingegen nimmt seinen Blick keine einzige Sekunde von mir.

»Hol Miss Hawthorn doch ein Glas Wasser, Miranda«, bittet er sie. Seine Stimme wieder zu hören, zieht mir beinahe den Boden unter den Füßen weg. Ohne den Blick noch einmal von ihm zu lösen, warten wir, bis *Mi-*

randa den Raum verlassen hat. Doch auch dann bin ich nicht fähig, mich zu rühren oder etwas zu sagen. Der Ausdruck in seinen Augen wird sanfter und erinnert mich an die Wiesen von Eilean Ross. Seine Schultern sacken ein Stück nach unten und er macht einen Schritt auf mich zu.

»Hey Kitty«, flüstert er und sein freier Daumen streicht hauchzart über meine Wange. »Schön, dich zu sehen.«

Meine Atmung beschleunigt sich.

Alles geht so schnell.

Ich bin wütend.

Mir ist schlecht.

Ich will heulen.

Es ist … zu viel.

Statt etwas zu sagen, feuere ich ihm meine Handfläche mit voller Wucht auf die glatt rasierte Wange.

Anders als im Film fliegt sein Kopf nicht unter meinem Schlag zur Seite oder er hält sich schockiert die Hand auf den Schmerz. Er zuckt nicht einmal. »Es freut mich zu sehen, dass mein Mädchen noch in der Verkleidung dieser alten Frau steckt.«

Ich löse meine Hand aus seiner und weiche zurück.

»Was zur Hölle geht hier vor sich?« Ich ignoriere seinen gemeinen Seitenhieb, auch wenn ich mir am liebsten die Haarnadeln vom Kopf reißen würde. Aber nur, um ihm damit ins Herz zu stechen.

»Vorerst sollten wir Brown davon überzeugen, dass du rein gar nichts weißt, und dann schauen wir weiter«, sagt er und macht erneut einen Schritt auf mich zu. Ihn in Anzugshose und dem schwarzen Hemd zu sehen ist, als würde ich seinen bösen Zwilling treffen. Oder den guten? Ich bin nicht sicher. An seinen Ärmeln glänzen auffällige Manschettenknöpfe und die Schuhe glänzen im Licht. Das hier ist nicht der Brexen Ward, den ich kenne.

»Wer bist du?«, frage ich das Einzige, das jetzt noch zählt.

Brexen lehnt seinen Kopf nach vorne und ich muss die Augen schließen. Denn sein Geruch ... er ist noch derselbe. Kaum spürbar fährt sein Zeigefinger über den Rand meines Ohres.

»Du weißt, wer ich bin, Honey«, flüstert er mir sanft hinein.

Alles in mir will sich in seine Arme fallen lassen. Ich möchte mich in seinem Schutz suhlen und seine Wärme zulassen. Ich habe ihn mehr vermisst, als ich es je für möglich gehalten hätte. Die Erleichterung, dass er hier vor mir steht mit seinem verschmitzten Gesichtsausdruck und den Augen, die ich so anbete, ist groß. Doch der Schmerz der letzten Tage sitzt tief. Zu tief, um ihm einfach so zu verzeihen. Und da wäre noch die winzige Tatsache, dass er mich unter Drogen gesetzt hat, um mich anschließend allein am dunklen Strand liegen zu lassen. Er hat mich belogen und offensichtlich ein falsches Spiel getrieben.

»Ich weiß gar nichts. Nur, dass eine der gefürchtetsten Mafiafamilien meinen Kopf will und ihr schlimmster Killer gerade in teuren Designerklamotten vor mir steht und mir ins Gesicht lügt«, keife ich.

»Willst du unsere einzigen Minuten wirklich damit vergeuden, zu streiten?«, fragt er in aller Seelenruhe. Klar, seine Welt gerät auch nicht andauernd aus den Fugen.

»Du tickst doch nicht mehr ganz sauber!«, brülle ich. Mein Hals brennt. Es tut so weh. Ihn zu sehen tut so weh. Auch wenn ich in den letzten Tagen an nichts anderes denken konnte. Jetzt zerreißt es mich beinahe. »Das kannst du nicht mit mir machen! Du lässt mich einfach so zurück und dann schickst du diese terminatormäßige Bitch vor, um mich zu locken? Ich hasse dich!«

»Wir wissen beide, dass das eine Lüge ist. Du hasst mich nicht, Kitty. Sag das nicht. Und was bitte ist eine Terminator-Bitch?«, lachend sieht er zu seiner verschlossenen Bürotür. »Miranda?«, fragt er unnötigerweise.

»Miranda«, spucke ich ihm entgegen. »Weißt du, wie es für mich war, als sie im Krankenhaus aufgetaucht ist? Als alle da waren, nur du nicht? Ich hätte dich gebraucht! Du hast geschworen, auf mich aufzupassen. Weißt du, wie viele Sorgen ich mir darüber gemacht habe, was ich heute sagen soll? Ich bin durch die Hölle gegangen!«, werfe ich ihm vor. Sein Gesicht zeigt keinerlei Regung.

»Ich habe auf dich aufgepasst, verdammt! Wenn ich dich nicht mit meinem Leben beschützt hätte, wärst du jetzt nicht hier. Und scheiße, Kylee!«, raunt er und seine Augen verfinstern sich. »Erzähl mir nichts von der Hölle! Du hast keine Ahnung, wie es dort ist! Aber ich, ich weiß es. Ich bin dort aufgewachsen und ich lebe dort. Jeden verschissenen Tag! Aber du«, droht er und zeigt mit dem Finger auf mich, »du hast einfach da weitergemacht, wo du aufgehört hast, nicht wahr? Wer von uns beiden ist also der Lügner?«

Da er rasiert ist, kann ich deutlich sehen, wie sein Kiefermuskel zuckt. Er ist wütend? Sein Ernst?

»Was hast du denn erwartet? Dass ich mit einem Rundumschlag zum Bad Girl werde und London unsicher mache in der Hoffnung, die Callens besiegen zu können?«

»Zumindest dachte ich, du seist clever genug, nicht direkt wieder in sein Bett zu steigen.«

»In wessen Bett ich liege, geht dich überhaupt nichts an!«, fauche ich und mache einen Schritt auf ihn zu.

Wäre ich nicht so viel kleiner als er, würden unsere Nasenspitzen sich beinahe berühren.

»Hat er dich gefickt?« Brexen hat den Kopf gesenkt, um mich wütend anzufunkeln.

»Besser, als du es je könntest.« Die Worte wollen nicht aus meinem Mund heraus. Und doch presse ich jedes einzelne hervor und sehe dabei zu, wie sie ihn treffen. Er versucht es zu verbergen, doch es gelingt ihm nicht.

Gerade noch rechtzeitig, bevor die Tür aufgeht, tritt Brexen einen Schritt zurück.

»So kommen wir nicht weiter, Miss Hawthorn.« Er hat sein Pokerface aufgesetzt und sieht zu Agent Brown, die mit einem Glas Wasser hereinkommt. »Danke, Miranda«, singt er beinahe. Während er ihr das Glas aus der Hand nimmt, legt er seinen freien Arm in ihren unteren Rücken und küsst sie auf die Wange. Mir bleibt beinahe der Atem weg.

»Gerne«, schnurrt sie und ihr Blick fällt wahrhaftig von oben herab auf mich hinunter.

Brexen löst sich von ihr. Während er mir einen wütenden Blick zuwirft, geht er mit großen Schritten um seinen imposanten Schreibtisch herum und drückt auf einen kleinen Knopf.

»Alice, schicken Sie doch bitte Mr. Atkins herein.«

»Nein«, unterbreche ich ihn flehend und ernte dafür einen verwunderten Ausdruck aus Agent Browns perfekt geschminktem Gesicht. Ich ignoriere sie. »Bitte.«

»Es ist doch so«, erklärt Brexen mit einer falschen Ruhe in der Stimme, die mich schaudern lässt. Seine Mundwinkel zucken zu einem Grinsen. Dieser Arsch! »Wir müssen mit Ihnen über die vergangenen Tage sprechen. Es nützt nichts, wenn Sie sich nicht eingestehen wollen, was passiert ist.«

»Sollten wir nicht lieber ein offizielles …«

Anhand eines Blickes aus seinen grünen Augen bringt Brexen seine ach so tolle Miranda zum Schweigen und mir kommt jeden Moment die Galle hoch.

»Lass uns doch einen Augenblick allein, ja?«

Er sieht sie an und diese blöde Kuh hört auch noch auf ihn.

»Nein. Warten Sie. Ich will die Aussage verweigern«, grätsche ich dazwischen und lege meine Hand auf ihren Unterarm. Sie sieht kurz auf meine Berührung, dann zu Brexen und nickt. Sie ignoriert mich, als sei ich gar nicht da.

»Zu spät, Miss Hawthorn. Sie wollen der Wahrheit ins Auge sehen? Soll mir recht sein«, knurrt Brexen und neben all der Wut und Verzweiflung könnte ich ihm allein dafür eine scheuern, wie er ihr beim Hinausgehen auf den Hintern glotzt.

»Brauchst du ein Taschentuch? Dir läuft der Sabber«, zische ich, sobald sie draußen ist.

Er lacht laut und plötzlich auf, hat sich aber rasant wieder unter Kontrolle, weil Aiden direkt im Anschluss an ihr Verschwinden mit besorgter Miene ins Zimmer tritt.

»Ich will die Aussage verweigern«, sage ich sofort und werfe mich förmlich an seine Seite. Er soll mich nur dieses eine Mal beschützen. Mich in den Arm nehmen und mich hier wegbringen. Ich möchte mein Gesicht an seinem Revers verstecken, damit ich Brexen nie wieder ansehen muss. Stattdessen räuspert er sich und rückt ein Stück von mir ab.

»Aiden Atkins, und Sie sind?«, richtet er sich an Brexen und reicht ihm die Hand. Das hier sollte nicht so sein. Das ist mir klar. Weder ist das ein offizielles Verhör noch sollten sich Brexen und Aiden jemals in ein und demselben Raum befinden.

»Ward. Einer der Ermittler im Fall Ihrer …«, sein Blick zuckt kurz zu mir, ehe er ihn wieder ins Visier nimmt. »Mandantin«, knurrt er, ohne Aidens Hand zu ergreifen. Stattdessen lehnt er sich in seinem fetten Ledersessel zurück und faltet die Hände auf dem Schoss.

»Ich verweigere die Aussage«, beharre ich ein weiteres Mal und zerre dabei an Aidens Jackett.

»Mr. Atkins«, holt Brexen aus und ich weiß schon vorher, dass seine Worte mich zerstören werden. »Miss Hawthorn ist verständlicherweise durcheinander. Wir respektieren das.«

Die falsch klingende Stimmlage, in der er mit Aiden redet, habe ich noch nie gehört und ich bin froh darüber. Ich hasse sie. Genau wie ich ihn hasse. Ganz gleich, ob ich die ganze Zeit auf seine Finger starre. Mir vorstelle, wie sie mich berühren. Oder ob ich mich frage, wie es seiner Verletzung geht. Ob er Schmerzen hat. Ich hasse ihn trotzdem.

»Das ist sehr freundlich. Danke«, sagt Aiden und ich bin kurz davor, ihm gegen sein Schienbein zu treten.

»Es ist klar, dass die Zeit auf Eilean Ross sie verwirrt hat.«

Aiden sieht voller Mitleid zu mir, dann nickt er Brexen weiter zu wie ein artiger Schoßhund. Dieser sortiert meine Akte ordentlich auf einen Stapel. An der Oberkante ist ein Foto von mir fixiert. In einem kleinen durchsichtigen Beutel daneben liegt mein Handy, das er Aiden zuschiebt.

»Wir werden tun, was nötig ist, um die Ermittlungen zu unterstützen. Es ist uns sehr daran gelegen, die Umstände aufzuklären, wegen denen Miss Hawthorn gekidnappt wurde.«

Mir fällt die Kinnlade nach unten. Und Brexen, dieser Mistkerl, versucht nicht einmal, sein Lächeln zu vermeiden.

»Das freut mich, Mr. …«, er tippt sich mit dem Zeigefinger gegen die Lippe.

»Atkins«, hilft ihm Aiden und ich rolle mit den Augen. Er führt ihn vor. Mit voller Absicht. Er nimmt mein Handy und reicht es an mich weiter.

»Wir gehen dann«, fauche ich und ziehe weiter an Aidens Ärmel. Doch er funkelt mich nur wütend an.

»Natürlich ist es nicht leicht für Ihre Mandantin, all das zu verarbeiten. Die Gewalt«, schnurrt Brexen und mir schnürt es die Kehle zu. Ich habe ihm bereits den Rücken zugedreht und blicke auf das Türblatt. Meinen einzigen Ausweg, obgleich mir bewusst ist, dass es keinen Ausweg aus dieser Situation geben wird. Denn Brexen wird immer da sein. Das weiß ich auch ohne die vielen Drohungen. »Hinzu kommt die Ungewissheit.«

Ich sehe Aidens Seitenprofil. Hastig nickt er und gibt Brexen mit jedem Wort recht.

»Von den vielen sexuellen Übergriffen mal ganz zu schweigen.«

Mein Herz bleibt stehen. Es bleibt einfach stehen und will nicht weiterschlagen. Scheiße. Aiden taumelt zwei Schritte nach hinten. Alle Farbe weicht abrupt aus seinem Gesicht.

»Aiden«, hauche ich. Hinter mir höre ich Brexens Räuspern und spüre, wie mir das Blut in den Adern kocht.

Auf dem Absatz meines Pumps drehe ich mich herum und starre in sein selbstgefälliges, wunderschönes Gesicht.

»Das hast du nicht gesagt«, keife ich und lasse Aiden

los. Ohne zu zögern, trete ich dicht vor den Schreibtisch. Meine Sicherungen sind durchgebrannt, so viel ist sicher.

»Es ist klar, dass Sie das erst verarbeiten müssen, Miss Hawthorn. Wir haben absolutes Verständnis. Was Sie in den vergangenen Tagen erlebt haben, hat Ihr Leben grundlegend verändert. Sind Sie eigentlich liiert? Sie müssen unbedingt mit Ihrem Partner darüber reden«, schnurrt er und ich bin kurz davor, ihm den Briefbeschwerer gegen den Kopf zu werfen.

»Ich. Will. Dich. Nie. Wiedersehen.« Meine Stimme mag nur ein Flüstern sein, doch sie schmettert ihm härter ins Gesicht als mein Schlag noch vor wenigen Minuten.

Ohne ihn oder Aiden noch einmal anzusehen, verlasse ich das Büro.

Es ist mir vollkommen egal, dass ich eigentlich nicht allein vor die Tür darf. Ich stehe unter strengen Auflagen der Agency. Der Wagen der OCA sollte uns genauso unbemerkt nach Hause fahren, wie er uns hergebracht hat. Aber ich halte es keine Sekunde länger in diesem Gebäude aus. Mit jedem Schritt werde ich schneller, bis ich schließlich aus dem Haupteingang renne. Regen prasselt gegen die gläserne Front und ich lege den Kopf in den Nacken, nachdem ich auf den Gehweg getreten bin. Der Regen vermischt sich mit meinen Tränen und Brexens Worte hallen durch meinen Kopf. Er hat recht. Was ich erlebt habe, wird mein ganzes Leben grundlegend verändern.

»Denkst du nicht, wir sollten irgendwie darüber reden?«

Schluchzend stopfe ich so viele Klamotten in den riesigen Koffer, wie eben hineinpassen. Ich habe ihn mir letztes Jahr für unsere Ägyptenreise gekauft. Ein grauenvoller Urlaub. Doch diesmal habe ich nicht vor, hierher zurückzukehren. Daher nehme ich noch eine weitere Tasche aus dem Schrank und fülle auch diese mit allem, was ich brauche. »Ich finde, also ich ... vor ein paar Wochen«, stottert Aiden unzusammenhängende Sätze, doch ich habe nicht genug Kraft, ihm zuzuhören.

»Ich kann nicht«, winsele ich und wische mir die Tränen von den Wangen. »Bitte, Aiden. Lass es einfach gut sein. Das tust du doch sonst auch immer. Ich will nicht reden. Ich muss allein sein.«

»Du musst nicht gehen, Kyles.«

»Doch, das muss ich.« Ich ziehe die Nase hoch und sehe ihn an. Er ist nach wie vor blass. Seit die Agency ihn hergefahren hat, wirkt er wie ausgewechselt. Wie ein räudiger Hund läuft er hinter mir her. Ich verstehe, dass ihn das, was Brexen gesagt hat, aus der Bahn wirft, doch er benimmt sich total untypisch.

»Ganz gleich, was diese Typen dir angetan haben, wir ...«

Mein übertriebenes Schnauben unterbricht ihn.

Wir sehen uns an und mit verheulten Augen werfe ich die Arme in die Höhe. Zeit, den Lügen ein Ende zu bereiten. Ich bin diejenige, die sich schuldig fühlen sollte. Nicht er.

»Er war es, okay?«, stoße ich aus und es fühlt sich so gut an, endlich die Wahrheit zu sagen. »Mit ihm war ich auf dieser Insel und alles, was dort geschehen ist, habe ich freiwillig getan.« Mein Lachen klingt schrill und falsch und ich ziehe dabei die Nase hoch, weil ich noch immer total verheult bin. »Zumindest das meiste.«

»Ich versteh nicht«, murmelt Aiden. Er tut mir einfach nur leid. Er hat keine Ahnung, was vor sich geht. Noch vor wenigen Wochen hatte er eine sittsame Verlobte und jetzt steht eine Fremde vor ihm. Und ich kann ihm nicht helfen. Ich kenne mich ja selbst nicht mehr.

»Ich bin nicht die Richtige für dich, Aiden. Du hast eine Frau verdient, die dich so liebt, wie du bist.«

»Warum war der Agent der OCA mit dir auf dieser Insel? Er hat doch ge…« Eine Hand in den Nacken gelegt, hält er inne und sieht mich an. »Hatte das alles mit den Informationen zu tun, die du bekommen hast? Nur wegen der Story warst du dort?« Ich senke den Kopf. Es gibt keine Worte, mit denen ich ihm erklären könnte, was auf der Insel geschehen ist. »Hast du mit ihm geschlafen, Kylee?« Ja, ich habe ihn betrogen. Aber in den Jahren zuvor war ich auch nicht ehrlich. Nicht ehrlich zu mir.

»Es spielt keine Rolle, was ich getan habe, Aiden.«

Ich sehe ihn an und kann nur mit dem Kopf schütteln. »Das hier führt zu nichts.«

Einzig das Schließen des Reißverschlusses meines Koffers durchbricht die anschließend entstandene Stille. Es ist Zeit zu gehen. Ich weiß das. Wir können so nicht weitermachen. Ich kann so nicht weitermachen.

»Wegen einer Story setzt du alles aufs Spiel? Findest du nicht, du bist mir eine Erklärung schuldig?«

Aiden ist ein geduldiger Mensch. Noch dazu stets kontrolliert und ruhig. Doch diese Unterhaltung kostet selbst ihn Überwindung. Das kann ich deutlich spüren, auch ohne ihn noch einmal anzusehen.

Der Koffer in meiner Hand und die Tasche auf meiner Schulter fühlen sich nicht halb so schwer an, wie anschließend meine Hand auf seine Brust zu legen. Wir sind uns in all der gemeinsamen Zeit nie so fremd gewesen. Nicht er ist derjenige, der sich verändert hat, ich bin es. Ich bin nicht mehr dieselbe.

»Es tut mir leid«, flüstere ich. In Zeitlupe hebe ich den Kopf und sehe in seine Augen. Er weint nicht. Er schreit auch nicht. Er sieht mich einfach nur an. »Ich brauche ein bisschen Zeit für mich, okay? Lass uns in ein paar Tagen über alles reden. Ich will dir alles erklären, aber jetzt gerade weiß ich nicht wie.«

Er sieht mich mit einem für ihn völlig fremden Blick an. Ich habe keine Ahnung, was in ihm vorgeht. Aber in meinem Kopf ist sowieso kein Platz mehr für seine Gefühle, bin ich doch mit meinen schon vollkommen überfordert. »Okay. Dann reden wir später«, sagt er schlicht.

Dass er mich ohne einen einzigen Protest gehen lässt, ist nur ein letzter Beweis dafür, dass es richtig ist, ihn zu verlassen. Lange genug habe ich mich belogen und mir etwas vorgemacht. Das ist nun vorbei.

Ich weiß weder, wohin ich gehen soll, noch was aus mir und der Geschichte mit den Callens wird. Wahrscheinlich suchen sie mich, wollen mich erneut entführen oder gar töten. Der OCA musste ich versprechen, das Haus nicht zu verlassen und mich in regelmäßigen Abständen bei ihnen zu melden. Ich denke, diese Maßnahmen sind irgendwie nichtig geworden, seit klar ist, dass Blade für die Agency arbeitet. Und ich kann nicht hierbleiben. Denn eines weiß ich mit Sicherheit. Ich werde mich nie wieder für jemand anderen verbiegen. Vielleicht weiß ich selbst noch nicht, wer ich sein will, doch ich werde genug Gelegenheit haben, es herauszufinden. Und mein neues Leben, das startet genau jetzt.

BREXEN

13.09.2020

Ich habe ihr zwei Tage gegeben. Achtundvierzig Stunden, in denen sie sich beruhigen und besinnen konnte. Doch jetzt ist meine Geduld am Ende und es wird Zeit, sie daran zu erinnern, wie es sein kann. Wie es sich anfühlt, wenn wir zusammen sind, und wer sie ist, wenn sie es zulässt.

Meine Faust donnert gegen das weiße Türblatt, das direkt in ihr Apartment führt. Selbstredend weiß ich, dass sie in einem Guesthouse in Lewisham abgestiegen ist. Sie hat das Zimmer nicht ein einziges Mal verlassen, seit sie vorgestern eingecheckt hat.

»Wer ist da?«

Automatisch legt sich ein Lächeln auf mein Gesicht. Sie ist vorsichtig. Das ist gut. Wobei Nelson wahrscheinlich nicht höflich an ihre Tür klopfen würde, wenn er wüsste, dass sie noch lebt.

»Der böse Wolf. Und jetzt mach auf Kitty«, schmunzele ich. Ich bin so verdammt stolz darauf, dass sie diesen Wichser verlassen hat. Das glaubt mir kein Mensch.

»Geh weg!«, faucht sie und die Wut in ihrer Stimme bringt mich nur noch mehr zum Lachen.

»Honey, wir wissen beide, dass ich nicht gehen werde. Also mach auf, ehe ganz London mitkriegt, dass ich hier bin.«

Sie wäre nicht Kylee, wenn sie mich nicht noch ein paar weitere Minuten warten lassen würde, doch dann öffnet sie zögerlich die Tür einen Spalt weit.

»Hi«, murmele ich und halte die Flasche Bordeaux vor ihre Nase. »Lass mich rein.«

Seufzend schiebt sie die Tür komplett auf, lässt es sich aber nicht nehmen, hinter mir den Gang hinaufzusehen.

»Was?«, sage ich, weil sie noch immer keinen Ton spricht. »Erwartest du, dass ich mit der ganzen Agency auflaufe?«

Sie verschränkt die Arme vor der Brust und senkt den Kopf.

Ich dagegen lege meinen schief, um ihr besser ins Gesicht sehen zu können.

»Du hast geweint«, stelle ich fest.

»Was denkst du denn?«, blafft sie und ich bin erleichtert. Mir ist lieber, sie brüllt und schlägt mich. Dann weiß ich instinktiv, dass alles gut ist. Die schweigsame Kylee gefällt mir nicht.

»Du bist wütend«, lege ich noch einen drauf und stelle den Bordeaux sowie die Tüte mit Essen und Whisky, die nach wie vor an meinen Fingern baumelt, auf einen kleinen Abstelltisch.

Das Zimmer ist weder groß noch besonders hübsch, aber es erfüllt seinen Zweck.

»Nicht doch«, keift sie, »warum sollte ich wütend sein?«

Der Sarkasmus trieft aus ihrer Stimme.

Langsam drehe ich mich um und sehe sie an. Zum ersten Mal, seit wir Eilean Ross verlassen haben, kann ich sie wahrhaftig in aller Ruhe ansehen.

Sie ist so wunderschön. Selbst in Pyjamahose und dem einfachen weißen Shirt sieht sie perfekt aus. Sie trägt ihre Haare offen und im Raum schwebt überall ihr liebliches Parfüm. Keine Frau riecht so gut wie Kylee Hawthorn.

Ich lasse meine Lederjacke von den Schultern rutschen und gehe auf sie zu.

»Sieh mich nicht so an«, warnt sie und klammert die Arme um ihren Oberkörper.

»Du hast keine Ahnung, wie sehr du mir gefehlt hast, Honey«, flüstere ich und mache einen Schritt nach dem anderen, bis ich die Wärme ihres Körpers auf meinen Unterarmen spüre.

Mit zusammengepressten Lippen schüttelt sie ihren Kopf. Ein weiterer Schritt und auch die letzte Lücke zwischen uns ist geschlossen. Kylees Atem geht schnell, ihr Herz schlägt hastig unter ihrer wundervollen Brust und mein Schwanz ist so hart wie schon lange nicht mehr.

Sie will es.

Ich weiß das, auch wenn sie es niemals zugeben würde. Ich habe gesehen, wie auch sie mich vermisst hat. Wie sie weinend ihr Wohnzimmer nach einer Kamera abgesucht hat, um mit mir zu reden.

»Glaub ja nicht, dass ich mit dir schlafen werde«, jammert sie und ihre Stimme zittert bedrohlich.

»Oh, das muss ich nicht, Honey. Denn ich habe nicht vor, mit dir zu schlafen.« Ganz langsam lasse ich meine Fingerspitzen an ihren nackten Unterarmen hinaufwandern und spüre das Schaudern ihres Körpers. Es bereitet mir ein fettes Grinsen. Ich lehne mich zaghaft nach vorne, nähere mich so ruhig wie möglich ihrem Ohr, um schließlich die Worte hineinzuflüstern. »Ich werde dich ficken. So dass du dieses Weichei ein für alle Mal vergisst. So dass nichts mehr an Zweifeln zurückbleiben wird in deinem süßen Kopf. Ich werde dich daran erinnern …«, hauche ich und dränge sie langsam zurück, bis die Wand in ihrem Rücken sie zum Stoppen bringt, »… wie es ist, wenn ich in dir bin.«

Meine Finger sind inzwischen über ihre Schultern gefahren. Sie hingegen lässt die Arme schlaff an den Seiten hängen. Bei ihren Brüsten angelangt, spüre ich ihre harten Nippel, die mich durch den dünnen Stoff ihres Shirts anflehen, sie zu liebkosen. Meine Daumen malen zarte Kreise darum und ich senke meinen Kopf an ihren Hals.

Meine Sinne sind geschärft. Ich will keine ihrer Reaktionen verpassen. Und das tue ich nicht. Ich sehe genau, wie sie ihren Kopf minimal weiter zur Seite legt, um mir Platz zu verschaffen. Höre, wie sie schluckt, weil meine Lippen ihre Haut streifen, und kann sehen, wie schnell der Puls in ihrem Hals schlägt.

»Sag es«, hauche ich, doch Kylee bleibt stumm. Sie hat die Hände inzwischen zu Fäusten geballt und presst die Kiefer aufeinander. Ich lege meinen Kopf ein Stück zurück, um in ihr Gesicht zu sehen. Ihre Wangen sind gerötet, in ihren Augen spielt sich ein Kampf ab, den sie eigentlich längst verloren hat. »Du willst kämpfen?«, frage ich dennoch und meine Hand findet ihr Kinn, hält es fest, damit sie mich ansehen muss. »Was willst du, Kylee? Sag es mir.«

»Ich will, dass du gehst«, lügt sie. Ich sollte sie für

diese wirklich miese Performance auslachen, aber ich tue es nicht.

»Du weißt, ich gebe keine zweiten Chancen. Wenn du wirklich willst, dass ich gehe, tue ich das. Aber dann komme ich nicht wieder. Also überleg es dir gut, Honey.« Zusammen mit meinen Worten lasse ich meine Hand über ihren Hals, ihr Brustbein, hinunter bis zum Saum ihrer Pyjamahose sinken. Ich hake den Daumen in den Bund ein und verharre so. Kylee schnappt nach Luft und ich erlaube mir ein kleines triumphierendes Lachen. »Willst du ganz sicher, dass ich gehe?«

Wir sehen uns in die Augen und es dauert nur einen winzigen Augenblick, dann schüttelt sie den Kopf und gibt damit den Startschuss für den wohl leidenschaftlichsten Kuss aller Zeiten. Ihre Lippen liegen weich auf meinen, meine Zunge taucht in ihren Mund und ich fühle mich endlich, als wäre ich angekommen. Dort, wo ich immer sein wollte.

Kylee schlingt ihre Arme um meinen Hals und ich belohne sie mit einem tiefen Stöhnen. Scheiße, ich habe sie so hart vermisst. Bevor ich sie berühren durfte, war es kein Problem, ihr hin und wieder ein paar Tage fernzubleiben, doch seit ich ihre Haut gespürt habe, kann ich nicht mehr ohne dieses Gefühl leben.

»Fuck, Honey«, murmele ich zwischen zwei Küssen und ziehe ihr das Shirt über den Kopf. Sie ist darunter nackt und ihre prallen Titten entlocken mir ein Knurren, von dem ich nicht wusste, dass ich dazu in der Lage bin. »Ich habe noch nie jemanden vermisst. Das ist ein echtes Scheißgefühl.«

Meine Hände sind überall auf ihrem Körper. Streicheln sie, küssen sie, liebkosen sie. Und endlich kann ich sie wieder riechen. Kylee erwidert all das, spricht aber noch immer kein Wort. Doch ich weiß auch ohne einen Ton, dass sie es will. Ihr Körper kommuniziert mit mir. Zeigt mir genau, was sie braucht, und gibt mir ihr Einverständnis.

Ich schiebe ihre Pyjamahose nach unten und sinke auf die Knie.

Oh Gott! Ihre Pussy so dicht vor meinem Gesicht zu sehen, sprengt beinahe meine Jeans. Ihr Geruch ist alles, was ich zum Leben brauche. Meine Finger fahren in ihre Nässe und teilen ihre Schamlippen, um an ihre Perle zu kommen. Dabei legt sie den Kopf in den Nacken und stöhnt.

»Ja, Baby. Das ist gut, nicht wahr?«, frage ich, ohne eine Antwort zu wollen, und lege mir ihr Bein über die Schulter. Denn ich will sie schmecken. Ich muss sie schmecken. In Zeitlupe lasse ich meine Zunge über ihr weiches Fleisch fahren. Nehme den Geschmack ihrer Lust auf und zeichne kleine Kreise um ihre Klit. Kylee stöhnt dabei und ihre Finger krallen sich in meine Haare.

Ich umfasse ihren Hintern und ziehe sie dicht vor mein Gesicht. Nah ist bei Kylee niemals nah genug.

Während meine Finger über ihren zarten Arsch fahren und ihren Ausgang streicheln, lasse ich meine Zunge tief in sie hineingleiten und ficke sie mit kleinen harten Zungenschlägen. Sie stöhnt und sucht Halt an der kahlen Wand hinter ihr. Meinen Mund komplett an ihrer Mitte, kann ich nichts sagen, doch ich stöhne, weil sie so verdammt feucht ist. Ich nehme jeden Tropfen ihrer Lust auf. Trinke davon wie ein Verdurstender. Immer wieder lasse ich meine Zunge hervorschnellen, sie einmal über ihre Perle ziehen, nur um anschließend erneut tief in sie hineinzustoßen.

Gott, ich glaube, ich bin im Himmel.

»Brexen«, keucht sie und ihre Finger ziehen fest an

meinen Haaren, so wie ich es liebe. Schmerz und Lust liegen eng beieinander.

Und dann kommt sie. Wirft ihren Kopf zurück und stöhnt laut und lebendig und ihre Muskeln ziehen sich um meine Zunge zusammen. Scheiße, ich werde niemals genug davon bekommen. Niemals! Darum sauge ich auch weiter an ihrer Klit, lecke über ihren Ausgang, beiße sanft in ihre Lippen. Ich will nicht, dass es schon vorbei ist.

Wie in Trance stehe ich auf, zerre mir das Shirt vom Kopf. Sie schnappt kurz nach Luft und ihr Blick wandert zusammen mit ihren Fingern auf den Verband, der noch um meinen Oberarm liegt.

Mit meinem Zeigefinger hebe ich ihr Kinn an und lächele.

Sie sorgt sich um mich. Das ist süß. Aber gerade vollkommen unnötig.

Mein freier Finger sucht sich erneut einen Weg zu ihrer Mitte, auch wenn diese noch von ihrem ersten Orgasmus unter jeder meiner Berührungen zuckt. Es ist nicht genug. Es wird niemals genug sein. Und ich will, dass sie aufhört, nachzudenken. Spätestens, als ich ihre Klit zwischen meine Finger nehme, schaltet sie ihren Kopf aus und ich sehe dabei zu, wie Kylee mit hastigen Fingern die Knöpfe meiner Jeans öffnet.

Sie streift mir die Hosen gerade so weit herunter, dass mein Schaft ihr entgegenspringt und sie seufzend ihre Hand darum schließt. Zeitgleich fallen mir die Lider zu. Heilige Scheiße. Wie ihr Daumen über meine Spitze gleitet und dabei mein Piercing reizt – ja, verdammt, das hier muss tatsächlich der Himmel sein.

»Fick mich«, flüstert sie und ich reiße die Augen auf. Das aus ihrem Mund zu hören, ist das Schönste, das mir je zu Ohren gekommen ist. Ohne Umschweife drücke ich sie, den Hintern voran, gegen die Wand und gehe leicht in die Knie, um in sie einzudringen.

»Oh Gott«, stoße ich aus, weil mein Schwanz mühelos in ihre Feuchte gleitet und ich befürchte, schon bei der ersten Bewegung zu kommen.

Sie krallt sich an meine Schultern, gräbt ihre Nägel in meinen Rücken und ich ficke sie, die Beine um meine Hüfte gelegt, gegen die Wand. Immer und immer wieder. In ihr zu sein und mich endlich wieder mit ihr verbinden zu können, entschädigt für alles, was in den letzten Tagen schiefgelaufen ist. Scheiße nein, es entschädigt wirklich einfach alles.

Mein!

Verdammtes!

Leben!

Keuchend stoße ich ein letztes Mal in sie hinein und als mein Sperma in sie hineinpumpt, kommt Kylee ein weiteres Mal.

Meine Stirn auf ihrer Schulter, kann ich nur hoffen, dass sie es auch gespürt hat. Wir werden nie wieder einen anderen Menschen haben können. Nie wieder. Sie gehört mir. Mein Körper ist jetzt der ihre. Und mein Herz besitzt sie schon seit einer Ewigkeit.

KYLEE

So sehr ich es auch möchte – ich kann die Realität nicht länger ausklammern. Sie drückt mir quasi die Pistole auf die Brust und ich habe keine Wahl.

Darum schiebe ich Brexen sanft, aber bestimmt von mir weg und ziehe meine Pyjamahose wieder über. Bei jedem Schritt erinnert sein Sperma zwischen meinen Beinen mich daran, wie es sich anfühlt, bei ihm zu sein. Doch das spielt keine Rolle. Darf es nicht.

»Hier«, sage ich und hebe sein Shirt vom Boden auf. »Zieh dich bitte an.«

Den Blickkontakt mit ihm zu vermeiden ist nicht leicht, aber unabdingbar. Weil ein einziger Augenblick, in dem er mich mit seinen grünen Augen einnimmt, reichen wird, um mich umzustimmen.

Anstatt etwas zu erwidern, seufzt er laut und ich presse kurz die Augen zusammen.

»Weißt du,« Ich muss schlucken, weil meine Stimme viel zu dünn klingt. Wenn er wüsste, wie sehr ich mich nach seiner Nähe gesehnt habe. »Bislang hast du mir nie eine Wahl gelassen. Bei gar nichts. Das wird sich heute ändern.«

Während ich mein eigenes Shirt überziehe, sehe ich

im Augenwinkel, wie er sich seines überstreift. Am liebsten möchte ich ihn aufhalten. Möchte mein Gesicht auf den Weißdorn auf seinem Bauch legen und die Welt vergessen. Nur holt uns das Leben ja doch immer wieder ein. Und dieses Mal spielen wir nach meinen Regeln.

»Ich hatte in den vergangenen Minuten nicht das Gefühl, dass sich etwas geändert hat.«

Wütend funkele ich ihn für sein dummes Grinsen an, während ich einen Stuhl von dem kleinen Tischchen ziehe, an dem ich bislang nicht gesessen habe. Die vergangenen achtundvierzig Stunden habe ich im Bett gelegen und nachgedacht.

»Ab jetzt sage ich, wie es läuft«, lüge ich mir selbst vor und deute auf den Stuhl, nachdem er seine Jeans wieder hochgezogen hat und seinen Gürtel schließt. »Und du hast Glück. Ich lasse dir eine Wahl. Entweder wir reden, und zwar richtig«, betone ich, »oder du kannst gehen. Und ja, wie du schon sagst, dann ist es für immer.«

»Du weißt, dass das nie eine Option war.«

»Na dann.« Mit einer Hand deute ich ihm, sich zu setzen, und bin erleichtert, als er meiner Bitte nachkommt. Er greift in die Tüte, die er mitgebracht hat, und zieht eine Flasche Whisky heraus, während der kleine Stuhl gänzlich unter seiner großen Gestalt verschwindet.

»Nein«, gehe ich dazwischen, »zuerst bekomme ich Antworten. Nüchtern.«

Ich nehme ihm die Sachen weg und lege alles außer Reichweite auf mein Bett.

Brexen lehnt sich mit verschränkten Armen zurück und grinst mich an.

»Was grinst du so doof?«, frage ich, was seine Mundwinkel nur noch weiter in die Höhe treibt.

»Du glaubst gar nicht, wie scharf du bist, wenn du Befehle erteilst, Kitty.«

Ich ignoriere dieses völlig dämliche Kompliment und setze mich ihm gegenüber.

»Also«, raune ich mit ebenfalls verschränkten Armen.

»Was willst du wissen?« Er lehnt sich nach vorne und faltet die Hände auf dem Tisch. Ich tue es ihm gleich.

»Alles.«

»Je weniger du weißt, desto sicherer ist es für dich.«

Gott, am liebsten würde ich laut stöhnen. Stattdessen sehe ich ihn an und erwidere ihm meine wichtigste Erkenntnis der letzten zwei Tage.

»Brexen, wenn du in irgendeiner Form Kontakt zu mir haben möchtest, wirst du dich mir öffnen müssen. Ich weiß, bislang war das eine recht einseitige ...«, ich suche das passende Wort, weil Beziehung nicht wirklich das ist, was zwischen uns läuft. »... Geschichte«, wähle ich und er verzieht genauso das Gesicht, wie ich erwartet habe. »Aber ich bin eine eigenständige Person. Ich habe einen Willen und Grenzen und ich möchte selbst entscheiden, was ich tue und wohin ich gehe. Du kannst mich nicht ewig vor allem beschützen, indem du mich fernhältst.«

Er starrt mich an, als hätte ich ihn geschlagen.

»Du siehst doch, dass ich das kann«, hält er schwach dagegen.

»Du weißt alles von mir. Du hast mich in meinen intimsten Momenten beobachtet, ohne dass ich davon wusste. Du hast mich entführt und mich betäubt, als es schwierig wurde. Das geht so nicht. Wenn du möchtest, dass ich dir vertraue, wenn es stimmt, was du gesagt hast ...« Meine Stimme wird immer leiser. Seine Worte hallen mittlerweile laut in meinen Ohren. *Ich liebe dich.* Das hat er gesagt. Ich weiß nicht, wie ich das bloß eine Minute vergessen konnte. »Wenn das wirklich wahr ist, dann musst du lernen, mir zu vertrauen.« Die Unterlippe fest zwischen die Zähne gezogen, lege ich meine Hände auf seine. »Bitte«, flüstere ich, »sonst haben wir keine Chance.«

Seine Schultern heben sich unter einem tiefen Atemzug.

»Was willst du unbedingt wissen?«

Die Erleichterung, die ich verspüre, ist in seinem Gesicht nicht zu sehen. Er wirkt gequält. Doch ohne ein bisschen Offenheit kommen wir nicht weiter. Ich bin sicher, er weiß das ebenfalls.

»Bist du tatsächlich ein Agent der OCA?«

Er schnaubt kaum hörbar und löst meine Finger von seinen, um sich über das Gesicht zu streichen.

»Ich habe einen Dienstausweis und eine Waffe. Reicht das?«

»Brexen«, warne ich und er verzieht seinen Mund.

»Vor ungefähr fünf Jahren haben sie mich erwischt«, beginnt er schließlich zu erzählen. »Meine Fingerabdrücke waren in Verbindung mit einer heftigen Schießerei mit drei Todesfällen aufgetaucht und ich war einen Augenblick unachtsam, da hatten sie mich.«

»Warst du es?«, frage ich dazwischen.

»Der die Kerle umgebracht hat? Ja. Zumindest einen davon. Er hatte es verdient. Glaub mir.«

So spielend leicht aus seinem Mund zu hören, dass er Menschen getötet hat, trifft mich weniger, als es sollte. Dennoch weiche ich zurück und lege die Hände in den Schoss.

»Was ist dann passiert?«

»Sie haben mich drei Tage festgehalten und verhört. Erst habe ich allem standgehalten, was sie versucht haben, doch dann haben sie mir eine Zusammenarbeit angeboten. Ich sollte Nelson für sie ausspionieren und Informationen über die Callens liefern, dafür würde ich Straffreiheit bekommen.«

»Einfach so?«

»Na ja. Ganz so einfach nicht. Wir haben eine Verhaftung gefaked. Für Callen saß ich zwölf Monate in Haft wegen der Schießerei. In der Zeit hat die Agency mich ... ich sag mal: ausgebildet.« Er setzt das Wort mit den Fingern in Anführungszeichen.

Ich kann nur nicken.

»Dann hast du also tatsächlich die Seiten gewechselt?«, frage ich, weil ich es noch immer nicht ganz verstehe.

»Wenn es so einfach wäre, Honey«, seufzt er und in seinen Augen steht etwas, das mich milde stimmt.

»Erklär es mir. Bitte. Ich muss das verstehen. Ich muss dich verstehen.«

»Die Sache zwischen Nelson und mir ...« Gequält stöhnt er und stützt die Ellbogen auf das Tischlein. »Ich kann nicht einfach so die Seiten wechseln und ihn ans Messer liefern. Er ...«, zögert er. »Er ist die einzige Familie, die ich habe.«

»Seit wann arbeitest beziehungsweise lebst du mit ihm?«

»Ich bin nach London gekommen, als ich acht war. Meine Mum war ...«, er sieht mich kurz an, ehe er wieder auf die abgenutzte Tischplatte sieht. »Sie war nicht die beste Mum, um es vorsichtig auszudrücken. Sie hat es versucht, aber ist immer wieder bei den falschen Typen gelandet.«

»Wo ist sie jetzt?«

Schon während er mit dem Kopf schüttelt, tut es mir leid, gefragt zu haben. »Ich weiß es nicht. Hab sie seit damals nicht mehr gesehen.«

»Damals? Du hast deine Mutter nicht gesehen, seit du acht Jahre alt warst?« Er sieht mich an und ich kann nicht anders. Ich stehe auf und gehe zu ihm hinüber. Sofort lehnt er sich nach hinten und ich setze mich seitlich auf seinen Schoss. »Bitte erzähl es mir. Alles.«

Seine warme Hand auf meinem Rücken und eine auf meinem Schoss, beginnt er schließlich, sich zu öffnen.

»Meine Mum war Tänzerin. Heute bin ich ziemlich sicher, sie ist anschaffen gegangen. Dadurch wird sie an Nelson gekommen sein, schätze ich mal. Er hatte damals keine leichte Zeit. Duncan, sein ältester Sohn, war zwei Jahre, bevor wir nach London gekommen sind, ums Leben gekommen. Na ja, jedenfalls hat er uns ein Apartment gekauft und immer mehr Zeit bei uns verbracht. Irgendwann war er öfter mit mir zusammen als mit meiner Mum. Ich denke, ich war so etwas wie sein Ersatz für Duncan.«

Ich streiche ihm die Haare aus der Stirn und stelle mir den kleinen Brexen vor. Einen verlorenen Jungen, auf der Suche nach Anerkennung und Aufmerksamkeit.

»Was ist mit deinem Dad?«

»Keine Ahnung«, schnaubt er und ich versuche, mein Mitleid herunterzuschlucken. »Ich weiß nicht, wer er war. Vielleicht ein Freier oder was weiß ich.«

»Brexen«, flüstere ich, doch er schüttelt nur mit dem Kopf.

»Meine Mum nahm mit der Zeit immer mehr Drogen, Nelson brachte mich häufiger zu sich nach Hause und als sie ein paar Jahre später zurück nach Glasgow wollte, bin ich bei ihm geblieben.«

»Also bist du quasi bei den Callens groß geworden?«, unterbreche ich ihn und bin nicht sicher, was das für die Geschichte bedeutet. »Was hat seine Frau dazu gesagt, dass er das Kind einer anderen Frau bei sich aufnimmt?«

»Magnolia war toll. Ich werde nie vergessen, wie ich zum ersten Mal in das riesige Stadthaus kam und sie vor mir auf die Knie ging. Sie hat mir über den Kopf gestreichelt und mich naserümpfend in die Badewanne gesteckt. Keine Ahnung, was Nelson ihr über meine Herkunft erzählt hat. Es war mir egal, solange ich Zeit bei ihnen verbringen durfte. Einer richtigen Familie.«

»Also war er wie ein Vater für dich?«

»Oh nein«, schnaubt er. Seine Finger spielen bei jedem Wort mit meinen. »Anfangs ja. Er hat meine Ausbildung bezahlt. Dafür gesorgt, dass ich ordentliche Klamotten anhatte und mich zu benehmen wusste. Doch nachdem Magnolia gestorben war, musste ich allein klarkommen. Ich habe bei seinen Männern in den Unterkünften geschlafen und für ihn gearbeitet.«

»Dann ...« Ich weiß nicht, ob ich die Antwort darauf hören will, aber ich muss. Ich muss wissen, was damals passiert ist. »Dann warst du schon bei ihm, als er meine Eltern töten ließ?«

»Ja«, murmelt er schlicht und legt seine Stirn gegen meine Brust.

»Warum du?«

»Warum ich was?«, murmelt er gegen mein Shirt und atmet tief ein.

»Warum musstest ausgerechnet du auf mich aufpassen? Du warst damals doch höchstens ...«

»Dreizehn«, stöhnt er.

»Mein Gott«, flüstere ich. Er war doch selbst noch ein Kind.

»Ich verdanke Nelson mein Leben, Kylee. Ich hätte alles für ihn getan. Er hat dafür gesorgt, dass ich nach Oxford gehen konnte und nicht auf der Straße leben musste. Dafür hat er einiges verlangt. Und ich habe es getan, ohne diese Dinge zu hinterfragen.«

»Und jetzt spionierst du ihn aus«, stelle ich fest und er hebt seinen Kopf, um mich anzusehen.

»Nein. Das denkt die Agency, aber im Grunde genommen tue ich das nicht.«

»Aber du hast mich zu ihnen gebracht. Ihnen gesagt, ich sei eine wichtige Zeugin gegen die Callens.«

»Weil ich keine Alternative hatte«, sagt er sofort. »Du solltest niemals in die Schusslinie der Agency geraten. Aber lieber in deren als in Callens. Und du wirst dort nicht offiziell als Zeugin geführt. Ich habe das im Griff. Mit Miranda werde ich fertig. Erstmal denken sie, du bist in Sicherheit. Und wenn es so weit ist, werde ich dich aus sämtlichen Datenbanken löschen. Ich habe all ihre Passwörter und Zugangsberechtigungen gestohlen.«

»Das heißt, die Agency vertraut dir mein Leben an und wenn Nelson wüsste, dass du jetzt bei mir bist, würde er mich töten.«

»Und mich direkt mit dir.«

»Also tust du so, als spionierst du ihn aus, was du aber eigentlich nicht tust. Du lügst beide Seiten an.«

Seine Kiefer mahlen fest aufeinander. Er sieht mich nicht an. Nur seine Füße scharren auf dem rauen Teppich.

»Ist das ein Ja?«, frage ich nach einiger Zeit.

»Habe ich denn eine Wahl?«, knurrt er irgendwann und hebt mich von seinem Schoss, um aufzustehen. »Verdammt!«, meckert er und tigert in dem kleinen Raum hin und her. Ich sitze auf seinem Stuhl und kann seine Zerrissenheit förmlich spüren. »Verstehst du denn nicht, dass ich gefangen bin? Ich hänge zwischen den Welten fest und es gibt einfach keinen Ausweg.«

»Du könntest ihn verraten«, schlage ich vor.

Brexen stützt die Hände in die Hüften und schnaubt.

»Könnte ich«, lacht er. »Ich weiß schließlich alles über ihn. Ich hätte ihn schon vor langer Zeit ans Messer liefern können. Ihn als Dank für das, was er für mich getan hat, verraten können. Ja«, sagt er mit Nachdruck, »das hätte ich gekonnt. Oder zumindest hätte ich es versuchen können, denn Nelson Callen liefert man nicht mal eben so ans Messer. So oder so, ich hätte sofort abtauchen müssen. Für immer verschwinden und nie wiederkommen dürfen.«

Ich verstehe das Problem nicht, doch als wir uns ansehen, wird es mir mit einem Mal klar.

»Du bist meinetwegen nicht gegangen«, flüstere ich.

Wie er die Lippen aufeinanderpresst, ist Antwort genug.

»Ich bin kein Agent, Kylee. Dass die Agency mir so vertraut, liegt einzig an meiner ... an Miranda.«

»Herrgott«, stöhne ich. Allein der Gedanke an sie und ihn sorgt in meinem Magen für Unruhe.

»Glaub mir, mir macht es auch keinen Spaß. Aber es ging nicht anders. Die Terminator-Bitch, wie du netterweise sagst, hat es nun mal voll auf mich abgesehen. Sie frisst mir aus der Hand. Anders wäre ich die letzten Jahre nicht durchgekommen.«

»Dann hast du ein Verhältnis mit ihr?« Ich sollte nicht eifersüchtig sein, ich weiß. Doch ich komme nicht dagegen an.

»Nein«, schnaubt Brexen. Die Wahrheit, die klar und deutlich in seinen Augen steht, lässt mich erleichtert ausatmen. »Ich benutze sie, wenn es nicht anders geht. Aber sie hat mich noch nie angefasst und wird es auch nicht. Herrgott, Kylee, es ist nicht mal eben getan, jemanden wie Callen zu verraten. Er hat Verbindungen, die viel höher reichen, als die Agency sich vorstellen kann. Ein, zwei Telefonate und die Leute, die dort arbeiten, können sich alle einen neuen Job suchen. Und ich gehöre nicht zu diesen Leuten. Ich bin kein echter Agent. Korrupte

Schweine, die für eine Regierung arbeiten, an die ich nicht glaube.«

»Also bist du lieber ein skrupelloser Mörder?«

»Verdammt. Ich weiß nicht, was ich bin, okay?«, schnauzt er mich an. »Alles, was für mich immer gezählt hat, warst du. Dass du in Sicherheit bist. Das war der einzige Job, den ich gern erledigt habe. Alles andere waren einfach nur Mittel, um weiter in deiner Nähe sein zu können. Hätte die Agency mich eingebuchtet, wäre das nicht möglich gewesen, und auch, wenn ich Nelson den Rücken zugedreht hätte, wären wir beide fortan getrennte Wege gegangen. Mein Leben hat sich einzig um dich gedreht.« Stöhnend vergräbt er das Gesicht in seinen Händen, ehe er sie wieder sinken lässt. »Dazu kommt, dass ich Isaac das nicht hätte antun können. Neben dir ist er der einzige Mensch von Bedeutung für mich. Er ist wie ein Bruder.«

»Er wollte uns erschießen«, fauche ich dazwischen und stehe ebenfalls auf. »Du wurdest angeschossen.«

»Doch nur, weil er Befehle befolgt. Weil er versucht, es seinem Vater recht zu machen. Er hat gedacht, ich schütze eine Verräterin. An seiner Stelle hätte ich genauso gehandelt. Isaac ist kein schlechter Kerl. Er hat dich sogar gedeckt.«

»Gedeckt?«, keife ich und reiße die Augen auf. »Du hast mit ihm gesprochen?«

»Nelson denkt, du seist tot. Das ist gut.«

Ich weiß nicht, was ich sagen soll. Starre nur noch auf den Boden und versuche, Licht in das Dunkel meines Kopfes zu bringen.

»Kylee«, bittet Brexen mich und ich sehe erst auf, als ich seine Hände an meinen Oberarmen spüre. »Ich weiß, es ist viel und du kannst all das nicht verstehen. Aber das, was wirklich immer gezählt hat, bist du. Ich habe auf dich aufgepasst. Seit du vier Jahre alt warst, bin ich an deiner Seite, und ich werde es bleiben, bis ich sterbe.«

Allein der Gedanke daran, er könnte nicht mehr da sein, schnürt mir die Kehle zu.

»Die Vorstellung, ich könnte eines Tages sterben, gefällt dir nicht besonders, hm, Honey?«, schmunzelt Brexen, ohne wirklich zu lächeln. Er durchschaut mich. Weil er mich kennt wie kein anderer. Langsam gehe ich auf ihn zu. Meine Hand findet wie von selbst den Weg an seine Wange.

»Wie soll es jetzt weitergehen? Ich kann nicht ewig hier versteckt bleiben. Wir müssen herausfinden, wer der Informant ist und vor allem, warum er mich darauf gestoßen hat, über die Callens zu schreiben.«

In meinem Kopf rattert es, während Brexens Lippen, die mit rasiertem Gesicht viel geschwungener wirken, sich zu einem Lächeln verziehen.

»Was ist nun schon wieder?«

Er nimmt meine Hand von seiner Wange in seine und küsst meine Fingerknöchel.

»Du hast wir gesagt«, stellt er lächelnd fest, die Lippen an meiner Haut.

»Hätte ich denn überhaupt eine Chance, dich loszuwerden?«, frage ich.

»Nicht, solange ich lebe«, gesteht er und ich kann nicht sagen, welches Gefühl in meiner Brust dominiert. Ich glaube, es ist tatsächlich Erleichterung. Auch wenn das eigentlich vollkommen absurd ist. Denn ich kenne den Mann vor mir kaum. In ihm scheinen zwei Herzen zu schlagen und ich weiß nicht, welches von beiden am Ende überleben wird. Wenn er Nelson Callen treu ergeben bleibt, wird er sich über kurz oder lang gegen mich stellen müssen. Sollte er bei der Agency bleiben, sehe ich ihn vermutlich nie wieder. Keine der beiden Optionen stellt mich ehrlich gesagt zufrieden.

»Können wir nicht einfach zurück nach Eilean Ross?«, frage ich und erlaube mir, meine Wange an seiner Brust, einen Moment der Schwäche. Seine Arme schließen sich um mich und zusammen mit seinem Mund auf meinem Kopf geben sie mir alles an Sicherheit, das mir geblieben ist.

»Das würde mir gefallen«, murmelt er.

»Was machen wir denn jetzt bloß?« jammere ich die Frage, die es zuallererst zu beantworten gilt.

»Zunächst einmal essen wir die Lasagne, die ich mitgebracht habe, und dann nehme ich dich mit zu mir.«

»Nein«, stoße ich aus und drücke seine Brust weg.

»Sie ist vegetarisch«, fügt er mit einem schiefen Grinsen an. Er weiß genau, dass ich nicht das Essen meine.

»Ich gehe nicht einfach mit. Ich bleibe hier.«

»Nein.«

»Und ob.«

»Das war auch keine Frage, Kylee. Du bleibst nicht allein hier.«

»Was? Willst du mir wieder einen Sack über den Kopf ziehen und mir Drogen verabreichen?«

Sein Blick antwortet für ihn. »Wenn es sein muss«, sagt er trotzdem noch dazu.

»So geht das nicht, Brexen. Du kannst nicht alles kontrollieren, was ich mache.«

»Hey«, sagt er und hebt die Hände. »Ich habe dich zwei Tage in Ruhe gelassen und nicht einen einzigen Blick auf deinen Laptop geworfen.«

»Wow«, werfe ich sarkastisch ein. »Dann hast du dir echt die Medaille des besten Lovers aller Zeiten verdient«, lache ich, ohne es lustig zu finden.

»Kylee«, warnt er und ich versuche, der Ernsthaftigkeit seines Blickes standzuhalten. »Du wirst mit mir kommen. Ich lasse dich nicht ohne Schutz hier zurück, nur um in wenigen Tagen deine Leiche vom Teppich zu kratzen.« Sein Tonfall bringt mich dazu, zurückzuweichen. »Du wirst keinen Schritt mehr ohne mich machen. Du wirst weder mit der Agency sprechen noch mit sonst wem. Wir werden die Sache klären und danach …«

Er ballt die Hände so fest zu Fäusten, dass sie zittern.

»Danach?«

Brexen kommt langsam auf mich zu. Seine Brust hebt und senkt sich hastig. Es scheint, als brauche er all seine Kraft, um weiterzusprechen.

»Danach lasse ich dich gehen, wenn du noch gehen willst«, sagt er und schließt kurz die Augen.

Es sollte mich hoffen lassen. Ich könnte froh darüber sein, doch ich bin es nicht. Denn die Wahrheit ist, ich will nicht, dass er mich je wieder gehen lässt. Ohne ihn bin ich verloren. Auch wenn ich nicht bereit bin, mir das einzugestehen. Noch nicht …

BREXEN

Ich muss wirklich ein Stöhnen unterdrücken.

Es könnte unsere Lage erheblich vereinfachen, wenn Kylee ihre Krallen langsam einfahren und auf mich hören würde.

»Du musst verstehen, dass wir keine Alternative haben.«

Der Regen prasselt inzwischen auf das Dach meines alten Jeeps und ich drehe die Lüftung höher, weil die Scheiben beschlagen. Wenn ich für Nelson unterwegs bin, fahre ich einen schicken Porsche Carrera. Aber ich bin eigentlich nicht der Typ für Statussymbole und protzige Karren. Außerdem kennt niemand dieses Auto. Ich fahre es nur, wenn ich nicht gesehen werden will.

»Ganz ehrlich«, meckert sie und sieht weiter stur aus dem Seitenfenster. »Ich weiß nicht, ob ich das muss. Findest du nicht, es ist ein bisschen viel verlangt, das alles zu verstehen?«

Seufzend ziehe ich mir die Mütze vom Kopf und werfe sie auf meinen Schoss. Ich weiß, sie hat recht. Natürlich weiß ich das. Aber wenn ich ihren Koffer nicht gepackt und ohne große Worte in meinen Wagen geladen hätte, stünden wir noch immer diskutierend in Lewisham.

»Vielleicht fängst du einfach damit an, dass du in den nächsten Wochen bei mir bleiben musst. Den Rest kannst du anschließend verarbeiten.«

Im Augenwinkel sehe ich, wie sie ihren Kopf zu mir dreht. Der Blick, den sie mir zuwirft, ist sicher nicht gerade liebevoll, daher schaue ich weiter geradeaus und bin froh, dass es nur noch zwei Straßen bis zu meiner Bude sind.

Ich biege in die dunkle Gasse ab und Kylee wendet ihren Kopf zur Windschutzscheibe.

»Bitte sag mir, dass du nicht in Peckham wohnst.«

Ich kann nicht anders. Ich muss lachen.

»Ach Kitty«, lache ich und trommele aufs Lenkrad. »Du lernst es einfach nicht, oder?«

»Was? Mich von den falschen Männern fernzuhalten? Wie es scheint, nicht«, faucht sie und reckt den Hals, um die heruntergekommenen Gebäude anzusehen.

Peckham ist ein grauenvolles Viertel. Die Bandenkriminalität nimmt mit jedem Jahr weiter zu. Genau wie die Arbeitslosigkeit und die Obdachlosenrate. Eine Gegend, die auf Nelsons Gehaltsliste nicht vorhanden ist. Hier kämpft jeder für sich allein und vor allem interessiert es keinen, was man in seinen eigenen vier Wänden treibt.

»Es liegt nah an Greenwich«, schmunzele ich und sehe kurz zu Kylee, die mich mit weit aufgerissenen Augen anstarrt.

»Bitte sag mir, dass du nicht hier lebst, Brexen.«

»Ich lebe überall und nirgendwo«, lache ich weiter und biege in die dunkelste Gasse des Viertels ab. Hier stapelt sich der Müll um die Container. Unter Burgen gebaut aus Pappkartons liegen Penner und versuchen, sich vor der Kälte zu schützen.

Blind tastet meine Hand nach dem Öffner in der Mittelkonsole des Jeeps. Bereits kurz darauf öffnet sich das dreckige Garagentor in dem uralten Gebäude vor uns. Auf der anderen Seite des Hauses, zur Parallelstraße hin, befindet sich im Erdgeschoss ein afrikanischer Friseursalon. Ansonsten scheint das Haus leer zu stehen. Die Betonung liegt auf scheint.

Das Tor schließt sich hinter uns und als ich den Motor ausschalte, wird es dunkel. Sofort krallt Kylee ihre Finger in meine.

»Schon gut«, flüstere ich und öffne die Wagentür, um die Innenbeleuchtung zu aktivieren. Panisch sieht sie mich an und mein Lachen ist schnell vergessen. »Vertraust du mir?«, frage ich und streiche ihr die Haare hinters Ohr. Ihr Zögern und das Schlucken lassen mich seufzen. »Okay. Komm einfach mit«, sage ich, ohne ihr die Chance zu geben, mir zu antworten. Oder vielmehr ohne ihr die Chance zu geben, mich zu enttäuschen.

Ich steige aus und drücke den Lichtschalter, um es ihr leichter zu machen. Das Garagentor mag von außen dreckig und alt wirken, ist aber sicherheitstechnisch auf höchstem Niveau. Es gibt nicht besonders viele Orte auf der Welt wie diesen. Orte, an denen ich meine Ruhe habe.

Die Agency denkt, ich wohne bei Callen. Ich habe ihnen erzählt, dass es Zimmer für die Mitarbeiter in einem Haus in East End gibt. Das ist natürlich vollkommener Quatsch. Aber mit ein bisschen Geschick kann man die Menschen alles glauben lassen. Weil sie einfach nicht hinsehen.

Callen wiederum geht davon aus, dass ich durch die Welt tingele. Ich habe ein Zimmer in einem Hotel in Kensington dauerhaft gebucht, in das ich hin und wieder ein paar Frauen mitnehme und Isaac an die Bar einlade.

Zu Zeiten, in denen ich viel für Nelson hier in der Stadt arbeite, lebe ich dort. Doch es ist nicht mein Zuhause. Das hier ist es auch nicht, aber es kommt dem am nächsten.

»Was zur Hölle ist das hier?«, fragt Kylee, die inzwischen ausgestiegen ist. Ich habe ihren Koffer aus dem Auto gehoben und sie zuckt beim Zuschlagen des Kofferraumes zusammen.

»Entspann dich, Honey«, murmele ich und trete an ihre Seite. Neben der Werkbank, auf der das klassische Chaos herrscht, welches wohl ein Mechaniker hinterlassen haben könnte, öffne ich den Sicherungskasten und schiebe die kleine unscheinbare Abdeckung zur Seite.

Während ich den Code eingebe, muss ich lächeln, weil meine kleine neugierige Katze mir bei allem, was ich tue, über die Schulter linst.

»Hast du gerade meinen Geburtstag eing…?«, kreischt sie beinahe, ist aber sofort wieder still, weil die Wand, an der die Werkzeuge hängen, sich laut klickend öffnet. Der Eingang zu meinem Apartment ist so gut wie unsichtbar, wenn man nicht weiß, dass er da ist.

»Jap«, lache ich, weil ihre Augen immer größer werden. »Habe ich.« Ich nehme ihre Hand und ziehe sie hinter mir her. »Schließ die Tür hinter dir«, sage ich. Sie gehorcht ausnahmsweise und zieht die schwere Sicherheitstür ins Schloss.

Die schmale Wendeltreppe hinauf muss ich sie loslassen, weil es schwer genug ist, ihren Koffer hinaufzubringen. Oben angekommen, gebe ich ein weiteres Mal einen Code ein. Dieses Mal ein Datum, das ich niemals vergessen werde.

23.03.2000.

»Hereinspaziert«, lenke ich sie und mich ab, ehe sie nachhaken kann, welche Bedeutung die Ziffern haben.

Wir schreiten durch die eigentliche Wohnungstür und stehen direkt im offenen Wohnzimmer.

»Oh mein Gott«, stößt Kylee hinter mir aus. Ich trage ihren Koffer bis zur Couch und lege meinen Schlüssel auf den halbhohen Tresen, der das Wohnzimmer von der Küche trennt.

»Haben wir uns mal wieder täuschen lassen, hm?«, frage ich und gehe auf sie zu. Sie hat den Kopf in den Nacken gelegt, um sich in dem hohen Gebäude umzusehen.

Vor vielen Jahren habe ich das Haus gekauft und einiges umgebaut. Die alten Mauern und Fenster sind nach außen hin auch weiterhin sichtbar. Ich habe alles so gelassen, damit von außen keiner auf die Idee kommt, was sich im Inneren verbirgt.

»Das ist unglaublich«, murmelt Kylee und bestaunt die hohen Decken und die Galerie, auf der sich mein Schlafzimmer befindet. Ich habe die alten Innenwände eingerissen und das Haus zu einem einzigen großen Raum geöffnet. Um es unmöglich zu machen, durch die Fenster hineinzusehen, habe ich neue Wände vor die Fenster gebaut und dafür gigantische Glaselemente in die Decke bauen lassen. Von außen wirkt das Haus widerlich und unbewohnt. Von innen ist es eine stylishe, noch dazu recht passabel eingerichtete Wohnung.

»Du bist der erste Mensch außer mir, der hier ist«, gestehe ich ihr und kratze mich nervös im Nacken. Sie hier stehen zu sehen ist seltsam. »Tja, da hätten wir die Küche«, zeige ich mit dem Daumen hinter mich. »Wohnzimmer«, deute ich um uns herum, »und da hinten ist das Bad und so.«

»Und so?«, fragt sie und reckt den Kopf in alle Richtungen.

»Sauna. Whirlpool. Das volle Programm.« Unsere

Blicke treffen sich und ein breites Grinsen legt sich auf mein Gesicht. »Das Bett ist übrigens oben.«

»Und«, flüstert sie und kommt auf mich zugeschlichen, »wo ist mein Zimmer?«

Unschuldig wirkend, zieht sie die Lippe zwischen die Zähne und ich streiche mit dem Daumen darüber.

Sie will spielen? Das kann sie haben.

»Ich zeig's dir«, raune ich und sie kreischt bereits los, als ich in die Knie gehe, um sie über meine Schulter zu werfen. »Hier kannst du schreien, wie du willst.« Ich lasse meine flache Hand auf ihren Arsch klatschen. Sie prallt auf der engen Jeans ab. »Es hört dich ja doch niemand.«

»Brexen«, lacht sie und trommelt auf meinen Hintern.

»Oh ja. Gleich kannst du mich anbetteln«, lache ich und beiße in ihren Schenkel, der direkt neben meiner Wange liegt. »Aber erst, wenn ich dich an mein Bett gefesselt und gefickt habe, bis dir nichts mehr bleibt, als um Gnade zu winseln.«

Kylee Hawthorn die alte Industrietreppe hinauf in mein eigenes Bett zu tragen, lässt mein Inneres zur Ruhe kommen. Sie ist hier und ich muss mir keinerlei Sorgen machen, wo und mit wem sie sich herumtreibt. Das lässt den Kontrollfreak in mir zum ersten Mal tief durchatmen.

Ich genieße jeden Schritt. Und ich hoffe, dass sie es auch tut. Denn ich habe keine Ahnung, wie lange wir noch so unbeschwert zusammen sein können. Die Realität wird uns einholen, ob ich es will oder nicht.

Aber nicht heute. Heute noch nicht ...

KYLEE

»Brexen«, keuche ich. Mein Unterleib verkrampft sich und ich spüre, wie die ersten Wellen eines gigantischen Orgasmus sich nähern und über mir zusammenbrechen wollen.

»Ja, Honey«, stöhnt auch er. Mit jedem seiner Stöße wird er fordernder und presst mich in die Matratze seines riesigen Bettes. Ihn nicht sehen zu können, schärft all meine Sinne. Ich fühle den Schweißfilm, der sich zwischen uns gebildet hat, und kann seine Erregung genauso riechen wie meine eigene.

Grenzenlos. Das ist das richtige Wort. Meine Hände krallen sich noch fester um die Fesseln, mit denen meine Handgelenke an das schwarze Bettgestell gebunden sind.

»Oh mein Gott«, keuche ich. Das Piercing in seiner Eichel findet den besonderen Punkt ganz tief in meinem Inneren und ich beiße die Zähne zusammen, weil ich seinen Körper nicht berühren kann. Und weil ich seine grünen Augen nicht sehe. Wie von selbst windet sich mein Kopf. Ich werfe ihn hin und her, ehe ich schließlich laut schreiend komme. Mein Körper explodiert. Wellenartig breitet sich das alles überragende Gefühl von meiner Mitte über meinen Rücken aus, bis es unter meiner Schädeldecke kribbelt. Ich spüre, wie Brexen sich versteift und schließlich auch er mit einem animalischen Geräusch kommt.

»Heilige Scheiße«, knurrt er und legt seine Stirn auf meinem Schulterblatt ab. Mit einer Hand schiebt er mir die Augenbinde vom Gesicht. Neben der Erleichterung, wieder Licht sehen zu können, ist es unbeschreiblich schön, die Befriedigung in seinen Augen zu erkennen, als er seinen Kopf hebt. Das war der zweite Sex mit ihm, ohne mein Augenlicht zu benutzen, und es war noch besser als beim ersten Mal. In totaler Erregung halte ich die Finsternis aus. Ja, ich kann nicht leugnen, dass sie meine Gefühle sogar verstärkt. Dennoch bin ich froh, jetzt wieder etwas sehen zu können. Noch dazu den unfassbar sexy Mann, der sich auf seinem Ellbogen über mir abstützt und meinen Hals küsst. Keine Spur davon, dass ich ihm in den vergangenen Stunden bereits alles von meinem Körper gegeben habe.

»Bind mich los, ich will dich berühren«, flüstere ich und hebe den Kopf, um seine Lippen flüchtig zu berühren.

»Ich steh drauf, wenn du mir ausgeliefert bist«, knurrt Brexen und kitzelt mich mit seinen Bartstoppeln unter den Armen. Ich kreische und winde mich in dem Versuch, von allein loszukommen, doch ich habe keine Chance. »Aber noch toller finde ich es, wenn ich deine süßen Finger auf meiner Haut spüre.« Zusammen mit seinen Worten greift er nach oben und löst den Knoten, mit dem er das Seil fixiert hat. Sofort fahren meine Finger in seine Haare und ziehen ihn daran zu mir herunter.

»Ich lasse mich eigentlich nicht gern kontrollieren«, flüstere ich. Seine Lippen finden mich und meine Zungenspitze fährt seine Konturen nach. Brexen zieht sich ein Stück zurück und legt den Kopf schief. Dabei sieht er aus wie ein Hundewelpe statt wie ein skrupelloser Killer, und ich muss kichern.

»Du verarschst mich.« Spielend leicht rollt er sich von mir herunter und zieht mich mit sich, so dass ich auf ihm sitze.

»Ich sagte *eigentlich*. Möglicherweise mache ich für dich eine kleine Ausnahme.«

Seine skeptische Miene verwandelt sich in ein wunderschönes Grinsen und ich lasse mich auf seine Brust sinken, um seinem Herzschlag zu lauschen.

Seit Tagen legt sich zum ersten Mal eine vollkommene Ruhe über meinen Körper. Dicht an Brexens Körper geschmiegt, fühle ich so vieles, aber vor allem fühle ich mich ... sicher. Geborgen und beschützt.

Auch wenn nach wie vor viele Fragen offen sind und ich ihn noch immer nicht vollständig verstehen kann – ich vertraue ihm. Ja, das tue ich. Ich lasse mich von ihm in die Dunkelheit führen und weiß, dass er sie für mich zu einer Welle der Erregung macht. So, wie er schon seit Jahren dafür sorgt, dass es mir gutgeht. Weil er über mich wacht. Und weil er nicht zulassen würde, dass mir etwas passiert. Dessen bin ich mir wirklich sicher.

»Hast du eigentlich die letzten Tage nicht auf mich aufgepasst?«

Seine Brust drückt sich fest an meinen Rücken und ich liege in seinen Armen wie in einem Kokon. Die vergangenen Stunden haben alles, was wir an Intimität bereits getauscht hatten, noch einmal getoppt. Unsere Körper hatten von Anfang an ihre eigene Art zu kommunizieren, doch die Tatsache, dass er sich mir geöffnet hat, hat etwas verändert. Ob es ihm genauso geht, vermag ich nicht zu sagen.

»Nicht so wie sonst, aber ich wusste zu jeder Zeit, wo du bist. Ich passe immer auf dich auf«, murmelt er und küsst meine nackte Schulter. Mein Körper ist schlaff und zufrieden, wenn auch ausgelaugt und wund. Aber ich fühle mich befriedigt. Das ist wohl das richtige Wort. Befriedigt und in Sicherheit in den Armen eines Mannes, der meinem Leben eine neue Wendung gegeben hat.

Die Retroglühbirnen, die in schwarzen Metallgestellen an den Wänden hängen, malen feine Schatten auf den grauen Putz und bringen gerade so genug Licht in die Wohnung, dass ich ruhig atmen kann. Diese Wohnung spiegelt Brexen in all seinen Facetten wider. Erst wenn man richtig hinsieht, erkennt man, was alles in ihr steckt. Und sie ist wunderschön. Die kalten Metallanteile des Industrie-Stils kombiniert mit warmen Holzmöbeln und diesen kleinen Details, die mich auch ohne zu wissen, wem sie gehört, sofort an ihn erinnert hätten.

»Was heißt nicht so wie sonst?«

In seiner Umarmung drehe ich mich auf den Rücken, um ihn anzusehen. Er hat seinen verletzten Arm unter dem Kopf angewinkelt. Die Schusswunde scheint ihn nicht wirklich zu beeinträchtigen.

»Na ja«, seufzt er und fährt mit seinen Fingerspitzen hauchzart meinen Oberarm entlang. »Ich habe weder deine Handydaten noch deinen Laptop gehackt.«

»Warum nicht?«

Meine Frage scheint ihn zu verwundern.

»Früher, also ... bevor ... vor der Insel, war das unsere einzige Verbindung. Die Tage in Schottland haben einiges verändert. Ich wollte dir ... ich weiß nicht ... Freiraum geben?«

Unsicherheit in seinem Gesicht zu erkennen ist etwas ganz Neues. Ich habe den knallharten Brexen Ward bislang nie wirklich verletzlich erlebt.

»Hm«, murmele ich vor mich hin, nicht sicher, was

ich dazu sagen soll. Stattdessen kuschele ich mich an seine Seite und genieße es, mich so geborgen zu fühlen.

»Hm?«, imitiert er meine Stimme, schiebt mich ein Stück von sich und kneift die Augen leicht zusammen. »Man könnte fast den Eindruck bekommen, du seist enttäuscht.«

Ich senke den Blick, weil seine Andeutung vollkommen absurd ist. Nur leider auch ... wahr.

»Kylee?«

Ich ärgere mich, dass ich überhaupt gefragt habe.

»Nein«, versuche ich mich aus der Situation zu retten. Denn plötzlich will ich es nicht mehr. So oft, wie ich mir in den letzten Tagen vorgestellt habe, was er zu der Geschichte sagen würde, die auf meinem Laptop lauert – jetzt ist es mir unangenehm. »Natürlich bin ich nicht enttäuscht. Ich bin froh, ich meine, wer wird schon gern freiwillig gestalkt?«

»Aber?«, fordert er mich auf und lässt sich mit mir in seinem Arm auf den Rücken sinken, so dass ich auf seiner Brust ruhe.

»Aber nichts.«

Sein dunkles Lachen bringt meinen Kopf auf seinem Rumpf zum Beben.

»Gibt es vielleicht etwas, von dem du gerne gehabt hättest, dass ich es finde?«

Obwohl er mein Gesicht nicht sehen kann, schließe ich die Augen, damit die Wahrheit darin nicht allzu offensichtlich geschrieben steht.

»Vielleicht«, gestehe ich nach einer Zeit, weil er es ja doch aus mir herauskitzeln wird.

»Laptop oder Handy?«, fragt er schlicht und greift zu seinem Smartphone, das auf einem kleinen Holztischchen neben dem Bett steht. Im Grunde ist es einfach ein Holzstamm, der geschliffen und lasiert ist.

»Laptop«, flüstere ich und vergrabe mein Gesicht an seiner Haut. Ich war mir in den vergangenen Tagen sicher, er habe alles verfolgt, was ich geschrieben habe. Dass er es nicht getan hat, verunsichert mich irgendwie. Noch dazu will ich gar nicht sehen, wie spielend einfach es für ihn ist, in meine Privatsphäre einzudringen.

Der Regen trommelt zum Takt meines Herzens über uns auf die Dachfenster. Ich vermisse es, die Wellen zu hören. Irgendwie gehören sie zu dem Brexen-Gesamtpaket dazu. Doch hier in dieser Wohnung hat man auch das Gefühl, auf einer Insel zu sein. Inmitten einer Stadt zwischen so vielen Menschen hat er einen Ort geschaffen, der nur für ihn gemacht ist. Und jetzt auch für mich.

Ich wage es nicht, aufzusehen, doch ich spüre auch so, als er gefunden hat, worauf ich anspiele.

»The isle of sin von Aileen R.«, liest er vor. Ich versuche, mich noch mehr zu verstecken.

»Wow«, sagt er und ich spüre an seinem Arm, wie er mit dem Finger durch die Seiten scrollt. Nach kurzer Zeit will er meinen Kopf anheben. »Das ist der Wahnsinn.«

Da ich nicht nachgebe, lässt er mich weiter gegen seine Flanke gedrückt und lacht nur schwach, während seine freien Finger über meine Haare streichen. Ich habe die Augen geschlossen und atme gegen den Weißdornbusch, der in seine Haut gestochen ist. Wenn ich ihn berühre, fühle ich mich irgendwie ... ich weiß nicht ... geerdeter?

»Es ist anders«, rechtfertige ich mich, durch seine Haut in der Stimme gedämpft. Als er nicht reagiert, sehe ich schließlich doch auf.

»Es ist ...«, murmelt er und seine Augen sind konstant auf den kleinen Bildschirm gerichtet. Er lässt sein Gesicht in hellem Blau leuchten. Ich versuche, seine Regungen darin zu lesen, doch ich kann sie nicht deuten. Es sind erst knapp fünfzig Seiten, die ich geschrieben habe, und doch fühlt es sich anders an als bei meinen bisherigen Manuskripten. Diese Geschichte kommt ganz tief aus meinem Inneren. Sie bezieht sich nicht nur, wie bislang, auf sexuelle Fantasien, sondern auch auf die Gefühlswelt des Paares. Es geht darin um tiefgreifende Psychologie. Eine Anziehung, die gegen jede Regel verstößt.

»Du findest es doof«, entweicht es mir, kurz davor, mich wieder zu vergraben. Dann sieht er mich endlich an. Brexen Ward mag viele Gesichter haben. Einige davon möchte ich lieber nicht näher kennenlernen. Doch das Lächeln, das er mir in diesem Moment schenkt, ist echt. Es gehört dem Mann, dem ich auf Eilean Ross vertraut habe. Es gehört dem Jungen, der mein Fahrrad drei Meilen nach Hause geschoben hat, als ich gefallen war. Es gehört dem, für den ich heftige Gefühle habe.

»Es ist brillant, Kylee.«

»Dann findest du es nicht bescheuert?« Ich setze mich hin.

»Wie könnte ich jemals etwas bescheuert finden, das du schreibst? Noch dazu das hier.« Er richtet sich ebenfalls etwas auf und beginnt, laut zu lesen:

Hamish MacKay trat vor mich und seine grünen Augen zwangen mich beinahe in die Knie.

»Verratet Ihr mir heute, wer Ihr seid?« Seine Stimme erzeugte ein unangenehmes Kribbeln in meinem Bauch und wie er mich am Haar vor sein Gesicht zerrte, verriet mir, ich würde niemals einen Weg finden, diesem Mann zu entkommen. Er war grob und angsteinflößend. Und doch wich

ich nicht zurück. Denn ich war neugierig und wollte sehen, was er als Nächstes tat.

»Ich bin niemand«, flüsterte ich die Wahrheit. Denn ich war niemand mehr. Er hatte mir alles genommen.

Die Truppen der MacKays hatten mich bereits vor vielen Tagen gefangen.

»Du warst dabei, in Tarbat Ness, richtig? Bist du eine Ross?«

»Nein«, log ich, ohne zu wissen, warum.

»Du lügst«, spie er mir ins Gesicht und umfasste meine Handgelenke. Fest umklammert hielt er sie vor seine Brust.

»Du bist Hamish MacKay«, fauchte ich ihn an. »Wenn du denkst, ich lüge, dann töte mich. Das ist es doch, was du tust. Du bist ein Mörder.«

Ich kannte all die grausamen Geschichten über den Clan-Führer. Und ich hatte mit eigenen Augen gesehen, wie er meinen Mann, den Laird von Tarbat Ness, abgeschlachtet hatte. Und mit ihm jeden Einzelnen unseres Clans.

Ich sollte ihn hassen, war er doch der grausamste Mensch unserer Zeit. Und doch sah ich in den letzten Tagen immer wieder etwas in seinen Augen, das mich daran hinderte. Sie waren grüner als alles, was ich zuvor gesehen hatte. Und sie weckten eine Seite in mir, für die ich bislang nie bereit gewesen war. Eine Sehnsucht, die ich in meine Seele gesperrt hatte.

»Oh nein«, lachte er und zog mich dicht vor seine Lippen. Sein Blick ruhte in meinem Ausschnitt und ich reckte stolz das Kinn. »Ich werde dich nicht umbringen. Hätte ich dich töten wollen, wärst du längst tot.«

Ich spürte seinen Atem auf meinen tränennassen Wangen und mir wurde heiß.

Auch wenn ich dachte, es sei nur mein Körper, der auf dieser Insel gestrandet war, so sollte es womöglich mein Herz werden, das ich hier verlieren würde.

Brexen hört auf zu lesen und lässt sein Handy langsam sinken. Seufzend schlägt er die Decke zurück und setzt sich auf die Bettkante. Es ist nicht das erste Mal, dass er etwas von mir liest. Und doch habe ich das Gefühl, auch für ihn ist es etwas anderes.

Natürlich erkennt er die Geschichte hinter meinem Roman. Die Sage um Eilean Ross und unsere Zeit dort haben mich inspiriert. Nur weiß ich nicht, was er darüber denkt. Immerhin sind es meine Gefühle, die Morena Ross da beschreibt.

»Ist es so bei dir?«, fragt er, das Gesicht mir abgewandt und seine Stimme wird beinahe von dem trommelnden Regen überdeckt. »Hast du dein Herz an einen Mörder verloren? An das Monster der Geschichte?«

»Brexen«, flüstere ich und krabbele hinter ihn. Ich schlinge meine Arme um seinen Hals und küsse seinen Nacken, die bunten Bilder, die zwischen seinen Schulterblättern in ein dämonisches Gesicht übergehen. »Es ist nur eine Geschichte.«

»Unsere Geschichte?«

»Nein. Ja«, korrigiere ich und streiche durch seine Haare. »Die Zeit auf der Insel hat mich inspiriert und mich auf die Idee gebracht. Aber nichtsdestotrotz bleibt es Fiktion.«

Seine Schultern heben sich unter einem Lachen, das das traurigste Lachen ist, das ich je gehört habe.

»Die Idee ist toll.«

»Ich will, dass du das ganze Buch liest. Du sollst wissen, wie sie sich gefühlt hat. Wie ich mich gefühlt habe.«

»Natürlich lese ich es«, sagt er und legt seine Hand auf meinen Unterarm, der nach wie vor um seinen Hals liegt. »Das ist wirklich gut, Kylee. Du solltest diese Geschichte schreiben und veröffentlichen und …«

»Hey«, unterbreche ich ihn, weil der Tonfall, mit dem er spricht, mir missfällt. Meine Hand an seiner Wange, bitte ich ihn, mich anzusehen.

Sein Blick trifft meinen. Ich sehe darin so viele Emotionen gleichzeitig und jede einzelne haut mich fast um. Das ist einer der Momente, in denen mir klar wird, dass Brexen Ward ein Fremder bleiben wird, ganz gleich, wie viele Seiten ich von ihm kennenlerne.

»Ich wünschte nur«, flüstert er und legt seine Stirn gegen meine, »Ich wünschte, ich wäre der Held der Geschichte und nicht das böse Monster.«

Ich senke mein Gesicht und küsse ihn. Er hält sich selbst für einen grausamen Mann. Wahrscheinlich ginge es mir auch so, wenn ich die ganze Wahrheit wüsste über das, was er für Nelson Callen tut. Fakt ist, ich will es gar nicht wissen. Denn ich sehe ihn so, wie er ist. Das ist eine Lektion, die ich gelernt habe. Richtig hinzusehen. Und ich sehe einen aufopferungsvollen Menschen, der sein Leben gibt, um einen anderen zu beschützen. Das wiegt in meinen Augen mehr.

»Wart's ab«, hauche ich lächelnd gegen seine Lippen. »Es ist das vierte Kapitel. Manchmal stellt sich erst auf den letzten Seiten heraus, wer der wahre Held in einem Roman ist.«

Ich ziehe mich ein Stück zurück, um in seine Augen

sehen zu können. Sie leuchten nicht, während er den Mund zu einem gequälten Lächeln verzieht.

»Ja, vielleicht«, bringt er monoton hervor und legt seine Hand an mein Gesicht. Sein Daumen streicht zärtlich über meine Wange. »Du solltest unbedingt weiterschreiben. Du bist sehr talentiert. Aber jetzt schlaf. Ich muss noch arbeiten.«

Hier in London ist er dennoch ein anderer als auf der Insel. Die Ruhe, die ihn umgab, während er stundenlang am Klavier saß und gespielt hat. Oder die Hingabe, mit der er die Natur angesehen hat. All das fehlt mir an dieser Version von Brexen. Ich habe das Gefühl, ein Teil von uns ist auf Eilean Ross geblieben.

Mit einem Kuss auf die Stirn verlässt er das Bett und es fühlt sich an, als hätte ich ihn verloren.

BREXEN

20.09.2020

»Ich bin zu Hause, Liebling«, rufe ich völlig übertrieben in die Wohnung. Uns ist sicher beiden klar, dass ich niemals diese Sorte Mann sein werde, aber es macht Spaß, hin und wieder so zu tun.

Von oben höre ich Kylee kichern. Dieses Geräusch bringt mich zum Lächeln. Alles an ihr bringt mich dazu, wie ein dämlicher Idiot zu grinsen. Das ist schön und eine gelungene Abwechslung zu der Grausamkeit, die mein Leben sonst beherrscht. Ich bin damit groß geworden. In einer Welt voller Waffen und Gewalt und ewigem Zorn mächtiger Männer. Doch mit jedem Tag, der vergeht, fällt es mir schwerer, meine Taten nicht infrage zu stellen. Unsere gemeinsame Zeit hat mich verändert – Kylee hat mich verändert.

Seit einer Woche ist sie nun bei mir und ich habe es keine Minute bereut, sie hergebracht zu haben. Ihre Nähe macht … sie macht mich glücklich. Natürlich bin ich auch extrem entspannt, weil ich weiß, sie ist in Sicherheit. Weil ich zusätzlich zu meinem schon anstrengenden Doppelleben nicht ständig nach ihr suchen muss. Mein Alltag ist leichter ohne das Stalking. Aber das allein ist es nicht. Es sind die kleinen Dinge.

Ihre Klamotten, die inzwischen überall im Haus verteilt liegen. Ihr Duft, der in den Räumen hängt. Ich bekomme jeden Tag etwas Grandioses zu essen von ihr gezaubert und vor allem fühle ich mich wie ein normaler Mensch. Ein Kerl, der tagsüber arbeiten geht, um abends zu seiner Freundin nach Hause zu kommen. Das ist nett. Zumindest wenn man ausklammert, dass ich nebenbei für einen Mafiaboss arbeite und die englische Regierung verarsche.

»Komm runter«, rufe ich. »Ich hab dir etwas mitgebracht.«

»Moment!« Ich höre die Tastatur ihres Laptops klackern. Kylee schreibt fast Tag und Nacht an ihrem neuen Roman. Er wird großartig. Anders als ihre bisherigen Geschichten. Gefühlvoller. Tiefer irgendwie. Hin und wieder muss ich schlucken, wenn sie mir daraus vorliest. Denn für den Bösewicht in ihrer Geschichte hat sie in mir Inspiration gefunden. Ich will für sie nicht das Monster sein. Sie soll erkennen, dass ich nicht nur Blade bin. Und auch nicht irgendein blöder Agent, der Mirandas Pussy streicheln muss, um nicht entlarvt zu werden. Ich will der Mann sein, der ihr ein Lächeln aufs Gesicht zaubert. Der Mann, der dafür sorgt, dass sie ein unbekümmertes Leben führen kann.

Darum bringe ich ihr fast jeden Tag etwas mit. Die Schokolade, von der ich weiß, wie sehr sie sie liebt, oder die neuesten Bücher, die in ihrem digitalen Warenkorb liegen. Doch heute habe ich etwas Besonderes dabei.

Ich stelle den Karton auf den Esstisch und gehe um

den Tresen herum, um mir ein Bier aus dem Kühlschrank zu holen. Es war ein langer Tag.

Ich versuche, Nelson so gut es geht aus dem Weg zu gehen, was mit jedem Tag schwerer wird. Ich bin sicher, er stellt mich auf die Probe. Jeden Tag erteilt er mir neue Aufträge, die hart an meiner Grenze liegen – und er weiß das. Die Dinge, die ich in den vergangenen Tagen für ihn tun musste, möchte ich nie wieder tun. Ich kann diese grauenvollen Taten nicht abschütteln, das ist mir klar. Ich werde den Rest meines Lebens damit leben müssen. Doch sie haben mir auch eines klargemacht. Meine Tage als Nelsons erster Mann sind gezählt. Ich will ein besserer Mensch sein. Einer, der nicht den Bösewicht in der Geschichte spielt.

Es muss einen Weg da heraus geben. Ich habe ihn nur noch nicht gefunden. Und bis es so weit ist, werde ich weiter mitspielen und vor Nelson so tun, als sei alles in bester Ordnung.

»Hi.«

Kylee kommt in Leggings und einem meiner Shirts die Treppe herunter, während ich meine Flasche öffne. Sie hat die Haare hoch auf dem Kopf in einen wilden Dutt gebunden und Schatten liegen unter ihren Augen.

»Hi«, murmele ich. Ich trinke einen Schluck und stelle das Bier auf die Theke, um ihr entgegenzugehen. Ich frage mich, ob es jemals normal werden wird, sie einfach anfassen zu dürfen.

Noch bevor sie den Treppenabsatz erreicht hat, schlinge ich meine Arme um sie und hebe sie mühelos die letzten zwei Stufen herunter. »Du siehst scheiße aus«, stelle ich fest und ihr Gesicht verfinstert sich binnen Sekunden. Ihre Haut ist blasser als sonst und ihre Augen strahlen nicht.

»Na vielen Dank auch.« Sie hat keine Chance, sich

aus meinem Griff zu winden, ganz gleich, wie sehr sie sich wehrt.

»Was ist los?«, frage ich, denn ich kenne sie gut genug, um zu sehen, wenn etwas nicht stimmt.

»Es ist einfach nicht mein Tag.« Sie hört auf zu zappeln und legt ihre Hände auf meine Schultern.

»Wirst du krank? Hast du Fieber?« Ich setze sie ab und lege ihr die Hand an die Stirn. Auch ohne ihr albernes Lachen komme ich mir dabei schon doof vor. Mich um jemanden zu kümmern habe ich nie gelernt. Und es hat sich auch nie jemand um mich gesorgt. Was Beziehungen und menschliche Fürsorge angeht, bin ich eine echte Niete. Ich hatte noch nie eine Frau im Haus oder eine Freundin, die ich zum Arzt bringen musste.

»Nein«, lacht Kylee. »Es geht schon. Ich bin nur nicht ganz auf der Höhe. Es ist ätzend, immer nur im Haus rumzuhängen. Den ganzen Tag ohne Sauerstoff hier drin gefangen, das macht mich krank«, murmelt sie. Ich bin nicht sicher, ob ich ihr das abkaufe. Allerdings werden wir abgelenkt, weil der Karton auf dem Esstisch sich bewegt. »Brexen. Was ist das?«, kreischt Kylee und stellt sich hinter mich. Dass sie bei mir Schutz sucht, macht mich zu einem stolzen Mann. Auch wenn es in diesem Fall nicht wirklich notwendig sein wird.

»Das ist dein Geschenk. Sieh hinein«, bitte ich sie und ziehe sie unter meinem Arm vor mich. In dem braunen Pappkarton kratzt und scharrt es und ich muss lachen. »Er ist wohl genauso neugierig wie du.«

Kylee strahlt mich über das ganze Gesicht an und zögert keinen weiteren Moment.

»Oh mein Gott«, quietscht sie in den höchsten Tönen, nachdem sie den Karton geöffnet hat. Mit strahlendem Gesicht holt sie den kleinen getigerten Kater hervor, den ich ihr besorgt habe.

»Ich dachte, du könntest vielleicht ein bisschen Gesellschaft gebrauchen.«

Sie hält das Katzenbaby vor ihr Gesicht und küsst seinen weichen Kopf. Ich stehe nicht besonders auf Tiere, aber ich weiß, dass Kylee sich immer eine Katze gewünscht hat. Das Tierheim hatte diesen kleinen kratzenden Kater und ich habe nicht gezögert.

»Hi, du kleiner Kerl«, flüstert sie ihm zu.

»Wir nennen ihn Kitty.«

»Du kannst einen Kater nicht Kitty nennen«, lacht sie und streichelt ihm das Köpfchen. Obwohl das kleine Vieh erst vier Minuten hier ist, bin ich schon eifersüchtig.

»Warum nicht? Die Welt verlangt doch Genderfreiheit. Ich nenne ihn Kitty.«

»Du bist unmöglich«, schimpft sie, lächelt mich aber dabei an. Das winzige Tier auf ihrem Arm miaut und Kylee ist allein von dem Geräusch total entzückt. Doch ganz gleich, wie sehr sie sich freut und wie glücklich sie aussieht, ich erkenne, dass etwas nicht stimmt.

»Bist du sicher, dass es dir gutgeht?«, frage ich erneut und streichele über ihren Kopf. Genau wie die Katze schließt sie dabei die Augen und macht ein genießerisches Geräusch, das einem Schnurren gleichkommt.

»Jetzt schon«, murmelt sie und geht auf die Zehenspitzen, um mich zu küssen. Ich nehme ihr Gesicht in meine Hände und ignoriere den kleinen Mistkerl auf ihrem Arm, der mit seinen scharfen Krallen versucht, meine Unterarme aufzuschlitzen. Dämliches Ding.

»Wenn du etwas brauchst, musst du es nur sagen, das weißt du.«

Mir ist klar, dass es sie belastet, nur im Haus sein zu können. Aber alles andere ist momentan zu gefährlich.

»Was machen wir jetzt mit ihm?«, fragt sie und wir sehen beide auf den kleinen roten Kater auf ihrem Arm.

»Er braucht ein Haus und Futter. Ein Katzenklo und Spielzeug.«

»Fürs Erste«, lache ich und zücke mein Messer aus dem Ärmel, »bekommt er ein Haus.« Ich schneide ein Loch in den Karton und stelle ihn auf den Boden. »Ich hab Futter gekauft und irgendeinen Mist, den die Verkäuferin mir angedreht hat. Um den Rest kümmern wir uns später. Bis dahin sehen wir ihm einfach dabei zu, wie er meine Wohnung vollscheißt und meine Möbel demoliert.«

Kylee bückt sich, um den Kleinen alles erkunden zu lassen. Als sie sich wiederaufrichtet, entgeht mir nicht, wie sie sich an einem Stuhl festkrallt, beinahe, als könne sie sich kaum halten. Mir gefällt das überhaupt nicht.

»Danke«, haucht sie und schenkt mir ein schmales Lächeln, das ich durchschaue, als sei es aus Glas. Ihr geht es beschissen. Das sehe ich ihr an, ganz gleich, was sie behauptet.

»Willst du ein Bad?«, frage ich und lege meine Hand noch einmal auf ihre Wange. Ich habe keine Ahnung, ob ich es fühlen müsste, wenn sie Fieber hätte. Scheiße, ich habe überhaupt keine Ahnung von Frauen. Ja, ich kann sie ficken, aber danach hört es auch relativ schnell auf.

»Nur, wenn du mitkommst«, zwinkert sie und ich bemühe mich wirklich, das ungute Gefühl in meinem Bauch abzuschütteln.

»Erzählst du mir von deinem Tag?«

Der Schaum türmt sich um unsere Körper zu hohen Bergen und einzig Kylees rot lackierte Fußnägel schauen am anderen Ende der Wanne heraus. Heatwave. So heißt der genaue Farbton. Ich bin inzwischen ein Spezialist im Besorgen von Frauenartikeln, immerhin bin ich ihre einzige Verbindung zur Außenwelt. Es fuckt mich ab, mit einem Körbchen am Arm durch den Drogeriemarkt zu laufen, aber wenn ich ihr damit am Abend ein Lächeln aufs Gesicht zaubern kann, nehme ich die dämlichen Blicke der anderen Frauen gerne in Kauf.

»Ich denk nicht, dass du darüber etwas wissen willst«, seufze ich und genieße ihren warmen nassen Körper an meinem. In Kylees Nähe habe ich permanent eine Erektion, doch die Erinnerungen an das, was ich heute tun musste, schaffen es, mich davon abzulenken.

»Dann hast du heute für Callen gearbeitet?«, fragt sie und ihre Finger malen kleine Kreise auf meine Knie. Unsere Haut ist bereits aufgeweicht, aber keiner von uns kommt auf die Idee, die Wanne zu verlassen. Sie schmiegt ihren Rücken an meine Brust und ich fühle jeden ihrer Atemzüge wie meinen eigenen.

»Hm«, brumme ich lediglich und wische mir mit der nassen Hand den Schweiß von der Stirn.

»Und Isaac ist immer noch nicht wiederaufgetaucht?«

»Angeblich Geschäfte in Frankreich. Laut Nelson. Aber mir gefällt die Sache nicht. Ich hab zwei Männer darauf angesetzt, ihn zu finden. Ich muss dringend mit ihm reden.«

Seit unserem Gespräch ist der Scheißer abgetaucht. Entweder aus Angst vor den Konsequenzen oder weil irgendwas im Busch ist. Ich versuche, mich so unauffällig wie möglich zu verhalten. Aber Nelson weiß mehr, als er uns wissen lässt, da bin ich sicher. Er verhält sich eigenartig und ich fühle mich in seinem Beisein, als säße ich auf einem Pulverfass.

»Was sagst du eigentlich deiner kleinen Agency-Bitch, wenn du bei Callen bist? Ich meine, ist es nicht anstrengend, immer irgendjemanden anlügen zu müssen?«

Kylee und ich reden so gut wie nie über meine Arbeit und wenn, dann nervt es mich. Daher hebt sich ihr Körper mit meinem, weil ich tief seufze. Um ihr zu zeigen, wie sehr es mich anpisst, stöhne ich zusätzlich.

»Natürlich ist es das«, gebe ich zu. »Aber Miranda gegenüber ist es einfach. Ich sage, ich bin im Einsatz und liefere ihnen hin und wieder kleine Details. Die Menschen sind dumm, Kylee. Du kannst sie alles glauben lassen, was du willst. Sieh dir doch unsere Welt an. Es reicht ein Blick auf unsere Geschichte und du findest ein Dutzend Bespiele, in denen ein dämlicher Wichser ausgereicht hat, um Hunderte zu Mördern zu machen.« Sie erwidert nichts. »Die Menschen folgen schon immer blind der Meinung eines Einzigen, ohne darüber nachzudenken, welche Konsequenz ihr Handeln hat. Weil sie dumm sind. Und viel zu naiv.«

»Und bei dir ist das anders? Tötest du nicht für Nelson, wenn er es verlangt?«

»Nicht, wenn es sich vermeiden lässt. Ich denke, unterm Strich haben die Leute, die mit den Callens Geschäfte machen, es nicht anders verdient. Korrupte Schweine. Politiker, die mehr Interesse daran haben, ihre Pädophilie unter den Teppich zu kehren, statt unsere Wirtschaft anzukurbeln. Aber nein, um deine Frage zu beantworten: Bei mir ist es nicht anders und das gefällt mir ganz und gar nicht. Doch am Ende kämpft jeder nur für sein eigenes Wohl.«

»Und du tust das auch, indem du für ihn tötest?«, fragt sie weiter und ich erkenne den anklagenden Unterton in ihrer Stimme.

»Bedingt schon, klar. Ich spiele mit den Leuten, als wären sie Figuren auf einem Spielfeld. Aber nicht unbedingt für mein Wohl. Eher, um alles am Laufen zu halten.«

»Das klingt alles so geschwollen. Aber ganz pragmatisch gesehen. Wie läuft das? Sagt er dir einen Namen und du gehst her und tötest denjenigen, ohne darüber nachzudenken?«

»Lange Zeit war es so«, gestehe ich. Wenn sie sich in das Monster verliebt, muss sie auch diese Seite kennen. Es bringt nichts, meine Taten beschönigen zu wollen. Ich bin ein Mörder. Das würde jedes Gericht der Welt so sehen. »Heute versuche ich, cleverer zu handeln.«

»Zum Beispiel?«

Wenn es nicht gerade um Mord und Totschlag ginge, würde ich sicher laut lachen. Kylee ist nicht so leicht zu täuschen, wie ich immer denke.

»Also, ein Beispiel«, sage ich. Meine Hände streichen den Schaum von ihren Brüsten und fahren über ihre weiche Haut. »Wir hören von irgendwelchen Bandenkriegen. Gruppen, die die Gegend unsicher machen und an Respekt und Macht gewinnen. Als einer seiner besten Männer biete ich Nelson an, mich darum zu kümmern. Dann gehe ich her, nehme mir zwei unserer Rekruten und befehle ihnen, die Jungs zu töten. Sie wittern die große Chance, bei mir zu punkten. Ich hingegen rufe die Agency und lasse die Aktion hochgehen. Aus dem Hinterhalt sorge ich dafür, dass es keine Überlebenden gibt. Ich liefere einen der toten Rekruten der Agency als wichtige Figur im Callen-Geflecht und Nelson einen Verräter auf dem Silbertablett. Und ich bin fein raus. Alle sind zufrieden.«

»Und die Eltern dieser Straßenkids? Die Familien,

die zurückbleiben? Bei dir hört sich das alles so einfach an.«

»Das ist es auch, wenn du aus meiner Welt kommst. Für mich ist London ein Dschungel. Töten oder getötet werden.«

Jetzt ist sie es, die tief seufzt.

»Ich weiß, du kannst das nicht verstehen, und immer öfter gelange ich an einen Punkt, an dem es mir ebenfalls schwerfällt.«

... Weil es nicht mehr nur um mich geht. Aber das verschweige ich Kylee.

Eine Zeit lang sagt keiner mehr etwas. Aus dem Wohnzimmer hört man kratzende Geräusche. Sicher nimmt unser neuer Freund gerade mein Sofa auseinander.

»Kann ich dich etwas fragen?«, flüstert Kylee nach weiteren Minuten des Schweigens. Ich streiche ihr die nassen Haare aus der Stirn. Sie zu berühren entschädigt für die vielen Stunden Grausamkeit.

»Alles, wenn du bereit bist, die Antwort zu ertragen.«

»Hast du je Frauen oder Kinder getötet?«

Wir halten fast gleichzeitig den Atem an. Ich schließe die Augen und wünschte, die Antwort auf diese Frage wäre leicht und würde ihr gefallen. Ich wünschte, ich könnte der Mann sein, den sie gerne in mir sehen würde. Meine Hände finden von allein den Weg zu ihren Schultern und ich beginne, ihren Nacken zu massieren, bis sie sich wieder entspannt.

»Weißt du«, murmele ich und drücke ihre verspannten Muskeln. »Vielleicht sollten wir aufhören, uns zu viel mit der Vergangenheit zu beschäftigen. Die Zukunft ist das, was vor uns liegt. Du wirst dein Buch veröffentlichen. Ich werde einen Weg finden, dich in

Sicherheit zu bringen, und alles …«, die Worte wollen mir beinahe nicht über die Lippen, »… wird gut.«

Kylee sagt nichts. Sie nickt lediglich kaum merklich mit dem Kopf an meiner Brust. Denn uns beiden ist eines klar: Meine Antwort war kein Nein.

KYLEE

26.09.2020

Isle of sin Kapitel 6

Ganz gleich, wie zart seine Hände sich auf meinen Schultern anfühlen. Ganz gleich, wie warm sein Atem meine nackte Haut streift. Er ist und bleibt ein Mörder. Ich sehe, mit welcher Grausamkeit er seine Männer dirigiert. Wie er die Menschen auf der Insel in Angst und Schrecken versetzt. Und doch ... liebe ich ihn. Ich liebe Hamish MacKay mit Haut und Haaren. Er ist in den letzten Wochen mein Leben geworden. Die anderen im Camp sehen mich deswegen schief an, denn für sie bin ich die Frau des grausamsten Mannes der Insel. Ich bin die Witwe eines Lairds, die sich in das Bett seines Mörders legt. Sie haben keine Ahnung. Es ist nicht der Mörder, mit dem ich schlafe. Ich sehe es in seinen Augen. Sie sind nicht böse. Nichts daran. Er tut all diese Dinge, um zu überleben. Doch wer bin ich, dass ich diese Gewalt einfach hinnehme? Was macht es aus mir, all die Grausamkeit zu akzeptieren? Ich weiß nicht, wie es weitergehen soll, ohne dass einer von uns den anderen zerstören wird.

Seit dem 31.08. lauert das Schicksal über mir und wartet nur darauf, meine Welt erneut zu zertrampeln. Ganz gleich, wie wachsam ich geworden bin. Mir hätte klar sein sollen, dass die Zeit mit Brexen auf Eilean Ross nicht ohne Konsequenzen an mir vorbeiziehen wird. Ich habe meine Eltern verloren. Ich habe meinen Verlobten verlassen, von meinem Job und der Wohnung mal gar nicht zu sprechen. Ich bringe eine Menge Opfer und doch habe ich es keine Sekunde bereut, mich damals gegen das Touristenboot entschieden zu haben. Ich wollte Brexen Ward und ich will ihn noch. Nichtsdestotrotz toppt dieser Vormittag alle Schläge der vergangenen Wochen und ich weiß nicht, wie ich nach dem, was ich heute erfahren musste, weiterleben soll.

Mein Atem ist vollkommen außer Kontrolle. Schweiß steht auf meiner Stirn und vermischt sich sofort mit dem prasselnden Regen, als ich auf die Straße trete. Nach so vielen Tagen eingesperrt in der Wohnung spüre ich jeden Tropfen überdeutlich auf meiner Haut.

Ich sollte nicht hier sein. Sechs Meilen weit weg von Brexens Loft in Peckham. Ohne irgendeinen Schutz mitten in Londons Innenstadt.

Aber verdammt!

Nichts sollte so sein, wie es momentan ist.

Ich sehe die Bolsover Street hinauf und ziehe die Kapuze über meinen Kopf. Das Taxi, das auf mich warten sollte, steht noch auf der anderen Straßenseite.

Mein Plan war simpel. Hierherkommen und schnellstmöglich zurück nach Peckham fahren. Ich wollte wieder in der Wohnung sein, bevor Brexen überhaupt merkt, dass ich weg bin. Das Unwetter, das gerade über die Stadt fegt, ist nichts im Vergleich zu dem Donnerwetter, das sonst über mich hereinbrechen wird.

Doch jetzt ist alles anders. Die letzte Stunde hat alles verändert und ich kann nicht einfach zurück. Es wird nie wieder ein Zurück in mein altes Leben geben. Das war mir all die Wochen nicht so glasklar wie jetzt in diesem Augenblick, während ich weinend über den Gehweg stolpere und keine Ahnung habe, wie es weitergehen soll.

Ich habe kein Handy dabei. Mal abgesehen davon, dass ich nicht wüsste, wen ich überhaupt um Hilfe bitten sollte. Ich bin allein. Ohne Freunde. Ohne eine richtige Familie. Nur ich und das Chaos, das ausgebreitet vor mir liegt.

Mir ist schlecht. So verdammt übel, dass ich kurz davor bin, mich mitten auf den Gehweg zu übergeben. Ich stütze die Hände auf die Knie und versuche, ruhiger zu atmen. Regen prasselt auf meinen Rücken, doch es ist mir egal. Er ändert nichts. Nichts kann etwas ändern.

Ich bin kurz davor zu hyperventilieren. Panisch sehe ich mich um und mein Blick fällt auf eine klassische rote Telefonzelle.

Es gibt nur eine Nummer, die ich auswendig im Kopf habe. Und passenderweise gehört sie zu der einzigen Person, die ich jetzt gerade sehen will.

In der hintersten Ecke des Nando's drehe ich meine Teetasse auf dem klebrigen Tisch hin und her und versuche, die Umgebung des Restaurants im Blick zu behalten. Ich kann mir nicht vorstellen, dass ich verfolgt werde oder Callen weiß, wo ich bin.

Trotzdem fühlt es sich furchtbar an. Die vergangenen Wochen in Brexens Wohnung waren vielleicht belastend, doch ich habe mich auch in Sicherheit gewogen. Die ganze Zeit über habe ich mich danach gesehnt, das Haus zu verlassen, doch jetzt in der Öffentlichkeit zu sein, zumal allein, bereitet mir eine Heidenangst. Vermischt mit den erdrückenden Gefühlen dieses Vormittags ergeben sie einen Cocktail, der mir fast den Verstand raubt.

»Liebling«, sagt meine Mum und reicht mir das ungefähr hundertste Taschentuch. Seit einer halben Stunde sitzt sie mir gegenüber und starrt mich hilflos an. Auch sie sieht sich ständig um. Wahrscheinlich, weil es ihr recht unangenehm ist, in einem Restaurant zu sitzen, ohne Essen zu bestellen, oder sie fürchtet, ich könne jemanden mit meinem Geschluchze stören. Dass wir jeden Moment von einer Mafiagang erschossen werden könnten, ist wahrscheinlich das letzte Szenario, an das sie denkt, während ihr Blick immer wieder durch das fast leere Lokal schweift. Ich war noch nie zuvor hier, doch das mexikanische Restaurant war das erste, das ich ausmachen konnte, als ich meine Mum angerufen habe.

»Willst du mir nicht doch erzählen, was passiert ist? Das alles passt so wenig zu dir. Erst diese grauenvolle Entführung und dann verschwindest du wieder für Wochen ohne ein Wort? Die Agency hat uns befragt. Es war furchtbar. Sie haben gesagt, sie dürfen uns weder deinen Aufenthaltsort verraten noch können wir mit dir Kontakt aufnehmen.«

Brexen hat der Agency angeboten, selbst für meine

Sicherheit zu sorgen. Natürlich hat diese bescheuerte Miranda ihm abgenommen, dass ich ihm vertraue, nachdem er mich aus den Fängen einer üblen Mafiafamilie gerettet hat. Sie hält sich ganz sicher in meinem Fall nicht im Entferntesten ans Protokoll. Ich will lieber nicht wissen, was er dafür tun musste, damit diese dämliche Agent Brown ihm derart aus der Hand frisst.

Der Nachteil des Deals war, dass ich mit niemandem Kontakt aufnehmen durfte. Ich konnte mich weder von der Arbeit abmelden noch sonst irgendetwas. Selbst meine Eltern durften nichts über meinen Aufenthaltsort erfahren. Und auch jetzt kann ich meiner Mutter nicht wirklich die Wahrheit erzählen. Darum presse ich die Lippen zusammen und schüttele nur mit dem Kopf. Die Agency ist mir gerade vollkommen egal.

»Bist du immer noch in Gefahr?«, fragt sie weiter und greift nach meiner Hand. »Aiden ist vollkommen fertig. Der arme Junge leidet wie ein Hund. Was hat all das zu bedeuten? Wo bist du da nur reingeraten, Kind?«

Schnaubend entziehe ich ihr meine Finger und wische mir mit dem Handrücken die Nase sauber. Aiden ist gerade mein allerkleinstes Problem. Das es möglich war, ihn nach fast drei Jahren so schnell aus meinem Kopf zu bekommen, zeigt doch nur, wie wenig wir füreinander gebrannt haben.

»Mum, das mit Aiden ist endgültig vorbei. Und ihr müsst euch keine Sorgen machen. Es geht mir gut«, lüge ich. Denn es geht mir beschissen. So beschissen, dass ich nicht weiß, wie es weitergehen soll. Es scheint ... aussichtslos. Wenn ich ihr bloß erzählen könnte, was heute Morgen geschehen ist. Wenn ich es bloß irgendjemandem erzählen könnte. Aber dann würde es real und ich bin noch nicht so weit, es wirklich wahr werden zu lassen. Auch wenn ich es nicht eine einzige Sekunde aus meinem Kopf bekomme. Wenn ich es niemandem sage, wirkt es noch weit entfernt.

Sie schüttelt den Kopf, fasst aber erneut meine Hand, die sich mittlerweile um meine Tasse gekrallt hat. Selbst der einfache Tee will mir nicht in den Magen.

»Wo warst du denn, Kylee? So sprich doch mit mir. Du darfst uns nicht anlügen, Spatz.«

Ohne es zu wollen, werde ich zornig. Ja, vielleicht wissen sie nichts. Vielleicht lüge ich. Aber das haben sie auch getan, mein Leben lang.

»Du willst keine Lügen mehr?«, frage ich und entziehe ihr erneut meine Hand. Diesmal um meine Augen trocken zu wischen und weil mir die Berührung in dieser Situation falsch vorkommt. »Gut. Dann reden wir doch mal darüber, wie es war, als du mit mir schwanger warst. Wie wäre es hier ohne Lügen, hm?«, fauche ich.

»Kylee.« Langsam lehnt sie sich zurück und faltet die Hände auf dem Schoss. Meine Mum ist eine sehr kontrollierte Frau. Das war sie schon immer.

»Nein, Mum. Los, sag es mir. Erzähl mir von meiner Geburt. Oder wie wäre es nochmal mit dieser absurden Geschichte, dass meine Babyfotos verbrannt sind?«

Sie senkt den Blick. In diese Richtung sollte dieses Gespräch nicht führen, auch wenn klar war, dass es unausweichlich irgendwann dort landen musste.

»Woher weißt du es?« Trotz der Ruhe, die sie ausstrahlt, höre ich die Unsicherheit in ihrer Stimme.

»Das ist nicht wichtig. Ich weiß es eben.«

Eigentlich hatte ich sie deswegen auch nicht angerufen. Aber genau wie sie ertrage ich keine Lügen mehr. Ich will diese ganzen Altlasten endlich loswerden. Und vor allem rückt alles andere in weite Ferne, solange ich mich damit beschäftige.

»Dein Vater und ich«, beginnt sie zu reden und sieht

mich mit ihren warmen braunen Augen an. Bis vor Kurzem habe ich angenommen, sie habe mir diesen Ton vererbt. »Wir haben oft darüber gestritten, ob wir es dir hätten sagen sollen.«

Ich kralle die Hände in den Stoff meiner Jeans. Weil es immer noch so wehtut, dass sie mich belogen haben. Und weil mir die Galle bis zum Hals steht. Dieser Tag verlangt einfach zu viel.

»Es gab diesbezüglich kein Richtig und kein Falsch, Kylee. Du hattest einen schweren Start ins Leben. Wir konnten keine eigenen Kinder bekommen. Das Schicksal hat uns zusammengeführt. Das war alles, was wichtig war.«

Schnaubend schüttele ich den Kopf. Sie macht sich die Sache verdammt einfach.

»Das Schicksal? Du meinst das Jugendamt. Habt ihr mich durch eine Scheibe ausgesucht? Warum habt ihr euch für mich entschieden? Habe ich euch am nettesten zugelächelt? Ihr habt mich belogen. All die Jahre. Ich finde das passt hervorragend in die Kategorie falsch.«

»Ja, das stimmt«, gibt sie mit ruhigem Ton zu. »Wir haben dich belogen und es ist mir nicht leichtgefallen.«

»Warum?«, keife ich und der Kellner hinter dem Tresen dreht sich zu uns um.

»Weil wir dir ein unbeschwertes Leben schenken wollten«, erwidert sie, ohne zu zögern. »Fernab von dem, was dich erwartet hätte, wenn du bei deinen leiblichen Eltern groß geworden wärst.«

»Was weißt du über sie?«

Mein Puls rast und immer wieder sehe ich zur Eingangstür. Seit wir hergekommen sind, hat sich an der Gästeanzahl kaum etwas geändert. Trotzdem habe ich ein ungutes Gefühl. Beinahe hätte ich bei dem Gedanken gelacht. Ein ungutes Gefühl beschreibt nicht wirklich das, was gerade in meinem Inneren abläuft. Noch dazu besitze ich nicht gerade Agentenfähigkeiten. Ich würde einen Callen erst erkennen, wenn er eine Waffe auf mich richtet.

»Nicht viel. Uns wurde nur berichtet, dass sie drogenabhängig waren und du einige wirklich schlimme Dinge erleben musstest. Mehr wussten wir nicht. Und mehr wollten wir auch gar nicht wissen. Wir wollten dich nicht vom ersten Tag an mit mitleidigen Blicken empfangen.«

»Wolltet ihr deswegen damals, dass ich die Therapie abbreche?«, murmele ich, was auf einmal vollkommen klar wird. »Hattet ihr Angst, ich erinnere mich? Genau wie er ...«

»Wie wer, Kylee?«

Ich sehe auf und unsere Blicke treffen sich. »Niemand«, lüge ich schnell. Für noch eine Wahrheit fehlt mir heute eindeutig die Kraft. »Ihr habt all die Jahre dabei zugesehen, wie meine Angst mich gequält hat. Ihr wusstet, dass es einen Grund dafür gab, und habt mir nichts gesagt? Warum?«

Meine Tränen sind versiegt, weil von dem ganzen emotionalen Chaos des Vormittags nur noch Wut übrig bleibt. Und sie ist einfacher zu händeln als alles, was darunter lauert. Mit Wut kann ich umgehen.

»Denkst du nicht, du machst es dir mit dieser Theorie sehr einfach?« Meine Mum hat noch nie in ihrem Leben richtig geflucht. Aber ich kenne sie gut genug, um auch ohne Schimpfwörter oder erhobene Stimme ihren Zorn zu erkennen. »Ich verstehe, wenn du enttäuscht bist. Aber wir haben uns diese Entscheidung wahrlich nicht leicht gemacht. Wir wollten nicht uns schützen, sondern dich«, beharrt sie und bringt mich mit ihrem strengen Ton dazu, tiefer in den roten Ledersitz zu rutschen. Seit

Brexen mich vor einer gefühlten Ewigkeit an der Victoria Station geschnappt hat, komme ich mir vor wie ein kleines dummes Kind, das nichts von dem versteht, was die Erwachsenen tun. »Ich habe mit vielen Therapeuten gesprochen und jeder einzelne hat uns davon abgeraten, deiner Phobie auf den Grund zu gehen. Wenn man vor etwas so Alltäglichem wie der Dunkelheit Angst hat, ist das lediglich ein Trigger für etwas viel Schlimmeres, für das der Geist nicht stark genug ist. Wir wollten dich davor beschützen. Dich. Nicht uns.«

Ich bin es leid, dass alle immer nur davon reden, mich beschützen zu wollen. Ständig sagen das alle. Wenn so viele Menschen mich beschützen, warum bin dann ausgerechnet ich in dieser Lage? Warum stehe ich an einem Punkt, an dem es keine Hilfe mehr zu geben scheint? Das macht doch überhaupt keinen Sinn.

Ich bin müde.

Müde und verzweifelt.

Am liebsten möchte ich mich auf Eilean Ross in Brexens Bett legen und den Wellen lauschen. Die haben nämlich noch nie etwas versprochen, was sie nicht halten können. Auf der Insel existiert diese verkorkste Welt nicht. Da richtet sich alles nach der Natur. Ich sehne mich danach, dorthin zurückzukehren. Ich möchte doch einfach nur einen Ort auf diesem Planeten, an dem alles zum Stillstand kommt. Ruhe. Ruhe und Frieden. Vor allem in mir drin.

Mir scheint mein Frühstück hochkommen zu wollen.

»Entschuldigst du mich kurz«, murmele ich. Mit schnellen Schritten hechte ich Richtung Toilette, ohne auf den Vortrag meiner Mum einzugehen.

Es ist zu viel. All die Wochen und jetzt dieser Tag. Wenn ich das Haus heute Vormittag doch nur nicht verlassen hätte.

Dann gäbe es eine erschlagende Sorge weniger, die mich in die Knie zwingt. Ich knalle die rote Tür hinter mir zu und stütze mich auf das Waschbecken. Mit ruhigen Atemzügen lehne ich mich darüber, um mir kaltes Wasser ins Gesicht zu spritzen. Seit heute früh will kein tiefer Atemzug mehr in meinen Oberkörper und ich habe permanent das Gefühl, zu ersticken. Meine Finger tasten blind nach einem Papiertuch aus dem Spender und als ich mich aufrichte, um in den Spiegel zu sehen, will ich schreien. Doch mein Mund wird von hinten zugehalten.

»Sch«, flüstert er in mein Ohr. Mein Herz klopft viel zu schnell. In dem gesprungenen Spiegel treffen sich unsere Blicke und er lässt seine Hand langsam von meinem Mund sinken. Sofort löse ich mich von ihm und drehe mich um.

»Bist du vollkommen wahnsinnig?«, keife ich und schlage ihm gegen die Brust. Brexen zuckt nicht einmal. In schwarzer verwaschener Jeans und Lederjacke steht er da und sieht auf mich herab. Seinem Outfit nach zu urteilen, ist er wohl heute mal wieder für Callen unterwegs. Heißt das, sie haben mich gesucht? Hat er mich gefunden?

»Das sollte ich wohl eher dich fragen!«, raunt er und erst jetzt fällt mir auf, wie wütend er ist.

Zu der ganzen Katastrophe meldet sich jetzt auch noch ein schlechtes Gewissen aus meinem Bauch. Ich habe ihm nicht Bescheid gesagt, dass ich die Wohnung verlasse. Mein Handy liegt auf dem Küchentisch und … Moment mal.

»Wie hast du mich gefunden?«

»Ich arbeite bei der OCA und für einen der größten Mafiabosse des Landes. Hast du wirklich geglaubt, du kannst mir entkommen, Kitty?«

»Hat Nelson mich gefunden?«, schreie ich panisch und halte mich am Waschbeckenrand fest.

»Nein. Nur ich. Aber das reicht. Denn ich bin wütender als der ganze Clan zusammen, verdammt!«

»Das beantwortet nicht meine Frage. Wie kommst du hierher?« Ich stemme die Hände in die Hüften.

»Du trägst einen Peilsender«, raunt er und deutet auf das Armband, das er mir geschenkt hat.

»Toll, wie du mir vertraust!«, fauche ich und gehe einen Schritt auf ihn zu.

»Offensichtlich ist es auch keine kluge Idee, dir zu vertrauen«, schnauzt er mich an und kommt ebenfalls einen Schritt näher.

Bevor die Ereignisse des Vormittags sich zwischen uns drängen oder ich gänzlich die Fassung verliere, weiche ich zurück. Er hat gewonnen. Ich bin zu müde, um zu kämpfen.

»Jetzt hast du mich ja gefunden. In spätestens einer Stunde bin ich wieder in der Wohnung. Meine Mutter wartet. Du entschuldigst mich?«

Ohne ein weiteres Wort drehe ich mich um und stolziere aus den Toilettenräumen. Dieser ganze Tag kann doch nur ein schlechter Traum sein.

Meine Füße tragen mich wie von selbst zurück an unseren Tisch. Meine Mum schaut mich mit großen Augen an. Ich will mich gerade auf meinen Stuhl fallen lassen, da werden sie noch größer, als ihr Blick über meine Schulter fällt.

»Brexen?«, sagt sie und ich erstarre. »Brexen Miller?« Ich muss mich nicht umdrehen, um zu wissen, dass er hinter mir steht. Ich kann seinen verführerischen Duft riechen und ich spüre seine Wärme direkt in meinem Rücken.

»Hi Cynthia«, erwidert er freundlich und ich fasse

nach hinten, um mich an seinen Unterarm zu krallen. Jeden Moment zieht es mir den Boden unter den Füßen weg und er ist nun einmal der einzige Halt, den ich noch habe.

Er reicht ihr seine freie Hand, mit der anderen stützt er mich. Sie sehen sich freundlich an und ich stehe da und sehe dabei zu, wie mein Entführer und die Frau, die mich adoptiert hat, sich die Hände reichen. Was zur Hölle ist falsch in meinem Leben?

»Hätte nicht gedacht, dich nochmal wiederzusehen.« Meine Mum schüttelt ihm die Hand und lehnt sich anschließend zurück auf die Bank, auf der sie sitzt. Brexen zieht mir meinen Stuhl zurecht, fast als erkenne er, dass ich keine Sekunde länger auf den eigenen Beinen stehen kann. Ich lasse mich sinken und starre meine Mutter an. Sie sieht genauso überrascht aus wie ich.

»Woher?«, stottere ich und muss schlucken, um nicht quer über den Tisch zu kotzen. »Woher kennst du ihn?«

»Deine Eltern haben mich erwischt, als ich damals auf dich aufgepasst habe. Du weißt schon, ich habe dir davon erzählt«, antwortet Brexen für sie. Er hat ein umwerfendes Schwiegermutterlächeln aufgesetzt, während meine Mum und ich ihn mit offenem Mund anstarren.

»Er hat ständig in unserem Garten rumgelungert«, murmelt meine Mum. Das Lächeln, das sich auf ihr Gesicht schleicht, beweist, wie sie die Erinnerung mag, die sich gerade in ihrem Kopf abspielt. »Anfangs dachten wir, er sei ein Junge aus der Nachbarschaft, aber als auch die Nachbarn uns auf ihn ansprachen, wurde es komisch. Eines Abends bei einem Gewitter hat dein Vater«, bei dem Wort sieht sie kurz zu mir und zuckt kaum merklich zusammen. »Er hat ihn erwischt und ins Haus geholt und wir haben ihn zur Rede gestellt.«

Mein Blick wandert zu Brexen. Stumm schreie ich

ihn an. Ich bin so wütend auf ihn. Was hat er mir noch alles verschwiegen?

»Ich habe ihnen erzählt, dass wir für kurze Zeit im gleichen Heim waren und ich irgendwie das Bedürfnis hatte, auf dich aufzupassen.«

Ich versuche, das Karussell aus Gedanken in meinem Kopf zu stoppen, da mir schwindelig wird, doch es rauscht in rasender Geschwindigkeit immer weiter und weiter. Dreht sich im Kreis und sorgt dafür, dass ich den Überblick verliere.

Meine Eltern kennen Brexen. Und überhaupt – Miller? Das alles ergibt keinen Sinn. Warum kennen sie ihn, aber ich nicht?

»Mein Gott«, lacht meine Mum, während meine Knie unkontrolliert unter dem Tisch zittern. »Wir sind dich eine lange Zeit nicht losgeworden.«

»Ich habe euch immer gesagt, ich werde nicht verschwinden.«

Sie reden so vertraut miteinander. Mein Blick schießt wie ein Punchingball zwischen den beiden hin und her.

»Als du angefangen hast, dich mit Jungs zu treffen, hat er uns fast ein bisschen leidgetan.«

Meine Mum erzählt Geschichten von ihm und mir, beinahe als wäre er meine Sandkastenliebe. Nur dass ich leider nichts davon weiß. Es fühlt sich an, als redeten sie über jemand anderen, aber doch niemals von mir.

»Deine Mum hat mir hin und wieder Kuchen rausgestellt, wenn du nicht hingesehen hast.«

Ich sehe meine Mutter an. Sie lächelt. Schwach, aber sie lächelt. Und ich raste aus.

»Du stellst einem Jungen, der mich stalkt, Kuchen raus?«, fahre ich sie an. »Bist du vollkommen übergeschnappt?«

In dem Moment tritt der Kellner an den Tisch und

ich spüre, wie Brexen nervös wird. Er sieht sich im Raum um und seine Hand unter dem Tisch greift in seinen Ärmel. Erst als der arme Teufel ohne Bestellung wieder die Biege macht, sacken Brexens Schultern herab und er lehnt sich entspannt zurück. Schön, dass wenigstens einer von uns entspannt zu sein scheint.

»Warum habe ich das nie mitbekommen?«, keife ich. »Was war sonst noch alles eine Lüge, hm?«

Langsam fange ich an, mich zu fragen, wie blind ich war. Kein Wunder, das Brexen das stets behauptet. Scheiße nochmal, er hat recht.

»Er war doch kein Stalker. Der Junge hat sich Sorgen gemacht. Er war wie ein Bruder für dich.«

Meine Augen werden immer größer. »Kein Stalker?«, schnauze ich. Fragt sich, wie blind meine Eltern waren. »In der Regel kennt man seinen Bruder, Mum!« Ich wende den Blick ab, weil ich ihren Gesichtsausdruck keine Sekunde länger ertrage.

»Sei deiner Mum nicht böse«, mischt sich Brexen ein und ich stehe kurz vor einer gigantischen Explosion. »Ich wollte nicht, dass du mich siehst. Du solltest dich nicht an die Heimzeit erinnern. Und irgendwann habe ich ja auch aufgehört.« Seine Augen funkeln mich wütend an, als wolle er mich anschreien, es gut sein zu lassen. Er kann mich mal.

»Das ist doch mindestens fünfzehn Jahre her«, flüstert meine Mum. »Und doch habe ich dich sofort erkannt.« Ihre Finger spielen nervös an den Knöpfen ihrer Strickjacke. »Du hast dich kaum verändert.«

»Vierzehn«, korrigiert Brexen und nimmt einen Schluck aus meiner Teetasse. Er scheint der Einzige von uns zu sein, der nicht die Fassung verloren hat. Noch nicht.

In Zeitlupe drehe ich den Kopf wieder zu meiner Mutter. Ich kann nicht glauben, dass sie ihn kennt.

Genauso verdutzt wie ich, sieht sie mich fragend an. »Wie kommt es, dass ihr wieder Kontakt habt?«

Sicher geht sie davon aus, ich weiß seinetwegen von der Adoption. Was ja auch irgendwie stimmt.

»Facebook«, sagt Brexen, noch ehe ich den Mund öffnen kann. Meine Antwort hätte ihr sicher nicht gefallen. Wieder? Seit wann habt ihr wieder Kontakt. Ich hatte nie Kontakt zu ihm, Herrgott! »Ich habe sie dort wiedergefunden und na ja …«

Dieser Schweinehund greift allen Ernstes nach meiner Hand und küsst meinen Handrücken.

Meine Mum beobachtet all das mit großen Augen und ich ermahne mich in Gedanken, weiter ruhig ein- und auszuatmen. Ein und aus. Ein und aus. Andernfalls endet dieser Restaurantbesuch in einer Katastrophe. Weil ich Brexen meinen Teelöffel ins Auge steche und meiner Mum ans Schienbein trete, nachdem ich mich im hohen Bogen über die schön gedeckten Tische übergeben habe.

»Mum«, hole ich aus. Ich muss hier weg. Und zwar sofort. Ich weiß, es gibt kein Entkommen. Nicht vor ihm und auch nicht vor den Gefühlen, die sich immer wieder vorbei an den offensichtlichen Problemen schleichen und mich erdrücken. Doch ich muss hier weg. »Wir müssen jetzt los«, presse ich die Worte darum hervor.

Vollkommen überrascht über meine spontane Entscheidung starrt sie mich an. Auch Brexen zieht erstaunt eine Augenbraue in die Höhe. Hastig sauge ich Luft durch die Nase. Ich muss sofort hier raus.

»Kylee«, fleht sie, doch ich kann nicht länger hier sitzen. Ich kann das, weswegen ich überhaupt Hilfe gesucht habe, keine Sekunde länger ignorieren. Um Brexen und meine

Mutter kann ich mich auch später noch kümmern. Die laufen nicht davon. Im Gegenteil. Er wird mich niemals allein lassen. Selbst wenn ich es wollte. Die grünen Augen werden ewig über mich wachen, wohin ich auch gehe.

»Ich rufe dich bald wieder an. Macht euch keine Sorgen«, bitte ich sie. Die Worte kommen hastig und gepresst aus meinem Mund. Ich löse meine Hand aus Brexens. Dabei lasse ich es nicht aus, ihn wütend anzufunkeln, ehe ich mich wieder meiner Mum widme. »Bitte grüß Dad von mir. Wir reden bald über alles, ja?«

Wir stehen gleichzeitig auf und ich lasse mich von ihr in den Arm nehmen.

»Pass auf dich auf«, flüstert sie in mein Ohr und ich tätschele ihr den Rücken.

»Mach dir keine Sorgen«, sage ich. Mehr zu mir selbst als zu ihr.

BREXEN

»Ich bin so verdammt wütend auf dich!«, keift sie und knallt die Wagentür zu.

Bisher konnte ich es immer vermeiden, den Porsche mit hierher zu nehmen. Er wirkt fehl am Platz in der dreckigen Garage und es gefällt mir ganz und gar nicht, dass er hier ist. Aber das spielt gerade keine Rolle, weil Kylee uns sowieso der Welt auf einem Silbertablett präsentiert hat. Und weil sie nicht aufhört, mich anzubrüllen.

Aus einem doofen Gefühl heraus habe ich mitten in einer Besprechung mit Nelson ihren Standort gecheckt und bin fast vom Stuhl gekippt.

»Du bist wütend auf mich?«, brülle ich und mein Finger drückt so vehement den Sicherheitscode ein, dass das Paneel jede Sekunde in Einzelteile zerfällt. »Weißt du, in welche Lage du uns gebracht hast? Du hättest sterben können, verdammt!«

»Schrei mich nicht an!« Sie ist diejenige, die schreit, seit wir das Restaurant verlassen haben.

Dieser Ausbruch war vollkommen untypisch für sie. Genau wie die haltlosen und im Grunde belanglosen Vorwürfe, die sie mir seither an den Kopf wirft. ›Brexen du hast dieses verschwiegen. Brexen du hast jenes falsch gemacht. Bist du wahnsinnig, dich meiner Mutter zu zeigen?‹

Auch wenn unsere Probleme sich auf einem anderen Level befinden, langsam bekomme ich einen Einblick, was Männer meinen, wenn sie sich über Beziehungsprobleme beschweren.

Kylee zu offenbaren, dass ihre Eltern mich kennen, war nicht geplant. Aber meine Wut hat kurz die Kontrolle übernommen und ich wollte es ihr heimzahlen. Wie konnte sie so dumm sein und ohne mich das Haus verlassen? Ich kapiere es einfach nicht.

»Ich schreie, wann ich will! Und ich höre erst wieder damit auf, wenn du dich nicht länger benimmst wie eine Irre!« Bei jeder Stufe bebt die Wendeltreppe unter meinem Gewicht. Auch das zweite Sicherheitsfeld leidet unter meinen wütenden Drückern und ich werfe den Schlüssel dermaßen fest auf den Tisch, als wir in der Wohnung sind, dass der blöde Kater in seinem Pappkarton verschwindet. Besser für ihn, denn schon beim ersten Schritt durch die Tür ist mir ein neues Stück abgekratzte Tapete aufgefallen. Am besten ziehe ich dem Mistvieh das Fell über die Ohren und werfe es den Ratten zum Fraß vor.

»Ich bin jetzt die Irre, ja?« Sie zerrt an ihrem Mantel und wirft ihn über das blaue Sofa. Erst gestern Abend habe ich sie genau an der gleichen Stelle so oft geleckt, bis sie winselnd gefleht hat, ich möge aufhören. »Du hast mein ganzes Leben manipuliert. Du hast dich hinterrücks an meine Eltern herangeschlichen. Mal ganz abgesehen davon, dass du ein verdammter Mörder bist!«, brüllt sie und fängt dabei an zu heulen.

Ihre Tränen stimmen mich sofort milde und doch kann ich nicht darüber hinwegsehen, dass sie einfach so das Haus verlassen hat. Es gab nur diese eine beschissene Regel.

»Wenn du mit deiner Mutter reden wolltest, hättest du es nur sagen müssen.« Ich versuche, mein Temperament zu zügeln, obwohl die Wut in meinem Bauch noch immer auf höchster Flamme kocht. »Ich verstecke dich hier nicht zum Spaß, Kylee.« Ich muss meine Hände zu Fäusten ballen, um nicht irgendetwas kaputt zu schlagen. »Hast du auch nur den Hauch einer Vorstellung davon, was Nelson mit uns macht, wenn er uns findet? Ich versuche doch nur, dich zu beschützen. Aber du machst es mir verdammt schwer mit solchen Aktionen.« Ich stütze die Fäuste auf den Esstisch und sehe sie an. Heulend hat sie sich auf das Sofa fallen lassen und schluchzt in ihre Hände. »Also, was zur Hölle sollte das?«, schreie ich nach wie vor.

»Ich kann nicht mehr«, weint sie und mein Ärger vergeht mit jedem ihrer erbärmlichen Geräusche ein bisschen mehr. Irgendetwas stimmt doch nicht. Sie ist nicht sie selbst.

»Kylee«, bitte ich sie, mich anzusehen. Seit Tagen benimmt sie sich eigenartig und ich sehe es bei jedem Blick in ihren Augen, dass dort etwas schlummert, das sie mir nicht sagen will. »Warum hast du nichts gesagt? Du hättest sie anrufen können. Es gibt eine sichere ...«

»Ich bin schwanger!«, stößt sie aus und lässt mich damit zurücktaumeln. Sie lässt ihre Hände sinken und starrt mich an. Schwarze Ränder liegen unter ihren Augen und ihr Kinn zittert. »Ich war heute Morgen beim Arzt. Deswegen habe ich nichts gesagt. Weil ich dich nicht beunruhigen wollte.« Ich höre sie kaum noch. Sehe sie nur noch unscharf. Alles um mich herum verschwimmt und ich fürchte, jeden Moment zu fallen. »Wir bekommen ein Kind, Brexen.«

Ich wende mich ab. Starre schwer atmend auf das Grau der Wand und wünsche mir kurz, es wären die Fenster auf Eilean Ross, durch die ich auf das Meer sehen könnte. Meine Gedanken schlagen über mir zusammen.

Ganz gleich, wie verzweifelt ich versuche, die Fassung zu wahren. Es will mir einfach nicht gelingen. Ich kann fühlen, wie jeder Muskel in meinem Körper sich zusammenzieht.

Seit Kylee vier Jahre alt ist, habe ich die Kontrolle über sie. Doch hier und heute in meinem geheimen Loft in einem der elendsten Viertel Londons verliere ich sie. Gänzlich.

Ich streiche mir über das Gesicht. Spüre den Schweiß auf meiner Stirn und versuche, dahinter nach einer Lösung zu suchen. Einer Erklärung.

»Aber du hast diese Spritze bekommen«, stottere ich. Ein Fehler. Ein vertauschtes Testergebnis. Falsche Werte. Das ist das Erste, was mir in den Sinn kommt. Denn das kann einfach nicht wahr sein.

»Tja«, lacht Kylee hinter mir kurz auf. Ich sehe sie nicht an. Ich kann nicht. »Da hast du wohl vergessen, deine Stalker-Hausaufgaben zu machen.« Ihr Schluchzen erlischt, auch wenn ihr Stimme total verheult klingt. »Meinen letzten Termin musste ich verschieben. Und danach war ich leider in Gefangenschaft und hatte anderes im Kopf als meine gynäkologischen Termine.«

Kein Fehler.

Mein Verstand arbeitet auf Hochtouren. Was dann?

»Es könnte von Aiden sein«, rutscht es mir heraus. Ich weiß schon, dass das ein Fehler war, noch ehe Kylee aufgestanden ist. Ich spüre sie in meinem Rücken. Höre Stoff rascheln und schließlich bringt ihre Hand, die laut auf den Esstisch knallt, mich dazu, mich umzudrehen.

»Ich weiß, du willst das nicht. Und glaub mir, ich habe mir den vergangenen Monat auch anders vorgestellt. Aber ganz gleich, was für ein Riesenarsch du gerade bist«, heult sie und ich schnappe nach Luft. »Das da«, dabei zeigt sie auf ein schwarz-weißes Foto, auf dem so gut wie nichts zu erkennen ist. »Das ist dein Kind, dessen Herz in meinem Bauch schlägt. Finde dich damit ab!«

Ich starre auf die Aufnahme. Bin nicht in der Lage, irgendwie zu reagieren. Auch nicht, als ich im Augenwinkel wahrnehme, wie sie heulend die Treppe hinaufläuft und sich schluchzend ins Bett wirft. Ich stehe nur da und fixiere das Bild, das alles verändert.

»Irgendwann wirst du wieder rangehen müssen.« Ich hebe nicht den Kopf, um sie anzusehen. Mein Handy klingelt seit Stunden in meiner Jackentasche. Es ist mir egal. »Die Welt wird sich irgendwann weiterdrehen.«

Ich bin nicht bereit, mit irgendjemandem zu reden.

Stattdessen sitze ich an meinem Esstisch und starre unentwegt auf das kleine Ultraschallbild.

Ich werde Vater.

Ich höre die Küchenschränke in meinem Rücken und das Klirren von Eis. Doch ich bewege mich kein Stück.

Denn ich werde fucking verdammt nochmal Vater.

Erst als ein Glas Whisky in meinem Gesichtsfeld auftaucht, löse ich die Augen vom ersten Bild meines Kindes und sehe auf. Kylees Blick fängt meinen ein und der Ausdruck in ihrem Gesicht verändert sich.

»Baby«, flüstert sie. Beinahe wäre ich zusammengezuckt, weil ihre Hand sich auf meine Schulter legt. Ich lehne mich zurück und sie zögert keinen Augenblick, sich rittlings auf meinen Schoß zu setzen. Ihre Finger streichen mir die Haare aus dem Gesicht und verharren an meinem Kopf. Ich lasse ihn gegen ihre Brust sinken und atme ihren Duft so tief ein, wie es eben geht. Doch auch jetzt, da ich die Augen schließe, sehe ich den kleinen weißen Punkt auf dem schwarzen Kreis vor mir.

Ich werde Vater!

Und ich habe keine Ahnung, was ich tun soll.

»Was soll ich tun?«, frage ich deshalb gedämpft in den Stoff von Kylees Pullover. Es ist der rote, den ich so gern an ihr sehe.

»Sieh mich an«, sagt sie mit einem weichen Klang in ihrer Stimme. Plötzlich scheint sie die Starke von uns zu sein, was nicht schwer ist, denn ich habe mich nie zuvor so hilflos gefühlt. Ich weiß nur nicht, wie sie mich hiervor beschützen will.

Ihre Finger fahren die Konturen meiner Wangen nach und ich lege den Kopf leicht in den Nacken. Erst jetzt fällt mir auf, dass es draußen bereits dunkel ist. Ich muss seit Stunden hier sitzen. »Fürs Erste.« Sie küsst mich auf die Stirn, hinter der es noch immer keine Lösung für unser Problem zu geben scheint. »Komm mit mir nach oben.«

Jetzt, da ich darüber nachdenke, fühle ich mich auch müde. Deshalb nicke ich schlicht und helfe Kylee von meinem Schoß. In einem Zug kippe ich den Whisky herunter, den sie mir gebracht hat, und reiche ihr anschließend meine Hand. Ihre Finger warm und zerbrechlich in meinen, gehen wir die alte Treppe hinauf. Jeder Schritt fällt mir schwer.

Sie hat die Lichter über dem Bett angeschaltet. Mittlerweile habe ich mich daran gewöhnt, im Hellen zu schlafen. Sie meint, es sei schon viel besser geworden, doch sich freiwillig der kompletten Dunkelheit auszusetzen, kommt für sie nicht infrage. Und ich dränge sie nicht.

Wie der letzte Idiot stehe ich vor meinem Bett, in dem ich sie schon unzählige Male gevögelt habe, und weiß nicht, wie ich mich verhalten soll. Diese drei Worte aus ihrem Mund haben alles verändert. Deshalb wiederhole ich meine Worte.

»Ich weiß nicht, was ich tun soll, Kylee.«

Sie legt mir die Hände auf die Brust und die Wärme, mit der sie mich ansieht, raubt mir den Atem. Bislang dachte ich immer, einen letzten Rest Zweifel darin zu erkennen. Einen Funken Abscheu. Eine Prise Distanz. Doch gerade ist alles, was ich sehe, ihre Liebe. Eine Liebe, die ich nicht verdient habe.

Das Gefühl, das sich in meiner Brust ausbreitet, überfordert mich. Ich habe gelernt, jede Art von Emotionen zu studieren und zu kontrollieren. Nur die Liebe nicht. Dafür war bislang kein Platz in meinem Leben. Zwischen Gewalt, Macht und einem ewigen Kampf hatte sie keine Chance zu wachsen.

Kylees Finger finden die Haut unter meinem Shirt und fahren über die Stelle, an der mein Herz schlägt.

»Schlaf mit mir«, haucht sie kaum hörbar. Sie stellt sich auf die Zehenspitzen und zieht mein Gesicht mit der freien Hand zu ihrem. Hauchzart berühren ihre Lippen meine. »Du hast mich auf jede erdenkliche Weise gefickt. Jetzt will ich, dass du mich liebst. Kannst du das für mich tun, Brexen? Kannst du mich lieben?«

Ich weiß nicht, ob es der Ausdruck in ihren Augen ist oder der Gedanke, sie zweifele meine Gefühle für sie an. Aber eines von beidem reißt mich aus meiner Trance. Ich nehme meine Arme hoch, die nach wie vor schlaff herunterhingen, und schlinge sie um ihre Taille. Dabei finden meine Lippen ihre und ich küsse sie voller Leidenschaft und Hingabe. Denn ich liebe sie.

»Es tut mir leid, Honey«, flüstere ich gegen ihren Mund und streichele ihre geröteten Wangen. Sie hat den ganzen Tag geweint. »So viele Tränen.« Ich küsse ihre Augenbrauen, ihre Wangen, ihre Augenlider, nachdem sie sie geschlossen hat. »So viele Tränen musstest du meinetwegen schon vergießen.«

Gleichzeitig mit meinen Worten ziehe ich ihr den Hoodie über den Kopf und werfe ihn neben uns. Alles an Kylee riecht so verdammt gut. Sie greift sich ins Haar und löst die Spange an ihrem Hinterkopf, so dass ihre wilden Locken sich über ihre nackten Schultern legen.

Wenn ich sie nicht so gut kennen würde, wäre es mir vielleicht entgangen, wie ihre Augen erneut bedrohlich glänzen, nachdem sie sie wieder geöffnet hat. Doch sie schluckt die Tränen tapfer hinunter.

»Du bist die schönste Frau auf der Welt für mich«, wispere ich gegen den schwarzen Spitzenstoff ihres BHs, durch den ihre Knospen mich anbetteln, sie zu berühren.

Statt etwas zu sagen, hebt sie mein Shirt an und ich helfe ihr, es über meinen Kopf zu ziehen. Seit sie hier ist, haben wir jeden Tag eine Menge Sex und doch hat sich ihre Haut an meiner nie so bedeutungsvoll angefühlt wie in jenem Augenblick. Jede ihrer Berührungen und ihre Haut unter meinen Fingerspitzen nehme ich deutlicher wahr denn je.

Und das nicht, weil sie die Mutter meines Kindes sein wird, sondern weil ich sie verdammt nochmal so sehr liebe, dass es wehtut.

Ich habe es nicht ausgesprochen, seit ich sie auf Eilean Ross zurückgelassen habe, doch ich tue es. Mit allem, was ich bin. Mit jeder Seite, die in mir schlummert.

Das Monster und der Held. Beide sind ihr auf ewig verfallen.

Wie eine Prinzessin nehme ich sie auf meine Arme und trage sie zum Bett. Heute ist keine Zeit für Fesselspielchen oder irgendein anderes Vorspiel, auf das wir sonst abfahren. Ich muss in ihr sein, um sie wahrhaft zu lieben. Das ist alles, was zählt. Behutsam lege ich sie auf die blauen Laken und ziehe ihr die Hose samt Socken von den Beinen.

Ich kriege nicht einmal mit, wie ich mich selbst ausziehe, weil ich so von ihrem nackten Anblick gefesselt bin. Keine Ahnung, was gerade in meiner Brust vor sich geht, doch irgendetwas ist anders. Ich ... mein Herz ... es tut weh und zieht sich zusammen. Meine Hand streicht über den Bärenkopf, der auf meinem Brustmuskel prangt.

Dennoch steige ich auf das Bett und schiebe mit einem Knie ihre Beine auseinander. Und während ihre Finger den Weißdorn auf meiner Haut berühren, dringe ich in sie ein. Sie ist genauso bereit, wie ich es bin. Unsere Körper waren von Anfang an wie geschaffen füreinander.

Doch statt meinen Schwanz wiederholend in sie hineinzupumpen, halte ich inne. Tief in ihr versunken, schiebe ich einen Arm unter ihren Oberkörper und verharre. Meine freie Hand streichelt ihre Wange und unsere Augen erzählen sich die Geheimnisse unserer Seelen. Sie soll alles von mir bekommen. Mein Leben. Mein Herz und meinen Geist. Und ich will versuchen, die Dunkelheit für alle Zeit aus ihrem Leben zu verbannen. Es reicht nicht, es ihr stumm zu sagen. Ich muss es mit Worten aussprechen.

»Ich liebe dich«, flüstere ich und ihre Augen weiten sich kaum merklich. Beide Hände in meinen Nacken gekrallt, sieht sie mich an und ich lasse ihr keine Chance, etwas darauf zu erwidern. »Du bist der einzige Mensch auf dieser Welt, den ich je aufrichtig geliebt habe.« Bei jedem Wort kreise ich mein Becken sanft auf ihrem und ihr Rücken biegt sich durch. Mein Verstand will sich davonschleichen und sich damit beschäftigen, ob ich sie überhaupt ficken darf, wenn sie schwanger ist. Erinnerungen der letzten Nächte drängen sich in meinen Kopf. Bilder, wie ich sie fester denn je gevögelt habe. Doch ich schiebe sie weg. Weil sie gerade nicht wichtig sind. In diesem Augenblick geht es nur um uns. Wahrscheinlich zum letzten Mal in unserem Leben. »Ganz gleich, was jemals passieren wird, ich werde dich immer lieben, Kylee. Vergiss das nie, okay? Du musst mir versprechen, das niemals zu vergessen.«

Meine Augen schließen sich. Weil ihre Finger durch meine Haare streicheln und sie dazu ihr Becken immer wieder hebt und senkt.

Ich habe Angst, ihr wehzutun. Doch unsere Wangen dicht aneinander, bewege ich mich langsam vor und zurück und ... liebe sie.

Seit ich vierzehn bin, hatte ich bereits jede erdenkliche Form von Sex. Doch noch nie habe ich eine Frau geliebt.

Nichts passt mehr zwischen uns. Wir verbinden unsere Körper, unsere Herzen und wenn wir nicht schon ein gemeinsames Lebewesen geschaffen hätten, wäre das der perfekte Moment dafür.

Eng umschlungen kommen wir gemeinsam und Kylee krallt sich mit all ihrer Kraft an meinen Körper. Auch ich halte sie fest in meinem Arm. Denn ohne es mit absoluter Gewissheit sagen zu können, fürchte ich, diese sinnliche Erfahrung war unser endgültiger Abschied.

Ich liebe Kylee. Und nicht nur sie. Ab heute gibt es noch einen anderen Menschen, den ich mit ganzem Herzen liebe und den ich mit meinem Leben beschützen werde. Das winzige Menschlein in ihrem Bauch soll alles bekommen, um ein gutes Leben führen zu können. Und das bedeutet – ein Leben ohne mich. Mein Kind soll später einmal lieber Heldengeschichten über seinen Vater hören, als mit einem Monster an seiner Seite groß zu werden.

Die Menschen, die man liebt, schützt man. Auch wenn man dafür sein eigenes Leben geben muss. Oder vielleicht gerade dann ...

KYLEE

Inzwischen ist es mir vertraut, in Brexens Augen zu sehen, wenn ich aufwache. Doch der Blick, der mich heute Morgen empfängt, ist neu und sieht nicht besonders vielversprechend aus. Ich ignoriere die Übelkeit, die mich momentan jeden Morgen weckt, und lege meine Hand auf seine.

»Du gehst schon?«, frage ich, denn er sitzt bereits in einem maßgeschneiderten Anzug auf der Bettkante und streicht mir sanft die Haare aus der Stirn.

Heute Nacht sind wir Arm in Arm eingeschlafen, nachdem er mir seine Liebe gestanden hat. Mit seinem Körper und mit Worten. Doch wir haben noch nicht geredet und es wird allerhöchste Zeit.

»Ich muss in die Agency. Schlaf dich aus.«

Seine Haare liegen ordentlich gegelt am Kopf und er duftet nach Rasierwasser und Parfum. So sehr ich momentan Gerüche verabscheue, diese werde ich immer lieben.

»Geht es dir gut?«, frage ich und setze mich ruckartig auf, so dass mein Magen kurzzeitig hüpft.

»Das sollte ich wohl eher dich fragen«, lächelt

Brexen, doch es berührt seine Augen nicht. »Hast du alles, was du brauchst?«

»Ja, danke«, antworte ich, nachdem ich geschluckt habe. »Mir ist nur schlecht. Nicht schlimm.«

»Ich bin gegen Mittag zurück.« Er beugt sich zu mir herunter und küsst meine Stirn. »Versuch, keinen Blödsinn zu machen, ja?«, stellt er eine rhetorisch gemeinte Frage und hebt Kitty zu mir ins Bett, der um sein Bein herumschleicht und dabei schnurrt.

»Schleimer«, flüstere ich. Obwohl wir beide unsere Mundwinkel verziehen, lacht keiner von uns. Brexen ist bereits aufgestanden und streichelt noch einmal über meinen Arm. Es fühlt sich eigenartig an, wie er hoch über mir thront in seinem komplett schwarzen Anzug und dem schwarzen Hemd. Die Gürtelschnalle und die Schuhe glänzen im Licht, das durch die Dachfenster hereinscheint. Doch der Blick, mit dem er mich ansieht, gefällt mir nicht.

»Brexen?«, halte ich ihn auf, nachdem er bereits die ersten Stufen nach unten genommen hat.

»Hm?« Sein Blick ist zwar auf mich gerichtet, doch ich habe das Gefühl, er sieht mich nicht an.

»Du kommst doch wieder, oder? Und dann reden wir, richtig?«

Ich muss es unbedingt aus seinem Mund hören.

»Klar«, sagt er schlicht. »Entspann dich, Honey.«

Und damit geht er und ich warte nur, bis die Haustür hinter ihm ins Schloss fällt, dann sprinte ich los und renne die Treppe hinunter. Ich schaffe es gerade noch so über die Badewanne, ehe ich mir die Seele aus dem Leib kotze. Als wäre alles andere nicht schon schlimm genug.

Isle of sin Kapitel 8

Hamish drang mit festen Stößen in mich ein. Ich schloss die Augen. Mein Blick veränderte sich nicht, denn auch mit geöffneten Lidern starrte ich in die Dunkelheit.

Abends, wenn die Sonne im Meer versank, kroch die Finsternis über Eilean Ross und ich suchte seine Nähe noch mehr als bei Tage. Nicht, dass ich mich in der Dunkelheit fürchtete. Sie bot mir Schutz vor den Blicken der anderen und versperrte mir den Blick in die Ferne, nach der ich mich hin und wieder sehnte. Doch wenn es finster wurde, blieben nur er und ich übrig. Ein Mann und eine Frau, die einander begehrten und nicht bereit waren, dem Drang zu widerstehen.

»Du gehörst mir«, keuchte er und pumpte seine Härte wieder und wieder in mich hinein.

Meine Lider flatterten. Vor Begierde. Vor purem Verlangen, das ich verspürte, sobald er in meiner Nähe war.

»Hm«, stöhnte ich leise, denn man hatte mir beigebracht, im Bett den Mund zu halten. Und ich hielt mich daran.

»Sag es«, knurrte Hamish und seine Hand legte sich um meine Kehle. Mir blieb die Luft weg.

Bei Hamish musste ich nicht schweigen. Er wollte meine Meinung hören. Nicht nur, wenn wir uns liebten. In allen Belangen. Er gab mir eine Stimme. Er gab mir ein Gesicht. Erst durch ihn wurde ich zu jemandem. Denn auch als Lady von Tarbat Ness war ich im Grunde ein Niemand gewesen. »Wem gehörst du? Bist du noch eine Ross?«

»Nein«, stöhnte ich daher laut und deutlich in die Dunkelheit. »Ich bin die Deine.«

Hamish nahm mich so hart, dass sein Körper laut und ungestüm gegen meinen klatschte. Er griff in mein Haar und zog meinen Kopf zurück, um mich leidenschaftlich zu küssen. Seine Lippen auf meinen fühlten sich inzwischen so vertraut an und ganz gleich, wie hart er mich anfasste, war mir mit jeder Faser meines Körpers bewusst, dass er mir niemals wehtun würde. Zumindest nicht meinem Körper. Denn mein Herz könnte er mit Leichtigkeit entzweibrechen.

Die Wohnungstür springt auf. Seit Stunden starre ich zwischen meinem Bildschirm und ihr hin und her. Doch die Freude, als sie sich öffnet, bleibt aus.

Etwas stimmt nicht. Ich sehe es in seinem Gesicht, noch ehe er die Jacke ausgezogen oder den Schlüssel abgelegt hat. Ohne Zweifel kann ich an seinen Augen ablesen, dass wir nicht über das Baby reden werden.

»Hi«, sage ich und richte mich auf dem Sofa auf. Nachdem ich den ganzen Morgen versucht habe, mich an den Gedanken zu gewöhnen, Mutter zu werden, habe ich am Nachmittag aufgegeben und an meinem Buch weitergeschrieben. Ich weiß, dass ich vor der Realität davonlaufe. Wahrscheinlich sollte ich nach diversen Untersuchungen und Umstandsmode googeln. Aber ich kann nicht. Zumindest nicht, ehe ich mit Brexen geredet habe.

»Hi«, brummt er, ohne mich anzusehen, und mein Puls beschleunigt sich. Da lauert etwas. Ich weiß es. Jeden Moment wird es nach mir fassen und mich zerquetschen.

»Hattest du einen harten Tag?«

Die obersten Knöpfe seines Hemdes sind geöffnet und seine Schultern hängen herab.

»Hm«, brummt er. Ich werde langsam richtig nervös. Vor allem, weil er mich noch immer nicht angesehen hat.

Ohne ein weiteres Wort schlurft er zur Küche und schenkt sich einen Whisky ein, den er in einem Schluck hinunterkippt. Das Glas knallt anschließend laut auf der Arbeitsfläche auf und durchbricht die Stille, die uns umgibt. Dabei begegnen sich kurz unsere Blicke und mir wird übel.

Ich wage nicht, etwas zu sagen oder zu fragen. Die Schärfe in seinen Augen verrät mir, dass ganz gleich, was ich hören will – die Antwort wird mir nicht gefallen.

Brexen schenkt sich einen weiteren Whisky ein und schlendert mit dem Glas in der Hand zu seiner Jacke. Er fischt einen Briefumschlag aus der Innentasche und kommt damit zu mir herüber. Es tut weh, dass er sich nicht neben mich setzt, sondern sich erschöpft auf den Sessel mir gegenüber fallen lässt. Seit wir auf Eilean Ross waren, sucht er permanent meinen Körperkontakt und ich genieße das. Doch jetzt starrt er konstant in sein Glas und scheint so weit weg wie nie zuvor.

»Okay«, keuche ich beinahe. »Was ist los?«

Ich kann dieses Theater keine Sekunde länger ertragen.

Wortlos schiebt er mir den Umschlag über den rustikalen Couchtisch zu. Ich lege meinen Laptop zur Seite und stelle die Füße auf den Boden. Die Kälte des Steinbodens dringt nicht durch die dicken Strümpfe, die

Brexen mir letzte Woche mitgebracht hat, weil ich ständig über kalte Füße gemeckert habe.

»Was ist das?«

Wahrscheinlich will ich es gar nicht wissen. Deshalb lasse ich den Umschlag unangetastet liegen.

Endlich sieht er auf und ich zucke bei seinem Blick zurück.

Das hier ist nicht der Mann, der mir einen Kater schenkt oder mich abends massiert, wenn meine Schultern wehtun. Das ist auch nicht der Mann, der mich letzte Nacht geliebt hat.

Vor mir sitzt ein Fremder.

Blade vermute ich.

Oder Agent Ward vom OCA.

Mir egal, ich hasse sie beide.

»Ein Ausweis. Führerschein. Geld.« Er nimmt seinen Whiskey und leert ihn in einem Zug. »Ein Leben«, brummt er und wiegt das Glas in seiner Hand.

»Nein!« Das ist alles, was aus meinem Mund kommt. Denn auch ohne Erklärung ist klar, was hier gerade passiert. Er schickt mich fort. Er verlässt mich. Bestraft mich.

Brexen sieht mich nicht länger an. Auch nicht, als ich anfange zu heulen. Auch nicht, als ich aufstehe und zu ihm hinübergehe. Er lässt nicht zu, dass ich mich auf seinen Schoß setze. Vorher steht er auf und schiebt mich aus dem Weg wie ein lästiges Möbelstück.

»Ich habe dir einen Flug gebucht. Du …«, sein Rücken spannt sich an und er schiebt seine zu Fäusten geballten Hände in die Hosentaschen. »Ihr verlasst noch heute das Land.«

»Nein!«, wiederhole ich. Diesmal schon brüllend. Ich ertrage die Kälte in seiner Stimme nicht länger.

»Kylee«, knurrt er und dreht sich zu mir herum. Das Grün seiner Augen wirkt beinahe schwarz. »Unsere gemeinsame Zeit hatte von Anfang an ein Ablaufdatum. Und das weißt du.« Stumm sehe ich ihn an und heule. Schon wieder! »Das da«, sagt er und deutet auf den Umschlag, der unberührt daliegt, »ist eure Zukunft. Du hast genug Geld, um einige Jahre klarzukommen, bis du dir ein Standbein aufgebaut hast und er …« Er schließt die Augen. Brexen kämpft gerade gegen seinen größten Feind. Sich selbst. »Bis das Baby alt genug ist. Ich habe dir einen Flug nach Venedig gebucht. Ich weiß, dass du immer gerne nach Italien wolltest. Du kannst schauen, ob es dir gefällt, und überlegen, wo du leben möchtest.«

Während ich einfach wie paralysiert dastehe und nichts sage, geht er nach oben.

Ich höre, wie er anfängt, meine Sachen zu packen, und erst in dem Augenblick, in dem er meine Unterwäsche aus der Schublade holt, die er extra für mich freigeräumt hat, renne ich die Treppe hinauf und raste aus.

»Hör auf«, keife ich und zerre ihm meine Höschen aus den Händen. »Ich gehe nirgendwohin!«

»Du kannst nicht hierbleiben!«

»Nein!«, schreie ich erneut und versuche, ihn von der Kommode wegzuschubsen, was vollkommen sinnlos ist. »Du kannst mich nicht einfach wegschicken.«

Ganz gleich, wie sehr ich trete und kratze, er weicht kein Stück zur Seite.

»Ich schicke dich nicht einfach weg, verdammt!«, brüllt er so laut, dass ich instinktiv zurückweiche.

»Es ist doch auch dein Kind«, jammere ich eine Spur leiser und kann nicht fassen, dass es wirklich das ist, was er will. Vollkommen am Ende lasse ich mich auf die Bettkante sinken.

»Herrgott, Kylee!« Beharrlich stopft er meine Unterwäsche in meinen Koffer, was witzlos ist, da sie mir sowieso schon bald nicht mehr passen wird. Genau wie nichts mehr zu mir passt, das aus meinem alten Leben stammt. »Ich kann kein Vater werden! Du hast es selbst gesagt. Ich bin ein Mörder!«

»Dann hör auf damit. Lass uns zusammen weggehen. Du und ich. Du kannst dir auch einen Pass besorgen«, bettele ich. Ich stehe auf und versuche erneut, an seinem Unterarm zu zerren.

»Nein!«, donnert er mir mitten ins Gesicht. »Das ist es, was ich bin, und das ist das Einzige, was ich kann.«

»Bullshit!«, schreie ich. Tränen der Verzweiflung laufen unaufhörlich über meine Wangen.

»Wir kriegen es nicht einmal hin, eine verdammte Katze großzuziehen.« Seine Stimme ist so verletzend. Kalt und monoton. Wie ferngesteuert. Mit angewidertem Gesicht deutet er auf Kitty, der in aller Ruhe neben seinem neusten Geschäft sitzt.

»Willst du mich verarschen?« So langsam schlägt meine Verzweiflung in Wut um. »Du schickst deine schwangere Frau weg wegen eines ungezogenen Haustiers?«

»Du bist nicht meine Frau«, schreit er und beinahe hätte ich mir die Hand auf die Wange gelegt, weil es sich anfühlt, als hätte er mich geschlagen. »Und das wirst du auch niemals sein.«

Ich mache zwei Schritte rückwärts. Wütend sieht er mich nur noch einen Moment an, dann geht er zu dem großen Kleiderständer und reißt meine Pullover von den Bügeln. Er stopft alles wahllos in den Koffer. Hosen, Pullover, Jacken. Erst beim Schließen des Reißverschlusses sieht er mich erneut an. Er knallt mir den schweren Koffer mit nicht einmal der Hälfte meiner Sachen vor die Füße und ich erkenne den Mann nicht, der vor mir steht.

»Ich will dich nicht. Dich nicht und dieses Kind auch nicht. Du musst gehen. Ich lasse dich frei.«

Jedes einzelne seiner Worte trifft mich wie die Klinge, die er stets bei sich trägt. Blade hat mich getötet. Er hat mein Herz durchtrennt und es irreparabel in Stücke geschnitten.

Ich wische mir die Nase und die Augen trocken und bücke mich, um den schweren Koffer anzuheben. Wenn er meine Liebe nicht haben will, gibt es keinen Grund, länger dafür zu kämpfen. Bereits auf der ersten Treppenstufe halte ich einen Augenblick inne.

»Weißt du eigentlich, was das Besondere an Kindern ist?«, murmele ich. Ich drehe mich nicht um. Der Blick in sein Gesicht würde mir den Rest geben. »Sie lieben ihre Eltern bedingungslos. Ganz gleich, was sie für Menschen sind.« Ich kralle meine Finger um den schwarzen Metallhandlauf, um nicht gänzlich den Halt zu verlieren. »Ich werde ihm eines Tages von dir erzählen. Denn es soll wissen, wo es herkommt.«

Und damit nehme ich tapfer eine Stufe nach der anderen. Schiebe meinen Laptop in das Seitenfach meines Koffers und nehme den Umschlag in meine Hände, der so schwer wiegt, dass ich darunter beinahe zusammenbreche.

BREXEN

28.09.2020

»Mann, du musst Eier haben, ausgerechnet heute hier aufzutauchen.«

Isaac stolziert durch meine Juniorsuite, als sei es seine, und holt sich eine Dose Cola aus der Minibar.

»Warum? Was ist heute? Hab ich deinen Geburtstag verpasst, Brexi?«

»Herrgott, nenn mich nicht so«, brülle ich und werfe die Fernbedienung nach ihm. Ich verfehle ihn und kneife die Augen zu, weil ich ihn ständig doppelt sehe.

»Was soll der Scheiß?«, äfft Isaac und schaut hinter sich gegen die Wand. Ungefähr an die Stelle, an der ich seinen Kopf gesehen hatte.

Seit gestern Abend sitze ich hier, auf einem der Sofas des Kensington Holiday. Ich kann einfach nicht genug trinken, um sie zu vergessen.

Der Geruch dieses Zimmers geht mir auf den Sack.

Genau wie der Ausblick auf die Hausfassaden der umliegenden Gebäude. Ich hasse es, hier zu sein. Doch in meine Wohnung kann ich nie wieder zurück. Alles darin erinnert mich an Kylee.

»Fick dich«, schnauze ich Isaac an. Er weiß von all dem nichts. Wie keiner auf der Welt. Sie alle kennen mich nicht. »Wo warst du die ganze Zeit? Und wer ist der da?«, knurre ich und sehe zur Eingangstür. Isaac hat immer zwei seiner Männer dabei, aber heute ist außerdem ein junger Kerl an seiner Seite, den ich nie zuvor gesehen habe. Allein für den dämlich grinsenden Ausdruck in seiner Richkid-Fresse sollte ich ihn an die Wand spießen.

»Braucht dich nicht zu jucken.« Isaac zuckt mit einer Schulter. Die Dose öffnet sich zischend unter seinem Zeigefinger.

»Braucht mich nicht zu jucken?«, schreie ich und bin bei ihm, noch ehe seine Lippen das Metall berührt haben. Ich mag besoffen sein, doch niemals bin ich zu voll, um mich verarschen zu lassen. »Ich werde dir sagen, was mich juckt.«

Im Augenwinkel sehe ich, wie seine Männer auf uns zukommen, weil ich ihn am Kragen gepackt gegen das Fenster presse, doch er winkt ihnen mit einer Hand ab, sie sollen es lassen.

»Ich bin ganz Ohr, Brex. Was genau ist dein Problem, he?«

Anstatt in meinem Griff zurückweichen zu wollen, reckt er mir den Hals entgegen. Der kleine Scheißer kennt mich gut. Doch ich bin nicht voll genug, ihm ins Gesicht zu schreien, wie die Machenschaften seines Vaters mich anekeln und wie es sich anfühlt, dass Kylee weg ist. Von der Tatsache, dass ich mein eigenes Kind von mir gestoßen habe, noch ehe es seinen ersten Atemzug machen konnte, mal ganz abgesehen. Ich weiß nicht, wie es weitergehen soll.

Am liebsten möchte ich Nelson ein Messer in die Brust schieben, weil er mich in all das verwickelt hat. Die Agency fängt an, zu viele Fragen zu stellen. Ja, ich habe es hingebogen, Kylee neue Papiere zu besorgen, aber von einem offiziellen Zeugenschutz ist das weit entfernt. Weil alles, was ich mache, eine Lüge ist. Ich musste die fucking Miranda mit ihrem verschissenen Dildo beglücken, damit sie noch ein paar Tage die Füße stillhält. Ein paar Tage. Und dann? Wen zur Hölle lasse ich hochgehen? Die Agency? Callen? Oder mich selbst?

»Fuck«, schreie ich und stoße ihn von mir. Er taumelt und die Cola schwappt auf den hellen Teppich. Es ist mir scheißegal. In der hintersten Ecke liegt der blöde Kater und sieht mich verängstigt an. Ich hätte ihn aussetzen oder ihm direkt den Hals umdrehen sollen. Aber ich habe es nicht über mich gebracht. Schnell wende ich den Blick ab, damit Isaac und sein komischer Begleiter mit den schmierigen Locken und dem teuren Poloshirt ihn nicht bemerken.

Dieser Kerl sieht mich sowieso schon an, als sei ich ein Affe im Zoo, und geht mir damit voll auf den Sack. »Starr mich nicht so dämlich an, du kleiner Wichser«, drohe ich ihm mit erhobenem Zeigefinger.

»Ich starre, wann und wo ich will, du Pisser«, bringt er grinsend über die Lippen und seine Worte lassen mich innehalten. Der Typ ist Schotte. Er kann seinen Akzent nicht verstecken, ganz gleich, wie sehr er sich bemüht. Meine Sicherungen sind kurz vor dem Durchbrennen. Wer ist so dumm und provoziert Blade in seinem Hotelzimmer?

»Du kommst hierher, in dieses Land …«, sage ich ruhig und lege den Kopf schief, um seine Reaktion zu beobachten. Dabei lasse ich ihn meinen eigenen schottischen Akzent deutlich hören. Auch wenn ich fast mein ganzes Leben in London verbracht habe, hört man, wo ich herkomme. Und das soll auch für immer so bleiben. »… in mein Zimmer und wagst es, mich anzumachen?«, warne ich und zücke das Messer in meinem rechten Ärmel. Ich werde ihm die Kehle aufschlitzen. »Dir hätte wohl jemand sagen sollen, wie dumm diese Idee ist.«

»Wow, wow, wow«, schießt Isaac dazwischen und hält mir seine Hand auf die Brust. »Ganz locker, Jungs.«

Er sieht zwischen uns hin und her und ich bin kurz davor, beiden die Fresse zu polieren.

»Wie wär's, wenn du mit den Männern einen Kaffee für unseren Großen holen gehst?«, sagt er zu seinem eigenartigen Begleiter und richtet sich anschließend an mich. »Wir müssen reden.«

Ganz gleich, wie besoffen ich bin, mein Verstand ist sofort hellwach. Ich sehe in seinen Augen, dass es ernst sein muss. Mit nach wie vor mörderischem Blick lasse ich mein Messer langsam sinken.

Isaacs Männer sind genauso auf bedingungslosen Gehorsam getrimmt wie Nelsons. Und so verstreicht nur ein kurzer Augenblick, dann sind wir allein. Anschließend beäugt er mit hochgezogener Augenbraue den bescheuerten Kater und sieht mich fragend an.

»Ich hab keine Ahnung, was in den letzten Wochen abgegangen ist, aber es wird Zeit, dass wir reden, Bruder. Und zwar richtig.«

Noch immer den Griff meines Messers in den Fingern, wische ich mir mit der freien Hand über mein Gesicht und stöhne.

»Lass mich zuerst duschen.«

Denn um in meinem Lügenkonstrukt nicht den Überblick zu verlieren, muss ich definitiv nüchtern sein.

»Also«, stößt Isaac aus. Während er sich das Basecap vom Kopf nimmt, sich einmal durch die Locken fährt, nur um es anschließend verkehrt herum wieder aufzusetzen, lehnt er sich auf dem kleinen Sofa zurück. Die Kapuze seines Hoodies liegt in seinem Nacken. Der Ausdruck in seinem Gesicht sieht genauso müde aus, wie ich mich fühle. »Wo ist sie?«

»Weg«, knurre ich und schlürfe den heißen Kaffee, den seine Lakaien uns gebracht haben. Zu meinem Glück hat er sie direkt wieder zurück nach unten an die Bar geschickt. Andernfalls hätte ich kein Wort mit ihm gewechselt.

»Dann nehme ich mal an, sie ist noch immer nicht tot?« Unsere Blicke treffen sich und ich warne ihn ausschließlich mit den Augen. »Okay, also nicht tot. Dann hütest du ihre Muschi, bis sie aus dem Maledivenurlaub zurück ist, oder was?«, lacht er mit Blick auf Kitty, der sich ihm langsam, aber sicher nähert, um an seinem Bein zu schnüffeln. Mit eiserner Miene starre ich ihn stumm an. »Scheiße, Brex, mach endlich den Mund auf. Sonst kann ich dir nicht helfen.«

»Kannst du sowieso nicht.«

»Auch nicht, wenn ich dir sage, wer ihr die Informationen zugespielt hat?«

Sofort richte ich mich auf und bin hellhörig.

»Wer?« Mein Puls beschleunigt sich und ich spüre, wie der letzte Rest Alkohol durch meine Venen schießt.

»Alter«, meckert Isaac und lehnt sich, die Ellbogen auf die Knie gestützt, nach vorne. »Es wird Zeit, dass du wieder anfängst, in ganzen Sätzen mit mir zu sprechen. Also, was ist das mit dir und dieser Tussi? Was haben du und Nelson mit der Kleinen? Scheiße, könnte sie vom Alter her nicht sogar deine Tochter sein?«

»Fick dich«, knurre ich.

Wenn Isaac wirklich weiß, wer der Informant ist, gibt es nur eine Möglichkeit, es herauszufinden. Ich muss ehrlich zu ihm sein. Dem Informanten die Kehle aufzuschlitzen ist mein letztes großes Ziel auf dieser Welt. Ich kann es kaum erwarten, sein Blut an meinen Händen zu sehen.

»Sie ist die Tochter von Leana Scarpone und Hugh O'Connor.«

Issac lässt seine Hände sinken und starrt mich an. Ich kann dabei zusehen, wie seine blauen Augen sich verfinstern.

»Und warum ist die Bitch dann noch am Leben?«, presst er zwischen zusammengebissenen Zähnen hervor. Die Namen sind ihm nicht unbekannt. Im Gegenteil. Sie verfolgen ihn bereits sein Leben lang. Diese beiden Menschen haben seine Mutter getötet. Ihretwegen hat sein Leben eine Wendung genommen, die es nie hätte nehmen dürfen.

Magnolia Callen war eine gute Frau. Sie hätte ihren Sohn mit Liebe erzogen und ihn beschützt. Auch vor der Grausamkeit seines eigenen Vaters. Doch ohne sie an seiner Seite war Isaac ihm und seiner Kaltblütigkeit von Anbeginn schutzlos ausgesetzt.

»Sie …«, stottere ich und weiß, dass meine Worte bei ihm nicht ankommen werden. »Sie war damals erst vier Jahre alt, Bruder.«

»Und? Was interessiert mich das? Ich war nur wenige

Wochen alt, als ihre verfickten Eltern meine Mum getötet haben.«

»Das weiß ich«, keuche ich. Denn diesen Tag werde ich im Gegensatz zu ihm niemals vergessen.

Ich kann seine Mutter noch immer vor mir sehen. Wie das Blut aus ihrem Bauch quoll. Der Blick, mit dem sie mich ansah, während rote Tropfen in gleichmäßigem Takt auf dem hellen Holzboden aufkamen.

»Jetzt verstehe ich, warum Nelson sie unbedingt aus dem Weg schaffen wollte. Und ich will es auch.«

»Es liegt nicht allein daran. Ihre Eltern haben für das, was sie getan haben, bezahlt. Und glaub mir, Kylee hat das auch.« Um das zu sehen, muss man nur das Licht ausschalten.

»Woran liegt es dann?« Mein geschultes Auge bemerkt seine angespannte Haltung und den beschleunigten Herzschlag. Er ist jeden Augenblick zum Angriff bereit, sobald er merken sollte, dass wir auf unterschiedlichen Seiten stehen. Aber wir wissen beide, dass er keine Chance gegen mich hat. Vielleicht, weil er im Vergleich zu mir noch ein Gewissen besitzt. Und weil er keine Ahnung davon hat, wie es sich anfühlt, einem Menschen das Leben auszuhauchen.

»Es war ...«, ich vergrabe kurz das Gesicht hinter den Händen und atme tief durch. »Die Rache an ihren Eltern ist ... sagen wir mal ... nicht ganz glattgelaufen.«

»Nicht ganz glattgelaufen? Willst du mich verarschen, Brex? Was zur Hölle war da los und warum, verdammt, weiß ich nichts davon?«

»Weil du ein Baby warst. Wieso hätte dein Vater dir Jahre später erzählen sollen, wie er den Mord deiner Mutter rächen wollte und es schiefgelaufen ist?«

»Und was genau ist schiefgelaufen?«

»Kylee hat damals den Mord an ihren Eltern gesehen und ...«

»Scheiße«, stößt Isaac aus. Er ist genauso wenig das geborene Monster wie ich.

»Sie war erst vier Jahre alt, Isaac.« Ich lasse die Hände sinken und trinke einen weiteren Schluck Kaffee, um mich von dem Teil der Geschichte abzulenken, der mich betrifft. »Jedenfalls hat dein Vater sich dagegen entschieden, die Rache bis in ihre Linie fortzusetzen. Vorausgesetzt natürlich, sie würde sich nicht daran erinnern können. Zu dem Zeitpunkt hatte sie ein schweres Trauma und keinen Schimmer, wer wir waren.«

»Heilige Scheiße.«

»Ja«, seufze ich und wische mir den Schweiß von der Stirn. »Ich sollte sie im Auge behalten und ... das tat ich.«

»Und jetzt erinnert sie sich?«

»Nein«, lüge ich nur indirekt. Denn Kylee hat nach wie vor keine Erinnerung. Auch wenn ich ihr die Geschichte inzwischen erzählt habe. Doch das vor Isaac preiszugeben, würde sie nur unnötig in Gefahr bringen. Niemand muss wissen, dass sie die Wahrheit kennt. »Aber irgendjemand aus unseren Reihen wollte uns das glauben lassen, und hat ihr die Informationen zugespielt.«

»Moment, Moment«, unterbricht Isaac mich und richtet sich auf. »Bedeutet das, du hast ihr zwanzig Jahre lang hinterherspioniert?«

Er sieht mich mit dem gleichen Gesichtsausdruck an, den Kylee hatte, als ihr das Ausmaß meiner Beschützerfunktion bewusst wurde.

»Ja«, flüstere ich, denn es bringt nichts, es zu leugnen. Außerdem spielt all das sowieso keine Rolle mehr. Kylee ist weg und ich werde sie nie wiedersehen. Plötzlich wünsche ich mir, es wäre Whisky in dem weichen Pappbecher vor mir und kein Kaffee.

»Alter, das ist creepy, das ist dir klar, oder?« Er zieht sich erneut die Kappe vom Kopf und streicht sich durch die wilden Locken. Er hat die Haare seiner Mutter. Dunkelblond und wild.

»Ich bin ja kein Idiot«, schnaube ich, doch Isaac sieht nur anklagend zu der Katze an seinem Bein. »Mann, ich bring doch keine Katzenbabys um«, werfe ich hinterher und wir müssen beide trotz der verqueren Umstände schmunzeln.

»Und du vögelst sie?«

»Das spielt keine Rolle mehr, denn sie ist weg.«

»Nelson darf niemals erfahren, dass sie noch lebt.«

»In dem Punkt sind wir uns einig.« Auch wenn es Isaac um seine eigene Haut geht, mir hingegen einzig um Kylee.

Er wird still und stützt das Kinn auf die Fäuste.

»Was ist? Wer war der beschissene Maulwurf? Irgendeiner von unseren Männern will mir ans Bein pissen.« Ich werde ihm jeden Finger einzeln abtrennen und sollte er daran nicht verbluten, schneide ich ihm seine Zunge heraus und sehe ihm beim Ausbluten zu.

Isaac schüttelt vehement den Kopf.

»So richtig will das nicht zusammenpassen«, murmelt er und ich bin kurz davor, den Kater, der inzwischen um meine Beine streift, gegen die Wand zu klatschen.

»Wer?«, wiederhole ich mit Nachdruck und Isaac sieht mich an.

»Nelson. Nelson war es. Er hat jemanden beauftragt, ihr die Unterlagen zuzuspielen.«

»Callen war das?«, knurre ich und springe auf. Ich kann keine Sekunde länger sitzen bleiben. »Warum?«, frage ich mehr an mich selbst gerichtet. Ich fahre mir durch die Haare und starre Isaac an. »Wen?«, hake ich nach. Er hat recht. Ich verlerne es, in ganzen Sätzen zu sprechen.

»Irgendeinen Finanzwichser aus Lewisham. Keine Ahnung. Er war nur der Handlanger. Ich denke, inzwischen ist er längst tot. Jedenfalls keiner von uns. Wahrscheinlich hatte er Schiss. Seine Männer waren dir ebenfalls immer treu ergeben.«

»Hm«, brumme ich und denke nur über Nelsons Motiv nach. Welchen Grund hat Nelson, einer Journalistin Informationen zuzuspielen, die ihn ans Messer liefern könnten? Wobei er das streng genommen nicht getan hat. Er hat sie nur geködert, um mich damit aus der Reserve zu locken. Und sein Plan ist offensichtlich voll aufgegangen.

Dennoch habe ich das Gefühl, etwas Wichtiges zu übersehen.

»Der Informant war nur ein Mittel zum Zweck. Er sollte ihr etwas zuspielen, damit sie auf die Geschichte anspringt. So jedenfalls sagt es McDougall und du weißt, der findet alles heraus, wenn man ihm genug bezahlt.«

»Damit es aussieht, als erinnere sie sich, und er dich schicken kann, um sie zu töten.«

»Wahrscheinlich. Aber warum hat er mir nicht einfach gesagt, ich soll sie umbringen? Mit dem Wissen, wer sie ist, hätte ich es auch so getan.«

»Hättest du nicht«, knurre ich und gehe im Raum auf und ab. »Und er weiß das. Er wusste, du würdest zu mir kommen.«

»Und du würdest sie nicht töten.«

»Das konnte er nur ahnen. Das hier war ein Test. Eine simple Überprüfung unserer Loyalität und ich ...«, ein Gedanke lässt mich kurz erstarren. »Moment«, keuche ich. »Ein Finanzwirt aus Lewisham?« Kalter Schweiß bricht mir aus. »Weißt du, wie er heißt?«

»Atkins«, schnaubt Isaac und ich lasse mich auf die Bettkante sinken. Das darf doch wohl nicht wahr sein.

»Atkins?«, wiederhole ich entsetzt. Ich glaube, in meinem ganzen Leben war ich selten so angewidert wie in diesem Augenblick. »Ich bringe diesen Wichser um.« Mein Puls beschleunigt sich und meine Finger zucken, weil sie mein Messer spüren wollen, um ihm die verflixte Kehle aufzuschlitzen.

»Du kennst den Penner?«

»Er war ihr verschissener Verlobter«, brülle ich so laut, dass Kitty unter das Bett huscht. Dieses blöde Mistvieh ist der größte Angstschisser, den ich je erlebt habe.

»Toller Verlobter«, stößt Isaac aus. »Nelson hat ihm wohl 'ne ganze Stange Geld geboten, der Kleinen ein paar Fotos in den Briefkasten zu stecken. Ich nehme mal an, er lässt ihn beseitigen, um alle Spuren zu verwischen.«

»Damit sollte er sich besser beeilen. Denn wenn er es nicht tut, mache ich es«, knurre ich. Wenigstens kann ich sichergehen, dass die Agency Kylees Aufenthaltsort gut vertuscht hat. Sonst wüsste Callen längst, dass Kylee noch lebt, wenn er Aiden gefunden hätte.

Ich gehe auf Isaac zu und sehe ihm tief in die Augen. Dass er hier ist und mit mir redet, beweist mir seine Loyalität. Er hätte ebenso bei Nelson sitzen können, um ihm von Kylee und Eilean Ross zu erzählen. Doch das tut er nicht. Er ist hier. Bei mir.

Entgegen allem, was ich von seinem Vater gelernt habe, treffe ich heute eine Entscheidung. Ich werde ihm vertrauen. Langsam halte ich auf Isaac zu und sehe ihm tief in die Augen.

»Brüder?«, frage ich und halte ihm meine Hand hin.

Er steht auf und schiebt seine Finger ohne zu zögern fest in meine.

»Bis in den Tod«, ergänzt er. Erleichtert ziehe ich ihn an mich und klopfe ihm auf die Schulter. Allerdings fürchte ich, in diesem Fall wird es nicht mehr allzu lange dauern, ehe das wahr wird. Denn wenn Nelson wirklich vorhatte, uns zu testen, dann haben wir gnadenlos versagt. Und er wird es bereits wissen …

KYLEE

29.09.2020

Isle of sin Kapitel 9

Hamish war weg. Er und seine Truppen waren in der Nacht aufgebrochen und hatten mich zurückgelassen. Allein auf dieser Insel, auf der ich verhungern würde.

Er war weg.

Er war weg und hatte mich hiergelassen. Mein Herz zerriss. Weil er mich nicht wollte. Weil er mich von sich gestoßen und mit Füßen getreten hatte. Mich, die eigentlich ihn hassen sollte.

Er war weg.

Er war weg, ehe ich es ihm hatte sagen können. Ich trug sein Kind unter meinem Herzen. Doch jetzt war es zu spät.

Er war …

Stöhnend klappe ich meinen Laptop zu und wische mir die Wangen trocken.

»So eine Scheiße«, fluche ich und schiebe ihn außer Reichweite. Ich kann nicht schreiben. Ich kann auch nicht essen oder schlafen. Im Grunde genommen bin ich zu gar nichts in der Lage. Und das kotzt mich richtig an.

Über mich selbst wütend schnaubend, klettere ich aus dem Bett des Flughafenhotels und trete vor den Spiegel in dem kleinen angrenzenden Bad. Seit zwei Tagen hocke ich jetzt schon in diesem in Grüntönen gehaltenen Zimmer und grübele, wie es weitergehen soll.

Natürlich habe ich den Flieger nach Venedig nicht genommen. Ich habe unter falschem Namen eingecheckt, bin aber nicht zum Boarding gegangen. Keine Ahnung, ob das ausreicht, um meine Spuren in diese Richtung zu lenken. Wahrscheinlich nicht. Aber ich konnte nicht fliegen. Es ging einfach nicht. Und mir ist auch nichts Besseres eingefallen. Ich bin Journalistin und keine Undercover-Agentin oder geschweige denn eine Terroristin auf der Flucht.

»Stattdessen sitzt du hier rum und heulst«, schimpfe ich mein Spiegelbild. Die Frau darin sieht furchtbar aus. Ihre Haare sind fettig, dunkle Schatten umranden ihre leeren Augen und Brexens Pullover, den ich seit zwei Tagen durchgehend trage, riecht nicht mehr nach ihm, sondern nur noch nach … ich weiß nicht. Er stinkt jedenfalls.

»Es wird Zeit, dass du etwas unternimmst«, murmele ich und zum hundertsten Mal, seit ich vor drei Tagen das Ergebnis erhalten habe, betrachte ich im Seitenprofil meinen Bauch. Er sieht aus wie immer. Nicht besonders flach, das war er nie. Aber auch nicht, als ob ein Kind darin leben könnte. Der Moment, in dem ich das kleine Herz im Ultraschallbild auf dem Monitor habe schlagen sehen, hat alles verändert. Da ist ein Mensch in meinem Körper. Ein kleines hilfloses Wesen, für das ich alles tun würde. Ich werde es beschützen und dafür sorgen, dass es ein behütetes Leben bekommt.

Und genau aus diesem Grund straffe ich jetzt die Schultern und recke das Kinn.

»Ich werde das hinbiegen. Wenn dein Vater ein feiges Arschloch ist, meinetwegen. Aber ich bin es nicht. Ich werde nicht den Rest meines Lebens davonlaufen. Es wird Zeit, endlich die Ärmel hochzukrempeln und zu kämpfen.«

Scheiße. Scheiße, scheiße, scheiße.

Das hier war eine ganz, ganz üble Idee.

»Hey Süße«, brüllt mir der Kerl neben mir ins Ohr. »Darf ich dir einen Drink ausgeben?«

Die Musik ist so laut, dass er schreien muss und seine Stimme mir im Kopf wehtut.

Als Antwort schüttele ich diesen lediglich.

Erst als ich mich auf dem wackeligen Barhocker von ihm wegdrehe, kapiert er meine Abfuhr und widmet sich einer anderen Frau, die wahrscheinlich genauso wenig scharf auf seine plumpe Anmache ist wie ich. Ich kralle meine Finger um das Armband, das ich bewusst trage. Soll er doch wissen, dass ich hier bin. Vielleicht kapiert er dann, dass ich mich nicht einfach wegschicken lasse.

Der Club, der meine erste Wahl für den heutigen Abend war, ist rappelvoll. *Sixteen.*

Ich habe ihn ein paar Mal auf Isaacs Instagram-Profil

gesehen. Soweit ich weiß, gehören ihm Anteile, und ich hoffe, ihn hier zu treffen.

Es gibt eine Tanzfläche, auf der die Menschen zu Technobeats ihre verschwitzten Körper aneinander reiben, und Frauen tanzen auf Podesten nur in Unterwäsche. Ich dagegen sitze an der Bar, denn von hier aus habe ich den perfekten Ausblick auf die Treppe, die, abgesperrt durch eine rote Kordel, in den VIP-Bereich führt. Auf der Galerie, zu der die normalen Gäste keinen Zugang haben, stehen runde Tische mit Bänken, die für die ganz Reichen reserviert sind. Dahinter kann man auch von hier aus einige Türen sehen, in denen ich die Privatpartys vermute, die Isaac Callen gerne abhält.

Bereits seit zwei Stunden hocke ich hier in dem einzigen Outfit aus meinem Koffer, das halbwegs clubtauglich ist. Ich trage eine schwarze enge Jeans und ein rotes Top mit eingearbeitetem Bustier, aus dem meine schmerzenden Brüste beinahe herausfallen. Meine Haare liegen offen auf meinen nackten Schultern und mein Make-up beschränkt sich auf knallroten Lippenstift. Mehr war auf die Schnelle nicht zu machen. Aber das ist okay. Ich falle nicht auf und das will ich auch gar nicht.

Mit zitternden Fingern nehme ich mein Wasserglas und trinke einen Schluck.

Keine Ahnung, ob Isaac Callen hier auftaucht oder ob er überhaupt in der Stadt ist. Aber ich muss es versuchen. Wenn ich irgendwie an die Callens herankomme, dann über ihn.

Ich weiß nicht genau, was ich ihm vorschlagen werde. Geld? Eine Story, die die Familie reinwäscht? Einfach eine Entschuldigung für das, was meine leiblichen Eltern getan haben? Ehrlich gesagt habe ich keinen wasserdichten Plan. Aber da ich sowieso schon bis zum Hals in der Scheiße stecke, kann es wohl kaum noch schlimmer werden. Isaac Callen ist ein junger Kerl in meinem Alter. Ganz sicher wird er mit sich reden lassen. Es muss einfach so sein. Ich finde eine Lösung, um aus der Sache herauszukommen, ohne für immer das Land verlassen zu müssen. Zur Not gehe ich morgen zur Agency. Es muss dort doch einen Mitarbeiter geben, der sich nicht von Brexen Wards Charme blenden lässt.

Tief aus meinem Unterbewusstsein schreit eine Stimme, dass ich nur hier sitze, in der Hoffnung, Brexen kommt und rettet mich. Doch ich lasse sie schreien, wie sie will.

Was, wenn er mich tatsächlich schlichtweg nicht will? Mich nicht und sein Kind ebenfalls nicht? Immerhin hat seine Formulierung nicht wirklich Spielraum zugelassen. Daran würde dann auch meine kleine Kamikazeeinlage höchstwahrscheinlich nichts ändern.

Gerade als ich ein verliebtes Pärchen beim Knutschen beobachte und mein Herz kurz davor ist, mich wieder in den Depressionsmodus zu zwingen, sehe ich ihn.

Ich erkenne Isaac sofort. Mit einer unmenschlichen Arroganz betritt er, von zwei Männern flankiert, den Club. Bisher habe ich ihn nur auf Fotos gesehen, doch auch ohne sie hätte ich sofort gewusst, wer er ist.

Obwohl er jünger ist als ich, strahlt er eine Macht aus, wie ich sie selten bei jemandem gesehen habe. Nicht einmal Brexen besitzt eine derartige Ausstrahlung.

Die Menschen im Club machen den Weg für ihn frei. Hier und da schüttelt er eine Hand oder küsst Frauen im Vorbeigehen auf die Wangen. Die beiden Männer, die ihn begleiten, haben die Hände vor dem Körper gefaltet und beobachten jeden seiner Schritte. Ich gehe davon aus, es sind seine Leibwächter. Bei seinem Stammbaum sicher nicht unbegründet.

Isaac Callen ist zudem ein hübscher Kerl. Groß, schlank. Blonde Locken, die unter seinem Basecap hervorlugen, und markante Wangenknochen, die sein jugendliches Gesicht einrahmen. Selbst in schwarzer Jeans und Hoodie wirkt er schicker als die meisten Typen hier. Ich denke, das ist so ein Gelddding.

Macht und Reichtum machen die Menschen schön. Das war schon immer so. Bei dem Gedanken klingt regelrecht in meinen Ohren, was Brexen darüber zu sagen hätte. Wie er in seinem karierten Hemd vor dem Fenster auf Eilean Ross steht und sich darüber auslässt, wie die Menschen sich von Äußerlichkeiten täuschen lassen.

Ich kann mich da nicht ausschließen.

Isaac geht mit großen Schritten über die Tanzfläche und nickt dem Barkeeper zu. Dabei treffen sich unsere Blicke für einen winzigen Moment und ich wende mich abrupt ab. Mein Herz schlägt mir bis zum Hals. Ich tappe absolut im Dunkeln darüber, wie viel er über mich weiß oder ob er mich überhaupt kennt.

Erst als ein neuer Song einsetzt und die Menge laut jubelt, wage ich es erneut, von meinem Schoß aufzusehen. Ich erwische ihn gerade noch dabei, wie er auf der oberen Galerie in einem der Zimmer verschwindet.

Mein Verstand tüftelt so fieberhaft an einem Plan, wie ich dort hochkomme, dass ich die Männer an meinen Seiten zu spät bemerke. Ich habe sie nicht einmal kommen sehen.

»Na los, Mäuschen«, sagt einer der beiden und packt mich fest am Oberarm. Ich starre zuerst auf seine Hand auf mir, dann hilfesuchend um mich. Aber niemand bemerkt etwas. Oder aber niemand will bemerken, was wahrscheinlicher ist. »Der Boss möchte mit dir reden.« Ich sehe den Kerl mit dem Schnauzbart und den fettigen Haaren an, der mich viel zu grob anfasst. Es ist einer von

Isaacs Männern. Er nickt hinter mich in Richtung der Treppe und ich klettere von meinem Hocker. Mehr oder weniger bereitwillig lasse ich mich von ihm in den VIP-Bereich führen.

So sehr die Angst mir auch im Nacken sitzt – das war es doch, was ich wollte. Deswegen bin ich hier.

Ich atme tief durch und versuche, darauf zu vertrauen, dass es einen Weg gibt, Isaac von mir zu überzeugen. Ihm klarzumachen, dass ich keinerlei Gefahr für ihn und seine Familie darstelle. Ich werde niemals wieder freiwillig den Namen Callen in den Mund nehmen. Das ist die Wahrheit, nur muss ich sie ihm glaubhaft nahebringen.

Eine Alternative, um glimpflich aus der Nummer herauszukommen, wäre, dass Brexen das Handy in meiner Gesäßtasche oder den GPS-Tracker in meinem Armband verfolgt und im richtigen Moment auftaucht. Um ehrlich zu sein, hoffe ich doch darauf. Das hieße nämlich, mein Gefühl von gestern Abend täuscht mich nicht.

Nachdem ich die Treppe mehr hochgestolpert als gegangen bin, werde ich durch die dunkle Tür geführt und lande in einem Zimmer, in dem es nach Sex und Zigaretten stinkt. Ich muss ein Würgen unterdrücken.

Brexen hat mir einmal erzählt, es sei das Wichtigste in seinem Job, den Überblick zu bewahren. Immer und überall zu wissen, was auf einen wartet. Daher reiße ich mich zusammen und lasse meinen Blick so schnell es geht durch den Raum schweifen. Links in der Ecke steht ein überdimensional großes Himmelbett mit schwarzem Gestänge und roten Seidenlaken. Der gleiche Stoff ist über die schwarzen Stangen gelegt und fällt in weichen Wellen um den Betthimmel herum.

Mitten im Zimmer ragen Stangen vom Boden bis an

die Decke. Sicher für Tänzerinnen. Und am anderen Ende befindet sich eine Sitzecke. Dort lehnt Isaac entspannt in einem roten Sessel und hat, ein ekliges Grinsen im Gesicht, den Kopf schief gelegt.

»Miss Hawthorn«, begrüßt er mich und ich zucke zusammen, als seine Männer hinter uns die Tür zuknallen. Einer von ihnen lehnt sich gegen das Türblatt. Der andere hat mich nach wie vor fest im Griff.

Ich beiße die Zähne fest aufeinander. Was für eine dumme Idee, einfach so in die Höhle des Löwen zu laufen ohne einen wasserdichten Plan.

Isaac, der inzwischen seine Kappe abgezogen hat, nickt seinem Bodyguard zu. Sofort zieht er mich an die Stange.

Wild zappelnd versuche ich, mich zu wehren. Da er meine Hände fest auf meinem Rücken um die Stange fixiert, kann ich nur nach ihm treten oder hoffen, nah genug an ihn heranzukommen, um ihn zu beißen. Doch ich habe keine Chance. Der Kerl sieht mich nicht einmal an. Er zerrt meine Hände mit einem Kabelbinder zusammen und ignoriert mein Gezappel komplett. Erst nachdem er und sein Kollege den Raum verlassen haben, sehe ich wieder zu Isaac. Er ist inzwischen aufgestanden und hat sich den Hoodie ausgezogen.

Keine Ahnung, ob es an meinen Hormonen liegt oder er wirklich heiß ist, aber sein Anblick beschönigt für einen Moment lang meine Lage. Aber wirklich nur einen kurzen Augenblick. Dann habe ich mich wieder im Griff. Ignoriere die Tattoos, die unter dem eng anliegenden schwarzen T-Shirt hervorblitzen, und die wilden Locken, die ihm in die Stirn fallen.

»Jetzt verstehe ich es«, lacht er rau und kommt auf mich zu. Er streicht mir mit beiden Händen die Haare aus der Stirn, doch ich versuche, seiner Berührung auszuweichen. »Deshalb steht er auf dich. Brex hatte schon immer eine Schwäche für die wilden Mädels.« Er nimmt eine meiner Haarsträhnen zwischen die Finger und mir kommt beinahe die Galle hoch, als ich daran denke, auf was für Frauen Brexen Ward steht. Doch ich schweige auch weiterhin. Nicht weil ich ihm nichts zu sagen hätte. Sondern weil ich clever genug bin, erst abzuwarten, wie viel er weiß. »Und jetzt? Was hast du gedacht? Du spazierst hier einfach so herein? Präsentierst dich mir auf dem Silbertablett? Du, deren Familie meine Mutter getötet hat?« Bei seinem letzten Satz beobachtet er mich mit Argusaugen, doch meine Miene bleibt starr. Wenn er herausfinden will, was ich weiß, darf ich keinerlei Emotionen zeigen. So viel haben mir die Wochen an der Seite eines Agenten und Mörders also beigebracht.

Er lässt einen Zeigefinger über meinen Hals bis in meinen Ausschnitt fahren. »Weißt du, ich kann Körperliches von Geschäftlichem trennen«, flüstert er und zieht mein Top so weit herunter, dass mein Nippel ihm entgegenspringt. »Und du wärst nicht die erste Pussy, die ich mit Brex gemeinsam hätte.«

»Aber sicher die letzte«, fauche ich und spucke ihm ins Gesicht.

Isaacs Grinsen wird breiter, während seine Augen mich bedrohlich ins Visier nehmen. Offensichtlich ist er der Erfinder des gemeinen Grinsens.

Er wischt sich langsam mit dem Unterarm über seine Wange, die ich getroffen habe, und legt anschließend in einer blitzschnellen Bewegung seine Hand an meine Kehle.

»Du bist verdammt mutig, das muss ich dir lassen.« Meinen Kopf fest in seinem Griff, dreht er ihn hin und her, fast als könne er so all meine Seiten sehen. »Du hast dich verändert. Bist hübscher geworden.«

»Fick dich«, schnauze ich und versuche, ihm mein Knie in die Eier zu rammen, doch er ist schneller und weicht aus.

»Wer weiß, vielleicht ficke ich ja auch dich«, lacht er und seine freie Hand wandert über meine Brüste bis zwischen meine Beine. Durch meine Jeans streichelt er meine Mitte und übt perfekten Druck aus. Er sollte mich nicht zärtlich berühren. Das ist nicht richtig. Alles daran fühlt sich falsch an, obgleich sich ein verbotenes Kribbeln in meinen Nacken schleicht.

»Wenn Brexen hiervon erfährt, tötet er dich«, zische ich und versuche, meinen Körper davon zu überzeugen, seine Berührungen nicht als angenehm einzustufen. Er ist da nämlich anderer Meinung.

»Denkst du, ja?«, haucht er in mein Ohr und lässt seine Zunge an meinem Hals hinabwandern. »Hm«, brummt er. Seine Stimme klingt leidenschaftlich und weich. Nicht wie die eines verwöhnten Mafiajungen. »Du schmeckst verdammt gut.«

»Er wird dich finden und dich in Stücke schneiden«, drohe ich weiter und schließe meine Augen, weil Isaacs Hand zurück zu meiner Brust gewandert ist und er meine Knospe zwischen seinen Fingern verwöhnt.

»Bist du dir da sicher?«

Mein Kopf fährt herum. Und da steht er.

»Brexen«, stoße ich aus, ziehe jedoch direkt scharf die Luft ein, als sein Blick mich trifft. Seine Augen sind pures Eis. Die Suche nach Wärme in seinem Ausdruck bleibt ergebnislos. »Mach mich sofort los!«

Schmunzelnd geht er auf mich zu. Die Klinge seines Messers, das er zwischen den Fingern dreht, spiegelt die LED-Spots von der Decke. Er ist wütend. Trotz des wieder länger gewordenen Bartes kann ich deutlich erkennen, wie seine Kiefer mahlen und der Muskel in seiner Wange zuckt.

»Kitty«, lacht er. Mir läuft bei seiner Stimme ein Schauder über den Rücken. Ohne mit der Wimper zu zucken, lässt er die stumpfe Seite seines Messers über meine Wange gleiten. »Du bist nicht meinetwegen hier. Wieso also sollte ich?«, fragt er und sieht zurück zu Isaac. »Nur zu. Ich wollte dich und deinen Gast nicht stören. Das hier ist eure Show.«

»Nein!«, keuche ich gleichzeitig mit einem fiesen Lachen von Isaac. Brexen sieht mich nicht noch einmal an. Stattdessen schlendert er hinüber zur Sitzecke und lässt sich auf den Sessel fallen. Mit dem Messer spielt er an seinen Fingernägeln herum, während Isaac hinter mich tritt.

»Sie ist hübsch«, sagt er dicht an meinem Ohr, aber offensichtlich an Brexen gerichtet. Ich versuche, meinen Kopf wegzuziehen. Doch erneut gibt es kein Entkommen. Ich bin ihm schutzlos ausgeliefert.

Mit einem kräftigen Ruck reißt er mein Top entzwei. Die dünnen Träger sind sofort kaputt und der Stoff landet in einem kleinen Haufen zu meinen Füßen. Mein Oberkörper zeigt nackt in Brexens Richtung und ich muss die Zähne zusammenbeißen, um nicht laut aufzuheulen. Noch immer vollkommen emotionslos lässt er seinen Blick an meinem Körper hinaufwandern, sieht mir aber nicht bis ins Gesicht.

»Oh ja«, brummt er. »Das ist sie.«

»Ich möchte wetten, sie lässt sich verdammt gut ficken.«

»Willst du es versuchen?«, lacht Brexen in ungewohnter Stimme und mir wird schlecht.

»Nein!«, schreie ich erneut. »Nein. Brexen, bitte.«

»Bitte was?«, fragt er und funkelt mich wütend an.

Seine Augen treffen auf meine und wenn ich die Möglichkeit hätte, ich würde zurückweichen. Ich habe ihn nie so wütend gesehen. Nicht einmal, als ich das bescheuerte Feuer auf Eilean Ross angezündet habe. »Du bist doch zu ihm gekommen. Stimmt's?«

»Stimmt«, murmelt Isaac und lässt seine Hände von hinten um meine Brüste kreisen.

»Ich wollte doch nur ...« Meine Stimme versagt. Weil ich selbst nicht mehr weiß, welches Ziel diese dämliche Aktion eigentlich hatte. Genauso gut hätte ich einfach von der London Bridge springen können.

»Was?«, unterbricht Brexen mich mit donnernder Stimme, so dass selbst Isaac kurz innehält. »Was wolltest du, he?«

Ich schaffe es nicht länger, mein Heulen zu unterdrücken.

»Hey Prinzessin«, säuselt Isaac dicht an meinem Ohr und dreht meinen Kopf zur Seite, damit ich ihn ansehe. »Nicht weinen. Ich ertrage weinende Frauen nicht.«

Mit einem Daumen wischt er mir zärtlich die Träne unter dem Auge weg und küsst die Stelle, an der sie gerade über meine Wange laufen wollte. »Alles wird wieder gut«, flüstert er. Ich frage mich, wann genau er der Gute in dieser Situation geworden ist. Gefangen in seinem liebevollen Blick, bringe ich meine Atmung unter Kontrolle. Isaac nickt mir kaum merklich zu und massiert weiter meine Brust. Ich versuche, mich auf seine Berührung zu konzentrieren, um dem Schmerz in meinem Herzen keine Chance zu lassen. »So ist gut«, flüstert er und dreht meinen Kopf wieder so, dass ich Brexen ansehen kann. Oder eher muss.

»Zieh sie aus«, raunt dieser und ich schüttele nur hektisch den Kopf. »Sieh mich nicht so an, Kitty. Hierherzukommen ist deine Entscheidung gewesen. Nicht meine.«

Noch während er redet, streift Isaac meine schwarze Jeans samt Slip nach unten und mir bleibt nichts anderes übrig, als aus meinen Pumps zu steigen. Während er sich wieder aufrichtet, gleiten seine Fingerspitzen an meinen Seiten bis zum Hals hinauf und die Härchen an meinen Armen stellen sich auf. Im Hintergrund wummert der Bass aus dem Club, doch hier drin ist es so leise, dass nur mein panischer Atem zu hören ist. Noch immer steht Isaac hinter mir. Ich bin froh darüber, ihn nicht sehen zu müssen.

Ich schäme mich.

Für all das hier.

Für meine Schwäche.

Meine Dummheit.

Und zuletzt für meinen Körper.

»Fühlst du dich unwohl?«, fragt Brexen, dessen kalter Blick inzwischen mit meinem verankert zu sein scheint. Mit den Augen flehe ich ihn an, dieser Farce ein Ende zu bereiten.

»Ja«, entweicht es mir mit dünner Stimme. Mir ist klar, dass er eine Antwort erwartet, obwohl er es auch ohne meine Worte sehen kann.

»Bitte?« Er hält sich seine Hand ans Ohr, als könne er mich nicht hören. Dieser Wichser!

»Ja, verdammt«, wiederhole ich mit Nachdruck und wünsche mir, meine Hände wären frei, damit ich ihm eine reinhauen könnte.

»Vielleicht sollte Isaac dafür sorgen, dass du dich entspannst?«

»Nein. Ich will das nicht«, halte ich dagegen, kann aber nicht leugnen, dass die Hände auf meiner Haut sich gut anfühlen. Warm und weich. Beruhigend und behutsam.

Während meines Wortgefechts mit Brexen streichelt

Isaac meinen Rücken, meine Schultern. Er lässt sie über meine Arme fahren und über meine Brüste. Seine Lippen liegen dabei weich auf meiner Schulter und streichen bis zu meinem Hals.

»Hör auf, dich zu wehren«, flüstert er. »Ich kann dich fliegen lassen, Baby.« Und mit diesen Worten wandern seine Finger zu meiner Mitte. Behutsam schiebt er seinen Mittelfinger zwischen meine unteren Lippen und ich spüre sein Grinsen auf meiner Haut, während er meine Klit ertastet. Doch mein Blick ist einzig auf Brexen gerichtet. Mit dunklen Augen sieht er mich an und leckt sich dabei über die Lippen. Er genießt es, mich zu kontrollieren. Das ist es, worum es ihm gerade geht. Er hat die verdammte Macht über mich und meinen Körper.

Für den Hauch eines Augenblicks sieht er zu Isaac und nickt kaum merklich. Daraufhin beginnt dieser, seinen Finger zu bewegen, und ein winziges Stöhnen entweicht mir. Weil es mich verdammt nochmal anturnt. Macht mich das zu einem schlechten Menschen? Ganz bestimmt. Doch darüber kann ich mir auch später noch Gedanken machen. Jetzt gerade hat mein Verstand genug damit zu tun, die liebevollen Berührungen von Isaac mit den drohenden Worten von Brexen zu verarbeiten.

»Bist du deshalb hergekommen?«

Seine tiefe Stimme passt sich dem finsteren Blick an.

»Nein.« Ich versuche, meine eigene klar klingen zu lassen, doch stöhnende Geräusche entweichen mir, sobald ich den Mund öffne.

Isaac massiert mit perfektem Druck meine Perle und nimmt seine zweite Hand dazu, um meine Beine weiter zu spreizen.

»Brexen«, flehe ich wimmernd. Ein fieses Grinsen legt sich auf sein Gesicht. In Zeitlupe legt er das Messer weg und steht auf, um auf mich zuzukommen.

Ich versuche, ihn weiter anzusehen, aber meine Lider flattern wie von selbst, weil Isaac mit einem Finger in mich eindringt und ich nach Luft schnappe.

»Brexen, was, Kylee?« Als ich wieder scharf sehe, steht er dicht vor mir. Ich spüre den Atem aus seinen aufgeblähten Nasenflügeln auf meinem Gesicht und fühle seine Wärme auf meiner nackten Haut. Ihn zu riechen, ihn hier dicht vor mir stehen zu sehen, löscht alle Zurückhaltung. Scheiß auf Verbotenes.

»Ich will dich«, sage ich den einzigen Grund, aus dem ich wirklich hier bin. Und alles, was ich in diesem Augenblick will. Ihn. Nur ihn. Denn es ging verdammt nochmal doch immer nur um ihn.

Ich wünsche mir so sehr, er würde mich berühren, aber noch immer ist es Isaac, der mich streichelt und mich zärtlich stimuliert.

»Du hast vergessen, wer ich bin, Honey«, flüstert Brexen so dicht vor meinem Mund, dass ich seine Lippen schon zu spüren meine.

»Ich weiß, wer du bist«, beharre ich. Isaac hinter mir schnaubt lachend und streicht mir die Haare auf eine Seite, um meinen Nacken zu liebkosen. Es ist, als schwebe ich zwischen Himmel und Hölle. Die sanften Berührungen von hinten. Der finstere Blick von vorne. Männer, die mich zärtlich liebkosen und mich gleichzeitig tot sehen wollen. Und ich habe das Gefühl, jeden Augenblick zu fallen, und niemand ist da, der mich hält.

»Und wenn du das so genau weißt, Honey ...« Brexen fährt einzig mit seinem Zeigefinger über meinen Nippel und ich stöhne ungewollt auf. Er ist es. Seine Finger sind es, die ich in mir spüren will. »... wie kommst du dann auf die beschissene Idee, meine Anweisung anzuzweifeln, hm? Seit wann, denkst du, sind meine Entscheidungen etwas, das du infrage stellen darfst? Habe ich dir je das Gefühl gegeben, eine Wahl zu haben?«

Isaac massiert meine Klit mit seinem Daumen, während ein anderer Finger wieder und wieder in mich eindringt. Seine freie Hand liegt auf meinem Hintern und massiert meinen Po.

»Ich konnte nicht«, stöhne ich, weil ein Finger sich verdächtig meinem hinteren Ausgang nähert. Seine Berührungen werden drängender und ich verliere langsam den Verstand. »Bitte, Brexen«, flehe ich erneut, ohne zu wissen, worum ich bettele.

Isaac steigert sein Tempo und mein Puls beschleunigt sich. Brexens Finger kneten meine Brustwarze und seine Zungenspitze fährt hauchzart über meine Lippen.

»Brexen«, stöhne ich erneut, weil ich kurz davor bin zu kommen.

»Wag es nicht zu kommen«, donnert er mit einem Mal und Isaac hält inne. Schwer atmend, lasse ich den Kopf in den Nacken fallen. Nicht nur meine Handgelenke brennen wie Feuer in den Kabelbindern. Nein, mein ganzer Körper steht lichterloh in Flammen.

Die Männer sehen sich an und Isaac zieht sich aus mir zurück. Ich kann die Gefühle, die in mir vorgehen, nicht beschreiben. Dass seine Hände weg sind, fühlt sich gut und grauenvoll zugleich an. Ich will sie nicht auf mir. Und doch will ich sie in diesem Moment mehr als alles andere.

»Hm«, schnurrt Isaac. Ich sehe über meine Schulter. Erstmals seit er mich berührt hat, treffen sich unsere Blicke. Frech grinsend zieht er sich seinen Finger aus dem Mund, der bis gerade noch in mir steckte. »War mir ein Vergnügen, Prinzessin.« Ohne ein weiteres Wort oder mich noch einmal anzusehen schnappt er sich seinen

Hoodie und klopft Brexen beim Rausgehen auf die Schulter.

Ich möchte heulen.

Weil er mich nicht hat kommen lassen.

Weil er hierbleiben soll.

Weil ich ihn hasse.

Weil ich mich hasse und nicht zuletzt, weil ich Angst habe.

Mit bebendem Atem sehe ich zurück zu Brexen.

»Was zur Hölle soll dieses Theater?«, brüllt er mich aus heiterem Himmel so laut an, dass es von den Wänden hallt. Ich presse die Lippen fest aufeinander, um mich nicht noch tiefer in die Scheiße zu reiten. »Du bist dermaßen egoistisch. Das kotzt mich an!«

»Ich bin egoistisch?«, keife ich dann doch zurück, weil ich nun einmal ich bin, und zerre dabei an meinen Händen. »Du bist der Egoist von uns beiden!«

Die ganze Verzweiflung und die Wut kehren zurück und vernichten jedes noch so kleine Gefühl der Erregung in meinem Körper.

»Ich bin der selbstloseste Mann, den du je treffen wirst, Kitty. Das kannst du mir glauben.«

Er tritt einen Schritt zurück und betrachtet meinen nackten und erschöpften Körper.

»Und deswegen schickst du mich weg? Mich und dein ungeborenes Kind?«, schreie ich. »Du schwängerst mich, nur um mich dann wegzuwerfen. Das ist nicht selbstlos. Das ist einfach nur arschig!«

»Arschig?«, lacht er, aber sofort verfinstert sich sein Blick wieder. »Du bist dümmer, als ich angenommen habe.«

»Ich hasse dich!«

»Das schon wieder«, raunt er und schleicht langsam um mich herum. »Ich will dir was sagen, Kitty. Ich bin nicht egoistisch und auch nicht arschig. Ich schaffe es lediglich, im Gegensatz zu dir, die zu schützen, die ich liebe. Ohne dabei nur an mich selbst zu denken.«

»Du hast gesagt, du willst mich nicht«, jammere ich und zappele auf der Stelle. Weil ich mir nie zuvor dermaßen schutzlos vorgekommen bin. Und weil er mich endlich losbinden soll, damit ich ihm in seinen Hintern treten kann.

»Um dich in Sicherheit zu bringen, verdammt!«, schreit er von hinten und ich zucke zusammen. »Du kapierst es immer noch nicht. Wie oft muss ich dir das noch sagen, hm? Dich zu beschützen ist alles, was zählt. Das Einzige, was auf diesem Planeten noch wichtiger für mich sein könnte, als dich zu retten, ist, meinem Kind ein sicheres Leben zu bieten. Und das versuche ich. Die ganze Zeit über. Aber du checkst es einfach nicht!« Mittlerweile ist er wieder vor mir angekommen und nimmt mein Kinn zwischen Daumen und Zeigefinger. Aus seinen Augen blitzt es bedrohlich, doch ich recke das Kinn und biete ihm die Stirn. »Du marschierst hier einfach so rein und bringst mein Kind in Gefahr. Vielleicht sollte ich langsam anfangen, dich zu hassen.«

Ich winde mich aus seiner Berührung und sehe zur Seite. Ich kann ihn nicht länger ansehen.

Weil ich ihn hasse.

Und weil er verdammt nochmal recht hat!

Und ich hasse es, wenn er recht hat!

Weil die Methoden, mit denen er an diesen Punkt gelangt, einfach nicht richtig sind.

»Wir hätten zusammen einen Weg finden können.«

»Nein!«, knurrt er. »Das hätten wir nicht!«

Beide außer Atem, wende ich meinen Kopf zurück und starre ihn an. Ich habe keine Angst vor Brexen und auch nicht vor Blade oder sonst wem.

Und dann sage ich ihm das, was ich ihm hätte längst sagen sollen, in der Hoffnung, dass es ihn von seinem sturen Thron herunterholt: »Ich weiß, dass du mich nur beschützen willst. Aber ich kann ohne dich nicht leben.« Der Ausdruck in seinem Gesicht verändert sich und ich spreche weiter. Gefesselt hin oder her, meinen Mund kann er mir nicht verbieten. Ja, möglicherweise hat er recht. Aber ich habe es auch. »Vielleicht war es dumm, hierherzukommen. Vielleicht hätte ich nach Italien gehen sollen. Unserem Kind ein Leben abseits von all dem hier bieten. Aber ich kann nicht«, keuche ich und eine einzelne Träne verlässt meinen Augenwinkel. »Weil ich dich liebe. Weil ich dich so sehr liebe, dass es wehtut. Weil ich seit unserer ersten Nacht auf Eilean Ross nie wieder auch nur eine Stunde von dir getrennt sein wollte. Du darfst mich nicht von dir stoßen, weil ...«

Weiter komme ich nicht, weil seine Lippen bereits auf meinen liegen. Seine Zunge erobert meinen Mund und erforscht mich, als sei dies unser erster Kuss. Voller Behutsamkeit nimmt Brexen [illegible] in seine großen Hände und alle [illegible] k-
geben kann, ist, mei [illegible]
näher an mich [illegible]
Erektion durch [illegible]

»Ich will d [illegible]
in meinen Mu [illegible]
Worte mehr her [illegible]
nicht herkommen s [illegible]
mich so entschieden [illegible] an
seiner Seite, als den Rest mei [illegible] einem Loch
in meinem Herzen zu verbringen.

BREXEN

Ich war so verdammt wütend, als Isaac anrief und berichtete, Kylee sei im *Sixteen* aufgetaucht. Am liebsten hätte ich ihr den Hintern versohlt und sie für immer in einen Kerker gesperrt. Nach unserem kleinen Denkzettel konnte ich allerdings selbst nicht mehr klar denken. Vor allem, solange sie nackt und gefesselt an eine Polestange gebunden war. Doch schließlich waren es ihre Worte, die mir die Beherrschung geraubt haben.

Denn sie liebt mich!

Und verdammt, ich würde mein Leben für sie geben.

»Mir geht es nur gut, wenn ich bei dir bin«, winselt sie in mein Ohr und mir entgeht nicht, wie sie immer heftiger an den Kabelbindern zerrt. Ich kenne mein Mädchen. Sie will die Arme um mich schlingen. Mich daran hindern, sie allein zu lassen. Kylee denkt einfach nicht weit genug.

»Hier«, sage ich ihr und tippe auf die Stelle ihres Herzens, »kann ich nicht mehr weg. Bei dem Rest wirst du endlich lernen müssen, mir zu vertrauen. Wann kapierst du endlich, dass ich alles nicht meinetwegen tue? Ich kämpfe für euch.«

»Du hast gesagt, du willst mich nicht mehr«, jammert sie erneut und ich nehme ihr Kinn zwischen die Finger.

»Hör auf, dich selbst zu bemitleiden. Ich habe dir vorher ein Dutzend Mal gesagt, dass ich immer bei dir sein werde. Oder nicht?«

Dieses Mal nickt sie lediglich. Weil sie es hasst, mir recht geben zu müssen.

»Du hörst und siehst immer nur die Hälfte der Geschichte.«

»Ich wollte doch nur ...«

»Was?«, raune ich und spüre, wie die Wut zurückkehrt. »Dass Isaac dich in seinem Club fickt? So wie eine seiner Nutten, die er hierherbringt?«

»Nein«, sagt sie hastig, doch ich erkenne Zweifel in diesen simplen Buchstaben. Sie hat es genossen, nur ist sie wie immer zu stolz, es zuzugeben.

»Oh Kitty«, stöhne ich. Dass sie hier ist, gefällt mir nicht. Der Laden wimmelt nur so von Callens Männern. Sie sollte einfach nur in den verdammten Flieger steigen, das Leben genießen und mich meine Arbeit machen lassen. »Was mache ich nur mit dir?«

»Ich wollte das nicht«, beharrt sie und ich glaube ihr. Doch auch das ist nur die Hälfte der Geschichte.

»Aber angemacht hat es dich trotzdem, richtig?« Langsam lasse ich meine Finger zwischen ihre Schamlippen gleiten. Sie ist klitschnass. Ja, sie genießt dieses kleine verbotene Spiel mehr, als sie sich eingestehen will. Kylee war schon immer empfänglich für das Verbotene. Sie hat nur nie gelernt, das zu akzeptieren. Und, verdammt, ich bin genauso scharf wie sie. Unter anderen Umständen hätte ich sie mir längst über die Schulter geworfen und wäre hier abgehauen. »Scheiße ja, es hat dir verdammt nochmal gefallen.«

Trotzig reckt sie das Kinn, während ich ihre perfekte

Pussy streichele. Meine verfluchte Pussy. Denn das wird sie für alle Ewigkeit bleiben. Ganz gleich, wer sie zum Höhepunkt fingert. Kylee ist die Meine.

»Sag es!«, fordere ich. Mein Finger taucht mühelos in sie ein und sie zieht ihre Unterlippe zwischen die Zähne.

Ich nehme einen zweiten Finger hinzu und sie spreizt die Beine für mich.

»Sag es!«, befehle ich ein weiteres Mal.

»Ja«, keucht sie ergeben mit geschlossenen Augen. »Ja, es hat mir gefallen.«

»Willst du, dass er wiederkommt?«

Sofort schlägt sie die Augen auf.

»Nein!«, erwidert sie hastig. Und ich erkenne die Wahrheit in ihren wunderschönen braunen Augen. Sie ist verrückt nach meinem Schwanz. Ich weiß es. Sie weiß es ebenfalls.

»Aber du willst gefickt werden, hier an dieser Stange, ist es nicht so?«

Keine Antwort bedeutet in der Regel, dass ich recht habe.

Langsam gehe ich um sie herum und betrachte ihre Finger, die fest um die Stange gekrallt sind. Ich schiebe ihren Arsch neben die Stange und ihre gefesselten Handgelenke an der Stange hinauf, um ihren Oberkörper leicht nach vorne zu beugen.

»Hm.« Meine Finger fahren über die perfekten Kurven bis zu ihrem prallen Arsch. Meine Handfläche klatscht laut auf und ihre rosa Haut verfärbt sich rot. Kylee kreischt auf und will sich aufrichten, doch ich halte sie in Position. »Ich sollte dir den Hintern versohlen dafür, dass du nie auf mich hörst und alles, was ich sage, ständig infrage stellst.« Ein weiterer Schlag landet auf ihrer Arschbacke und sie windet sich. Doch ich sorge dafür, dass sie stillhält, indem ich einen Finger von hinten ihn sie schiebe.

Sie wirft die Haare über eine Schulter, um ihren Kopf so zu drehen, dass unsere Blicke sich treffen können.

»Tu es doch«, fordert sie und aller Kummer ist mit einem Mal aus ihrem engelsgleichen Gesicht verschwunden.

»Weißt du«, murmele ich und krümme meinen Finger so, dass er ihren Lustpunkt erreicht. Stöhnend legt sie den Kopf in den Nacken und ich muss schmunzeln. Kylee zu befriedigen ist so verflucht einfach. »Du gefällst mir viel besser, wenn du nicht ständig rumheulst und dich selbst bejammerst. Du willst in dieser Welt bestehen? Du willst Callen herausfordern? Leute wie er warten nur darauf, dass du Schwäche zeigst.«

»Ich bin nicht schwach«, stößt sie aus und funkelt mich wütend an.

»Dann zeig es endlich, verdammt«, lache ich und ziehe mich aus ihr zurück. Ein keuchendes Geräusch entweicht ihr, was mich nur noch mehr zum Lachen bringt. »Zeig deine Gefühle nicht allen und jedem. Reiß dich zusammen und tu, was nötig ist«, knurre ich und befreie währenddessen meinen Schwanz aus meiner Jeans. Eigentlich wollte ich sie bestrafen, indem sie unbefriedigt zurück in ihr Flughafenzimmer marschieren muss. Aber wie das Schicksal es will, bin ich nicht stark genug dafür. »Wirst du das in Zukunft tun?«, frage ich und spiele mit meiner Schwanzspitze in ihrer Spalte. Das Piercing an meiner Eichel streift ihre warme Haut und sie japst verzweifelt. Weil sie es will.

»Ja«, kommt es sofort und sie windet sich. Versucht, mir ihr Becken näher zu schieben. Doch ich entziehe mich ihr.

»Schwör es! Versprich mir, stärker zu werden und das Richtige zu tun. Auch wenn es schwer sein wird.«

Wieder reize ich sie mit meiner Eichel und Kylee schnappt nach Luft.

»Ich verspreche es«, wimmert sie und ich belohne meine Kitty, indem ich in einem einzigen Stoß in ihr versinke.

»Braves Mädchen«, stöhne ich und es fühlt sich so verdammt gut an, wieder in ihr zu sein. Jeder Tag, an dem ich sie nicht ficken kann – jede Stunde, in der ich sie nicht berühren kann –, ist ein verlorener Tag.

Doch ganz gleich, wie sehr ich es genieße, sie zu ficken. Mir ist schmerzhaft bewusst, dass sie gewonnen hat.

Kylee ist nicht dumm. Dass sie hierhergekommen ist, diente einem einzigen Zweck. Mich zu ködern. Mir ist sofort aufgefallen, dass sie ihr Armband trägt und ihr Handy in ihrer Jeans steckt, die auf einem Haufen zu ihren Füßen liegt. Sie wollte, dass ich sie finde. Und Scheiße ... Ich stoße immer fester in sie hinein ... Ich werde sie immer finden.

»Brexen«, stöhnt sie und ihr Blick findet über ihre Schulter meinen. »Bind mich los. Ich muss dich berühren.«

Ohne zu zögern zücke ich mein zweites Messer und durchtrenne mit einem einzigen Schnitt die Kabelbinder an ihren Handgelenken. Mit der freien Hand halte ich ihren Oberkörper, damit sie nicht nach vorne kippt. Kylee tritt einen Schritt vor, so dass mein Schwanz aus ihr herausgleitet, und ich fange sofort an, ihn zu massieren, weil ich verdammt scharf bin. Und ungeduldig.

»Zieh dich aus«, fordert sie, nachdem sie sich zu mir herumgedreht hat. Die Feuchtigkeit glänzt zwischen ihren Beinen.

Das Messer landet auf ihrer Jeans und ich ziehe mir

mit einer Bewegung das Langarmshirt samt T-Shirt über den Rücken.

Kylees Brust hebt sich hastig unter ihren Atemzügen. Langsam kommt sie auf mich zu. Eine ihrer Hände übernimmt meinen Schaft und reibt ihn, während die andere sofort den Weg zu dem Weißdorntattoo findet. Es ist ihr Ort an meinem Körper. Die Stelle, die immer nur ihr gehören wird. Ich habe es stechen lassen an dem Tag, an dem sie entjungfert wurde. Denn ich wollte sie besitzen. Sie sollte ewig mein sein.

»Du hast gesagt, du liebst mich, richtig?«

»Ja«, nicke ich und lege ihr die Haare hinter die Schultern, damit ich ihre Titten sehen kann. Sie sind verdammt schön anzusehen. Prall und rund und perfekt für meine Hände geschaffen.

»Dann«, stöhnt sie und schiebt mich langsam rücklings durch den Raum. Ihr Griff um meinen Schwanz wird fester und ich beiße mir in die Unterlippe. Schmerz und Lust vereint. »Schick mich nie wieder weg. Nie wieder, verstehst du?«

Die Bettkante in meinen Kniekehlen, lasse ich mich von ihr auf die Matratze schubsen.

»Du weißt, warum ich das getan habe«, presse ich hervor.

Sie drückt meinen Oberkörper nach hinten und krabbelt auf mich. Meinen Schwanz direkt an ihrer Öffnung, verharrt sie und beugt sich über mich. Ihr Mund senkt sich auf meinen und … sie beißt zu.

»Fuck!«, raune ich. Blut verteilt sich auf meiner Zunge und ich versuche, ihr meinen Kopf zu entziehen. Sie lässt es zu. Fährt mit ihrer Nasenspitze über mein Kinn.

»Falsche Antwort«, flüstert sie in mein Ohr. Doch ich

habe nicht vor, sie kampflos gewinnen zu lassen. Noch bin ich von uns derjenige mit den Eiern.

So schnell, dass sie erschrocken aufkreischt, schmeiße ich sie herum und fixiere ihre wunden Handgelenke über ihrem Kopf.

»Fordere mich besser nicht heraus, Kitty«, knurre ich und lasse meinen Mund auf ihre Brust sinken. Während ich tief in sie eindringe, beiße ich so fest in ihren Nippel, dass es nicht nur mein Blut ist, das ich schmecke. Kylee windet sich und jammert, doch ich lasse nicht ab von ihr. Sie hat keine Ahnung, wo ihre Grenzen liegen, aber vielleicht erfährt sie so etwas mehr über meine. Denn verflucht nochmal – ich habe keine. »Ich bin keins deiner Weicheier«, stöhne ich und dringe immer schneller in sie ein. Ich lege meine Hand auf ihre Kehle und drücke zu. »Du wirst mich nicht noch einmal verarschen. Hast du verstanden?«

Hastig nickt sie und ich lockere meinen Griff. Meine Lippen legen sich auf ihre. Unser vermischtes Blut besiegelt während unseres Kusses unsere ewige Verbindung. Es dauert einige Stöße, dann spüre ich, wie sie sich entspannt und ihre Beine um mich schlingt. Fest krallt sie ihre Füße um meine Hüfte und versucht, mich noch tiefer in sich aufzunehmen. Ich entlasse ihre Hände und lege mir stattdessen eines ihrer Beine auf die Schultern.

»Ich«, stoße ich in sie, bis sie aufschreit, »sage«, wiederhole ich das Ganze, nachdem ich mich vollständig zurückgezogen habe. »Wo. Es. Langgeht.« Mit jedem Wort ramme ich mich erneut in sie. Ihre Finger ziehen tiefe Furchen in die Haut meiner Schultern. Schließlich ist Kylee diejenige, die als Erste laut schreiend kommt, und ihr Stöhnen trifft sich mit dem Bass aus dem Club an den Wänden.

»Ich verstehe es ja«, stöhnt sie und streckt sich, um den Knopf ihrer Jeans besser schließen zu können. Unwillkürlich fällt mein Blick auf ihren Bauch und eine gigantische Welle der Hilflosigkeit überrollt mich.

Die Tatsache, dass ich Vater werde, ist in den vergangenen Tagen in weite Ferne gerückt. Und vor allem in den letzten Minuten habe ich kein bisschen darüber nachgedacht. Jetzt jedoch trifft mich die Erkenntnis mit voller Wucht und bringt die Hilflosigkeit mit sich, die ich nur schwer ertrage.

Ich weiß rein gar nichts über Schwangere. Weder wann ihr Bauch anfängt zu wachsen noch sonst irgendetwas. Ich bin nicht der Familienvater, der Milch warm hält oder mit den Kindern in den Park geht. Scheiße, nein. Der bin ich einfach nicht.

»Und dennoch tust du niemals, was gut für dich ist. Du sagst, du verstehst es, benimmst dich aber nicht so«, knurre ich. Meine Hilflosigkeit schlägt in Wut um. Meine Füße sind bei jedem Schritt schwer wie Blei, während ich hinüber zu der Sitzecke gehe und mich auf einen der Sessel fallen lasse. Isaacs Zigaretten auf dem kleinen Glastisch stechen mir wie ein Rettungsseil ins Auge. Das Feuer schon dicht an dem Stängel, werfe ich alles resigniert zurück auf die Tischplatte. Zu meinem Pech kann ich das Stöhnen, das dadurch meine Kehle hinaufwandert, nicht unterdrücken. Neben einer Schwangeren zu rauchen ist wohl nicht die beste Idee. Shit! Sie in einem Club gefesselt mit zwei Schwanzpiercings zu ficken, bis nichts mehr geht, sicher auch nicht. Ich sag ja, ich bin nicht qualifiziert für den Job.

Plötzlich spüre ich Kylees Finger auf meiner nackten Schulter. Ich habe weder bemerkt, dass ich mir meine

Hände vor das Gesicht gelegt habe, noch dass sie zu mir gekommen ist.

»Hey.«

Ich sehe auf und ihr mitleidiger Blick trifft mich härter, als gut für uns beide ist.

»Du solltest nicht hier sein«, spreche ich aus, was mir im Unterbewusstsein schon die ganze Zeit über aufstößt. Die Kontrolle über die Situation entgleitet mir wieder und wieder, seit sie mir das Ultraschallbild vor die Nase gelegt hat. Jenes Bild, das ich seitdem immer bei mir trage. Es soll mich daran erinnern, wofür ich die ganze Scheiße mache. Denn mein Kind soll in einer besseren Welt leben als ich.

»Brexen«, seufzt sie, doch ich nehme ihre Hand in meine und ziehe sie auf meinen Schoß.

»Du musst hier weg, Kylee«, unterbreche ich sie. »Und zwar jetzt sofort. Ich hab kein gutes Gefühl bei der Sache.«

»Okay«, nickt sie knapp. Mein T-Shirt reicht ihr beinahe bis zu den Knien. Was musste Isaac auch ihr Top zerreißen, der Penner. »Versprichst du mir, dass wir danach reden? So richtig, meine ich.«

»Okay«, sage diesmal ich und streiche ihr über den Rücken. Wenn ich schon dermaßen überfordert mit dieser Babysache bin, wie soll es ihr dann erst gehen? Zum ersten Mal stelle ich mir vor, wie es für sie sein muss, von mir schwanger zu sein, und das Mitleid sprießt aus mir heraus, wie Blumen im Frühling immer wieder einen Weg aus der dunklen Erde finden.

Gerade als sie aufsteht und mir mein Langarmshirt reichen will, wird die Tür aufgestoßen. Sofort kralle ich mein Messer vom Tisch vor uns und bin auf den Beinen.

»Wir sollten dann wirklich dringend los.« Es ist Isaac, der seinen Kopf zur Tür hereinsteckt, und ich deute den Ausdruck in seinem Gesicht sofort. Er ist hier.

»Fuck!«, brülle ich und schlüpfe hastig in mein Shirt. »Komm!«, sage ich zu Kylee und nehme sie an der Hand.

»Was ist denn los?«, fragt sie und ich spüre allein anhand ihrer Stimme die Unsicherheit, die in ihr tobt.

»Glaub mir, Prinzessin, Daddy ist sicher nicht so nett zu dir wie ich«, erwidert Isaac und treibt uns mit wedelnder Hand an, möglichst schnell das Zimmer zu verlassen.

»Oh mein Gott«, keucht Kylee im Hintergrund, doch ich reagiere nicht darauf. Ihre Hand fest in meiner, ziehe ich sie hinter mir her.

»Hinterausgang?«, richte ich mich an Isaac, der gemeinsam mit mir Kylee abschottet. Wenn er mir hilft, sie hier rauszubringen, werde ich ewig in seiner Schuld stehen.

»Ich weiß nicht, Mann. Ja, vielleicht. Aber wir müssen uns beeilen.«

Er deutet mit dem Kinn zum Eingang des Clubs und ich erkenne ein paar von Nelsons Leibwächtern, die genau in diesem Augenblick zu uns sehen.

»Scheiße.« Ich checke den Laden, versuche, alle Möglichkeiten in Betracht zu ziehen. »Erstmal nach unten«, befehle ich und wir versuchen so schnell wie möglich, aber auch so unauffällig wie möglich, die Treppe hinabzusteigen. Ich bin sicher, Nelson weiß bereits, wo wir sind. Sonst würde er nicht hier auftauchen. Er hat nichts übrig für diesen schummrigen Club, in dem sein Sohn mit Drogen dealt und Weiber flachlegt.

»Bring die Kleine nach hinten, ich versuch, sie aufzuhalten«, stößt Isaac aus und sein Blick lässt mich zurückweichen. Wenn er sich jetzt öffentlich auf meine Seite stellt, hat er für immer verloren. Das wissen wir beide.

Und das um ein Leben zu retten, das für ihn wertlos ist. Einen Menschen, den er hassen sollte. »Nun geh schon, Bruder.«

Ich versuche, ihm stumm alles zu sagen, was ich auf dem Herzen habe. Doch die Zeit reicht nur für ein knappes Nicken.

»Los!«, richte ich mich an Kylee und wir bahnen uns einen Weg durch die Menge bis zu den Toiletten und den Mitarbeiterräumen. Niemand hält uns auf. Auch nicht, nachdem wir den Gästebereich verlassen und auf eine Hintertür stoßen. Ich drücke Kylees Körper an die Wand und strecke zunächst nur den Kopf zur Tür hinaus. Den Griff meines Messers halte ich die ganze Zeit über fest umklammert in meinem Ärmel versteckt.

»Okay, komm.« Schon einen Fuß draußen auf dem hinteren Parkplatz, sehe ich hinter Kylee Nelson durch das *Sixteen* marschieren. Sie gehen an den Mitarbeiterräumen vorbei. Einer seiner Männer hat Isaac, die Hände auf dem Rücken gefesselt, fest im Griff und schiebt ihn hinter dem Boss her. Ich schließe die Augen.

»Nein«, sagt Kylee, als ich sie öffne und sie die Entschlossenheit in meinem Blick bemerkt. Dabei schüttelt sie unaufhörlich den Kopf und drückt meine Hand fester. »Nein«, wiederholt sie, doch meine Entscheidung ist längst gefallen.

»Er ist meine Familie«, knurre ich und kralle meine Finger so fest ich kann um den Griff meines Messers. »Ich werde ihn nicht im Stich lassen.«

Sie sieht zur Tür hinaus in den dunklen Nachthimmel und ihre Hand in meiner beginnt zu zittern.

»Ich schaffe das nicht allein«, jammert sie, doch ich löse ihre Finger von meinen und halte sie an beiden Oberarmen.

»Und ob. Du bist stark, Kylee.«

»Nicht so stark.« Immer wieder sieht sie in den Sternenhimmel und auf den dunklen, unbeleuchteten Parkplatz und schüttelt den Kopf.

»Du musst«, befehle ich mit schärferem Tonfall. »Für mich. Für unser Baby.« Ich küsse sie flüchtig auf den Mund. »Lauf weg. So weit, wie es eben geht.«

»Aber du …«, fleht sie und ihr Kinn zittert.

»Ich finde dich.« Mit allergrößter Mühe quäle ich meinen Mund zu einem Lächeln. »Ich werde dich immer finden, Honey, schon vergessen? Und jetzt …« Ich streichele ihr noch einmal über die Wange. »Bitte verzeih mir«, keuche ich und schubse sie zur Tür hinaus. Noch ehe sie reagieren kann, verriegele ich sie von innen.

Sie muss jetzt stark sein. Denn der Gegner, der hier drinnen auf uns wartet, ist viel finsterer als die Nacht.

KYLEE

Ich schnappe nach Luft und schlinge die Arme um meinen Körper. Nicht nur, weil Brexen mich äußerst unsanft auf einen einsamen Parkplatz geschubst hat, sondern weil es hier stockdunkel ist.

»Scheiße!«, fluche ich leise vor mich hin und kralle die Arme noch fester um meinen Oberkörper.

Ich weiß auch ohne es noch einmal zu versuchen, dass er die Tür hinter mir zugesperrt hat. Dieses Arschloch. Ich kann nicht fassen, dass er das getan hat. Ich weiß, wie viel Isaac ihm bedeutet, aber immerhin ist es doch dessen eigener Vater, mit dem er klarkommen muss.

Einer Intuition folgend fasse ich in meine Gesäßtasche und stelle erleichtert fest, dass mein Handy sich noch darin befindet. Sofort entsperre ich es und schalte die Taschenlampe ein, um die Umgebung auszuleuchten. Außer ein paar Mülltonnen und verlassenen Autos ist nichts zu sehen.

Brexen hat recht. Ich muss hier weg. Und zwar schnell. Die Frage ist nur: Wohin? Wage ich den Gang um das Haus herum in die belebte Cable Street? Dort gibt es Licht, Menschen und ganz sicher ein Taxi, das mich fortbringen kann. Aber es lauert auch die Gefahr, dass mich jemand entdeckt. Vielleicht sollte ich lieber eine der kleinen Seitengassen nehmen, die zwar in vollkommener Dunkelheit liegen, mich aber auch unsichtbar machen. Ich hasse es, dass meine Angst mich zögern lässt. Dass ich nicht mit Verstand an diese Entscheidung herantrete, sondern mich leiten lasse von finsteren Dämonen, die in meinem Inneren lauern.

Die Dunkelheit ist nicht dein Feind ... höre ich Brexen förmlich in meinem Ohr und atme tief durch.

»Ich schaffe das«, flüstere ich und will gerade den ersten Schritt machen, als ich eine Gestalt im Augenwinkel wahrnehme. Ich will losrennen, doch noch ehe mein Körper den Befehl ausführen kann, werde ich gepackt und es wird dunkel. Wieder hat jemand anderes die Entscheidung für mich getroffen.

BREXEN

Mit dem typischen Blade-Ausdruck in meinem Gesicht, der jedem Gegner zeigen sollte, was ihn erwartet, schreite ich auf die Tür zu, hinter der Nelson mit Isaac verschwunden ist. Die Jungs, die sich links und rechts davon postiert haben, kennen mich. Doch offensichtlich führt Nelson seinen Krieg gegen mich inzwischen öffentlich, denn sie rücken zusammen und versperren mir den Weg.

Es bringt mich lediglich zum Schmunzeln.

»Scheiße, Willi!«, schnaube ich. »Seid nicht dämlich.« Der junge Rekrut aus Dover ist erst wenige Wochen an Nelsons Seite. Ich weiß, wie unsicher er noch ist. Und vor allem, dass er nur mit rechts schießen kann. Ich hatte die Warnung bereits mehrere Schritte vor ihnen ausgesprochen.

Da ich nicht der Typ für zweite Chancen bin, habe ich dem blonden Kerl bereits den rechten Arm fixiert und ihm das Messer in die Rippen gerammt, noch ehe der andere überhaupt seine Waffe ziehen kann. An seinem Arm zerre ich den verblutenden Willi zwischen mich und seinen Kollegen, an dessen Name ich mich nicht erinnern kann, und presse ihn mit dem Körper gegen die Tür.

Mein Messer gleitet durch seine Kehle wie durch Butter und sie sacken anschließend beide zusammen. Es ist nicht nur die blanke Grausamkeit, die Blade ausmacht, sondern auch die Tatsache, dass er niemals zögert.

Mit einem Blick über meine Schulter vergewissere ich mich, dass der Flur leer ist. Niemand würde es wagen, den Bereich zu betreten, in dem sich der große Nelson Callen aufhält.

»Eine Party ganz ohne mich?«, fluche ich, noch während ich die Tür aufreiße, und klettere über die Leichen. Wobei – Willi röchelt noch leicht, aber ich konnte spüren, wie ich seine Lunge getroffen habe. Er hat nur noch wenige Minuten, dann ist er genauso tot wie sein Freund. Dave. Der Wichser hieß Dave. Jetzt fällt es mir wieder ein.

»Verschwinde, Brex«, keucht Isaac. Einer von Nelsons Männern ist gerade dabei, ihm sein Callen-Tattoo, das wir alle besitzen, mit einem Feuerzeug herauszubrennen. Isaacs befindet sich in der Flanke. Gekrümmt steht er da. Einer hält ihn fest, während ein großer Typ mit grauen Haaren die Flamme gegen seine Haut hält. Ohne zu zögern werfe ich mein Messer und es landet genau in seiner Schläfe. Die weißen Haare färben sich rot, das Feuer erlischt und Isaac rammt dem Kerl hinter sich den Ellbogen in die Fresse.

Binnen Sekunden werden drei Waffen auf mich gerichtet. Zwei auf Isaac. Nelson muss wirklich Schiss vor uns haben, wenn er mit so einem Gefolge hier aufkreuzt.

»Aber aber, meine Herren, was ist das denn für ein Benehmen?« Zum ersten Mal heute sehe ich Nelson in die Augen. Er sitzt, die Hände auf den Lehnen eines schwarzen Ledersessels, in der Ecke des Raumes und schüttelt lachend den Kopf. Bei diesem Geräusch läuft es mir kalt den Rücken herunter. »Wenn ich euch nicht erzogen hätte, würde ich mir ernsthaft Sorgen um eure Kinderstube machen.«

Ich habe die Zähne so fest aufeinandergebissen, dass es mir unmöglich ist, zu antworten.

Isaac hingegen spuckt Blut auf den Kerl, der noch immer kauernd auf dem Boden liegt. Sein Gesicht ist übel zugerichtet.

»Ist es das, was du deinem einzigen Sohn mitgibst?«, keuche ich, weil ich den Gedanken einfach nicht ertrage, wie diese erschreckende Kaltblütigkeit erst für Isaac sein muss. Ich habe vielleicht keinen Schimmer davon, wie man ein guter Vater wird, aber dass Nelson in den letzten zwanzig Jahren alles falsch gemacht hat, erkenne sogar ich.

»Also gut«, mit einer winkenden Handbewegung schickt er seine Männer weg. Wie die Hunde gehorchen sie und lassen uns allein. »Ich denke, wir können aufhören, um den heißen Brei herumzureden. Jetzt, da Brexen offensichtlich voll und ganz in seiner Vaterrolle aufzugehen scheint.«

Es ist nicht einmal eine Sekunde, in der ich den Atem anhalte, doch Nelson ist es nicht entgangen und ein noch breiteres Grinsen legt sich auf sein Gesicht. »Was denn, was denn«, lacht er, »hast du wirklich gedacht, mir entgeht deine kleine Familienplanung mit der guten Miss Hawthorn?«

Im Augenwinkel sehe ich, wie Isaac sein Shirt wieder überstreift und auf mich zukommt. Mit einer Hand halte ich ihn zurück. Das hier ist mein Kampf. Nicht seiner.

»Du willst reden? Reden wir. Aber ohne ihn«, zeige ich auf seinen Sohn.

»Rührend.« Zusammen mit seinem widerlich falschen Tonfall klatscht er in die Hände. »Du hattest schon immer eine Schwäche für meinen nichtsnutzigen Sohn.«

Mit jedem Wort wird seine Stimme kälter und das ›*Sohn*‹ spuckt er uns regelrecht entgegen. Nelson Callen ist ein herzloses Monster. Genau in diesem Augenblick frage ich mich, warum ich nicht viel früher nach einer Möglichkeit gesucht habe, ihn zu Fall zu bringen. »Nur leider scheint sich sogar mein eigen Fleisch und Blut gegen mich zu richten und so langsam bin ich eure Spielchen leid«, knurrt er und sein Grinsen verwandelt sich in einen mörderischen Blick. »Denkt ihr wirklich, ihr könnt euch einen Eiertanz mit der Agency mitten in den schottischen Highlands erlauben und ich wüsste nicht direkt davon? Denkt ihr ferner, ihr fingiert einen Tod und lasst einen Auftrag weiter frei durch London laufen, nur weil Brexen seinen Schwanz nicht in der Hose behalten konnte?« Abwechselnd sieht er mich und seinen Sohn an. Für ihn ist Kylee ein Auftrag. Ein Mensch, den es zu erledigen gilt. Weil dieser Mann keine Gefühle kennt. »Ihr seid noch viel dümmer, als ich angenommen habe, was wirklich bedauerlich ist, denn ich hatte Pläne für uns alle.«

»Nelson«, sage ich mit kräftiger Stimme. Jetzt gilt es eiskalt zu bleiben, denn er wittert Schwäche sofort. Wie ein Tier kann er sie riechen. So wie er es bei seinem Sohn tut. »Isaac hat getan, was er für richtig gehalten hat. Er wurde reingelegt.« Ich sehe ihm fest in die Augen. »Von mir«, ergänze ich und vermeide es sogar zu blinzeln.

»Brex«, stößt Isaac aus, doch ich hebe meine Hand, um ihn zum Schweigen zu bringen.

»Und die kleine Schlampe hier hereinzulassen? Was hast du da für eine Ausrede für ihn parat, hm, Brexen?«

Ich mache einen Schritt auf ihn zu. Die Tatsache, dass er von Kylee weiß, versuche ich mir nicht anmerken zu lassen.

»Er hat keinen Schimmer, wer sie ist«, halte ich dagegen. »Du willst Rache? Du suchst eine undichte Stelle in deiner Loyalität?« Ich breite meine Arme zu den Seiten aus. »Hier bin ich.«

Nelson lockert die schwarze Krawatte, die um seinen Hals liegt, und knöpft sich die Ärmel auf, um sie hochzuschieben. Auf seinem rechten Unterarm prangt das Wappen der Callens. Genau wie auf Isaacs Flanke und auf meiner Schulter. Ein Schwert, um das sich eine Rosenranke schlängelt, und im Hintergrund die Burg, die die Familie einst bewohnte. Ich kann mir nicht vorstellen, dass die Vorfahren der Callens dreckige Geschäfte, Drogen und Gewalt für ihre Nachfahren gewollt hätten.

»Ach, Brexen«, schmunzelt er und ich fühle mich in der Zeit zurückversetzt. Genauso hat er mich immer angelächelt, wenn ich es als junger Kerl gewagt habe, die Gräueltaten infrage zu stellen, zu denen er mich gezwungen hat. »Denkst du wirklich, ich weiß nicht, wo deine wahre Schwachstelle liegt? Mein Sohn spielt in diesem Spiel nur eine Statistenrolle.« Es klopft an der Tür und seine Mundwinkel wandern in die Höhe. »Timing ist alles«, lacht er. »Herein.«

Noch ehe ich mich herumdrehe, weiß ich, was auf mich zukommt, und doch trifft es mich wie ein Schuss aus seiner Neunmillimeter, als einer seiner Männer Kylee hereinbringt. Ihr Kopf ist von einem Sack bedeckt, doch ich erkenne sie sofort. Am Oberarm zerrt er sie ins Zimmer und schubst sie, so dass sie auf den Knien landet. Sofort will ich zu ihr, doch Nelson hebt seine Hand. Die Männer in meinem Rücken richten ihre Waffen direkt auf meinen Nacken. Ich spüre ihren Lauf auf meiner Haut.

Kylee zappelt und brummt. Offensichtlich ist sie geknebelt. Nelson geht vor ihr in die Knie. Mit fiesem Gesichtsausdruck löst er die Fesseln auf ihrem Rücken und zieht den Sack von ihrem Kopf. Sie weicht erschrocken zurück und landet unsanft auf ihrem Hintern.

»Einen wunderschönen guten Abend, Miss Hawthorn«, säuselt Nelson und zieht ihr das Tuch aus dem Mund, das ihr das Sprechen unmöglich gemacht hat. Sie keucht und würgt, während er den Knebel entfernt. Sich windend, wirft sie den Kopf hin und her, so dass unsere Blicke sich treffen.

»Kein Wort«, befehle ich ihr im dunkelsten Tonfall, den sie je von mir gehört hat.

»Das ist ja süß«, schaltet sich Nelson ein und Kylee weicht auf dem Hintern zurück, bis sie an meine Fußspitzen stößt. Mir ist es unmöglich, mich zu bewegen. Der Druck des Pistolenlaufes in meinem Nacken verbietet es mir. »Du hast also doch noch die Hosen an, ja?«

Er richtet sich auf und kommt auf uns zu. Wie einem Hund streichelt er Kylee über den Kopf und meine Hände zittern, weil ich ihm mein Messer ins Herz rammen will.

»Macht es Sie an, wenn er den bösen Mann spielt, ja?«, richtet er sich an Kylee.

»Ich habe keine Angst vor Ihnen«, faucht sie und ich muss mich bemühen, nicht die Augen zu verdrehen.

Nelson legt den Kopf in den Nacken und lacht laut und herzhaft. Isaac hat sich an die Wand gelehnt und beobachtet das Geschehen still. Wir blitzen uns hin und wieder kurz an, aber selbst wenn wir miteinander reden könnten – aus dieser Lage gibt es keinen Ausweg.

»Kylee«, warne ich, doch auf dem Boden kauernd, bietet sie ihm weiter die Stirn.

»Sie sind ein widerliches Monster. Sie haben meine Eltern getötet und machen London zu einem furchtbaren Ort. Und dafür werden sie bezahlen.«

»Okay, das ist jetzt eine interessante Wendung der

Geschichte«, lacht Nelson und faltet die Hände vor dem Körper. Mir bricht der Schweiß aus.

Bitte nicht!

»Kylee, halt den Mund«, knurre ich, was Nelson nur noch mehr zum Lachen bringt.

»Lass mich sie wegbringen«, schaltet sich Isaac ein. »Ich schalte sie aus, dann kannst du dich um ihn kümmern«, sagt er und geht auf seinen Vater zu.

»Netter Versuch, Junge.« Er sieht nicht mal in seine Richtung. Seine Augen sind einzig und allein auf mich gerichtet.

»Leana Scarpone«, wirft er in den Raum und mir wird kotzübel. »Sie haben offensichtlich ihr Temperament.« Dabei tätschelt er Kylee den Kopf. Sie windet sich.

»Nelson«, warne ich. »Ich schwöre dir, wir finden einen Weg.«

»Sch«, unterbricht er mich und das fiese Grinsen auf seinem Gesicht kehrt zurück. »Lass mich ein bisschen mit deiner Liebsten über ihren Stammbaum sprechen.«

An Kylees Rücken kann ich erkennen, wie sie innehält.

Mit einem simplen Kopfnicken dirigiert er einen seiner Affen, mein Mädchen vom Boden aufzuheben und auf eines der Sofas zu setzen. Währenddessen trifft Isaacs Blick hoffnungsvoll auf meinen. Ich weiß, was er denkt. Es ist jetzt nur noch ein Mann hinter mir, ich könnte ihn umlegen, ehe er es überhaupt realisiert. Doch ich schüttele kaum merklich den Kopf. Solange Kylee sich in Nelsons Nähe befindet, werde ich nichts riskieren.

»Es muss schlimm sein, wenn man sich an nichts erinnern kann. Aber glauben Sie mir, mein Kind. Ich kannte Ihre Eltern. Oh ja, ich kannte sie wirklich gut. Und weil ich – entgegen meinem Ruf – ein netter Mann bin, wäre ich bereit, Ihnen all Ihre Fragen zu beantworten.«

»Kylee«, warne ich noch einmal und sie sieht mich an. »Er manipuliert dich. Fall nicht darauf rein.«

»Sehen Sie nur«, sagt er an sie gerichtet. Er beugt sich beinahe bis auf ihren Schoß. »So ein großer Mann und doch kriecht ihm die Angst in diesem Augenblick den Rücken hinauf wie einem kleinen Jungen. Wenn Sie seine Halsschlagader genau beobachten, erkennen Sie, wie sein Puls sich beschleunigt. Er vertuscht es gut. Aber nicht gut genug. Immerhin hat er alles, was er kann, von mir gelernt.«

Nelson setzt sich wieder in seinen Sessel zurück und der Kerl, der seine Waffe in den Hosenbund geschoben hat, schenkt Kylee ein Glas Wasser ein. Ich bin erleichtert, als sie es von sich wegschiebt. So leicht ist sie nicht zu täuschen. Es gibt nur ein Problem. Sie wird die Wahrheit in seinen Augen erkennen und das wird mir mehr wehtun, als jede Kugel in diesem Raum es je könnte.

»Wie gesagt«, spricht Nelson im Plauderton, weil außer ihm niemand wagt, das Wort zu ergreifen. »Leana Scarpone war Ihre Mutter. Eine hübsche Frau. Sizilianerin. Eine echte italienische Stute.«

Kylee schaut zu mir, doch der Typ hinter mir presst mir seine Knarre noch fester in den Nacken. Der andere tritt derweil neben Isaac und holt seine Waffe hervor, um sie ihm gegen die Rippen zu drücken.

»Sicher hat Brexen Ihnen von ihr erzählt, oder?« Schüchtern verneint sie mit dem Kopf und Nelson grinst mich breit an. »Tz, tz, tz. Das war nicht sehr nett von dir, Junge.«

»Er ist nicht ihr Junge«, keift Kylee und auch wenn mir klar ist, dass dieses Gespräch uns zerstören wird, bin ich unendlich stolz auf sie. Sie ist so mutig. Viel stärker, als sie immer annimmt.

»Ja. Ja, da haben Sie recht. Er ist nicht mein Junge. Seine Mutter war eine Schlampe. Übrigens ähnlich wie Ihre.« Kylee funkelt ihn wütend an, doch noch ehe sie etwas erwidern kann, spricht er weiter. »Nur dass seine so schlau war, früh genug zu gehen. Warum hast du ihr all das denn nicht erzählt, Brexen?«, fragt er an mich gerichtet.

»Ich werde dich töten«, knurre ich. »Ich werde dir jedes Organ einzeln herausschneiden.«

»Ernsthaft, Kylee. Denken Sie, dieser Mann sei der richtige Umgang für Ihr Kind?«

Erschrocken sieht sie zu mir.

Am liebsten möchte ich die Augen schließen, doch ich verbiete es mir.

»Also, dann konnte er tatsächlich seine schlimmsten Geheimnisse vor Ihnen vertuschen? Die Nacht, die alles für immer verändert hat?«

»Kylee«, flehe ich. Noch ein paar Worte mehr und ich scheiße auf die Knarre in meinem Rücken. »Sieh mich an, Honey. Glaub ihm nicht. Sieh mich an, bitte«, flehe ich.

»Immerhin ist er der Mörder Ihrer Eltern.« Sämtliche Luft aus meinen Lungen entweicht. Kylee sieht mich an. Ich senke den Blick. Nelson spricht weiter, als ginge ihn das alles überhaupt nichts an. »Ich meine, das kann Sie doch nicht kaltlassen? Der Vater Ihres Kindes der Mörder der Großeltern? Das ist ja abartig.«

Ich sehe immer wieder zu Isaac, bin kurz davor, ihm ein Zeichen zu geben, er solle den Typ neben sich plattmachen. Ich könnte Nelson mein Messer in den Schädel rammen. Zwar bin ich dann durch den Kerl hinter mir tot, aber alles ist besser, als ihn weiterreden zu lassen.

Kylee studiert panisch meinen Gesichtsausdruck, ehe sie sich wieder an Nelson wendet. Und dann sagt sie etwas, das unser beider Tod bedeuten könnte.

»Erzählen Sie es mir.«

Nelson nickt beinahe in Zeitlupe und grinst dabei über das ganze Gesicht. Ich bin kurz davor, auf die Knie zu sinken.

Geht so unsere Geschichte aus? Ein schmieriges Hinterzimmer in einem Club. Kalter Rauch mischt sich mit dem Aftershave-Geruch, der mich an meine Kindheit erinnert, Blut klebt an meinen Händen. So sieht unser Ende also aus? Meines. Das unseres Kindes. Ihres. Wir werden diesen Raum niemals alle drei lebend verlassen. Das ist mir klar. Ich schließe die Augen und lasse ans Licht kommen, was ich zwanzig Jahre lang vertuschen konnte.

Die Wahrheit!

KYLEE

Ich kann nicht einmal mit Gewissheit sagen, was mich dazu bringt, Nelson Callen zuzuhören. Er ist ein grausamer Mann. Ein Mafiaboss, der keine Skrupel hat. Er hat den Tod meiner Familie zu verantworten und nach allem, was ich in den letzten Wochen erfahren habe, ist er derjenige, der Brexen zu dem gemacht hat, was er zu sein glaubt. Ein Mörder! Aber der Mörder meiner Eltern? Allein der Gedanke bringt meinen Magen dazu, sich umdrehen zu wollen.

Es gibt nur eine Möglichkeit, die Wahrheit zu erfahren. Ich muss hören, was Nelson Callen zu sagen hat. Wenn er lügt, werde ich es in Brexens Augen erkennen. Er lügt mich nicht an. Da bin ich mir sicher. Brexen kann nichts mit dem Mord meiner Eltern zu tun haben. Das hätte er mir gesagt. Oder nicht?

»Kylee«, fleht dieser zum wiederholten Mal. Ich sehe die Verzweiflung in seinen Augen. Erkenne die Not, die darin liegt, weil er nichts an dieser Situation ändern kann. Weil er die Kontrolle abgeben musste.

»Ich vertraue dir«, sage ich an ihn gerichtet und Nelson stößt ein fieses Lachen aus.

Ich hasse diesen Mann.

Alles an ihm.

Doch was mich wirklich erschaudern lässt, ist der Blick, mit dem Brexen mich ansieht. Er dauert nur einen Augenblick, dann schließt er die Augen. Panisch sehe ich zu Isaac, der den Boden unter sich fixiert, und wieder zu Nelson, der mich mit einem ekelhaften Grinsen empfängt.

»Brexen redet nicht gern über diese Nacht«, plappert er fröhlich, als würde er heitere Kindheitserinnerungen teilen. »Sie müssen wissen, Kylee. Er war nicht immer so ein starker Kerl wie heute.« Er sieht hinüber zu Brexen, doch dieser steht mit gesenktem Kopf und hängenden Schultern da. Ich kann nicht erkennen, ob er die Augen nach wie vor geschlossen hält. »Damals war er dreizehn. Ein Spätzünder. Er hatte Ärmchen wie Streichhölzer und noch nicht mal Flaum am Kinn. Aber mutig, das war er schon immer.«

»Halt endlich die Fresse!«, donnert Brexen mit einem Mal und seine Augen, die er boshaft auf Nelson gerichtet hält, sind so dunkel wie die Nacht, vor der ich mich fürchte. Alles an seinem Körper zittert vor Zorn.

»Nicht doch. Unterbrich unsere kleine Geschichtsstunde nicht, mein Junge. Miss Hawthorn und Isaac haben ein Recht auf die Wahrheit.«

»Was habe ich damit zu tun?«, fragt Isaac und hebt den Kopf.

»Na ja, immerhin wäre deine Mutter noch am Leben, wenn Brexen nicht auf ganzer Linie versagt hätte.« Er lacht schrill auf. »Wahrscheinlich hätte jeder von euch dreien noch eine Mutter, wenn dem nicht so wäre, nicht wahr, Brexen?«

Ich sehe zwischen Isaac und Brexen hin und her.

»Was soll der Scheiß?«, stößt Isaac aus und will sich

seinem Vater nähern, doch der fiese Typ mit der Waffe hält ihn davon ab.

»Also fangen wir die Geschichte ganz von vorne an.« Der Plauderton, in dem das Oberhaupt des Callen-Clans spricht, bereitet mir ernsthaft Übelkeit.

Nelson lehnt sich in seinem Sessel zurück und zündet sich eine dicke Zigarre an. In kleinen Wölkchen steigt der Rauch in die Höhe. Der Duft nach Heimeligkeit und einem liebenden Großvater liegt in der Luft und will so gar nicht zu der Situation passen, die wir gerade erleben.

»Es war der 20.03.2000. Du warst gerade ein paar Wochen alt«, sagt er an seinen Sohn gerichtet und trotz der widerlichen Maske kann man erkennen, dass sogar ein Monster wie ihn die Erinnerung quält. »Der kleine Brexen war damals dreizehn und erledigte immer häufiger seine ersten Jobs für mich. Himmel, ich war so stolz auf dich.« Dieses Mal sehen wir beide zu Brexen, doch dieser holt lediglich aus und spuckt auf den roten Teppich vor sich. »Sie müssen wissen«, ignoriert er diese Geste geflissentlich und legt ein Bein über das andere. Ich sehe im Augenwinkel zu Brexen, der lauert wie ein Tier. Jede Sekunde bereit, seine Beute in Stücke zu reißen. »Brexen hatte keinen leichten Start ins Leben. Er lechzte nach Aufmerksamkeit und Anerkennung und gab sich große Mühe darin, mir zu imponieren. Und ich hatte Spaß daran, wie schnell er sich entwickelte.« Er pafft ein weiteres Mal seine Zigarre. Der Bass aus dem Club lässt die Wände beben. »Doch an diesem Tag unterlief ihm ein fataler Fehler, der unser aller Leben für immer verändern sollte.«

Ich hänge an seinen Lippen. Lausche jedem Wort und frage mich, wie weit ich ihm glauben kann. Die Sache ist die, ich will ihm nicht glauben. Ich will denken, er lügt, um einen Keil zwischen uns zu treiben. Doch der Blick in Brexens Gesicht spricht Bände. Nelson sagt die Wahrheit. Andernfalls würde er nicht so massiv auf seine Worte reagieren. Und das tut er, auch wenn er still auf seiner Position verharrt. Ich kenne ihn gut genug, um den Sturm zu sehen, der in ihm tobt und jede Sekunde das Zimmer verwüsten will. Er tut es meinetwegen nicht. So viel habe ich inzwischen verstanden – alles, was er tut, tut er, um mich zu beschützen. Auch wenn diese Geschichte mich zerstören wird. Ihn trifft sie härter.

Keiner im Raum wagt es, zu sprechen. Uns allen bleibt nur, darauf zu warten, wen von uns Nelson als nächsten vernichten wird.

»Der Auftrag war simpel. Nicht zu viel verlangt für einen klugen Kopf wie unseren Brexen. Er sollte Ihren Eltern etwas in meinem Auftrag bringen. Was und wieso spielt keine Rolle mehr.«

Brexen knurrt wie ein wildes Tier, doch Nelson sieht nicht einmal zu ihm hinüber. Er grinst mich an, während er uns mit jedem Wort aus seinem Mund ein bisschen mehr vernichtet. Ich bin sicher, er hat sogar Spaß daran. »Jedenfalls hätte ich den Jungen nie allein in dieses Apartment schicken dürfen. Ihr Vater«, er zeigt mit der Hand in meine Richtung und zieht dabei erneut an seiner Zigarre, nur um den Rauch anschließend in einem perfekten Kreis aus seinen schmalen Lippen zu pusten. »Ihr Vater war kein guter Geschäftsmann. Wenn ich ehrlich bin, war er ein Idiot. Hugh«, spuckt er mit gerümpfter Nase aus. »Jedenfalls, als er den jungen Brexen sah, dachte er doch allen Ernstes, er könne mich austricksen. Er weigerte sich, ihn zu bezahlen. Eins kam zum anderen. Brexen?«, fragt er ihn direkt. »Wie war das noch? Du hast versucht, ihn zu schlagen? Er hat dich geschlagen? Auf jeden Fall hat dieser Teufelsjunge sich einfach das Geld geschnappt und ist abgehauen.«

»Ich war dreizehn Jahre alt, verflucht«, raunt Brexen, doch Nelson sieht zu Isaac und sein Blick wird beinahe weich.

»Dann hat er einen Fehler gemacht, der dein Leben für alle Zeit verändert hat«, seufzt er. »Er hat Miss Hawthorns Eltern geradewegs zu deiner Mutter geführt. Ist mit ihnen auf den Fersen auf direktem Weg zu uns nach Hause gelaufen, der Idiot.«

»Ist das wahr?«, fragt Isaac Brexen. Ich kann nur zwischen allen Beteiligten hin und her sehen. Die Geschichten über meine Eltern erzeugen keine Trauer in mir. Ich kenne sie ja nicht. Wie kann man um jemanden trauern, dem man nie begegnet ist, beziehungsweise sich nicht daran erinnern kann? Doch ich sehe den Kampf in Brexens Gesicht und es zerreißt mich beinahe.

»Isaac«, keucht Brexen und sackt erschöpft auf die Knie. »Deine Mum wollte mich beschützen.« Ich will aufspringen, doch Nelson legt seine Hand auf mein Bein. Am liebsten möchte ich sie wegschlagen.

»Warten Sie mit Ihrem Mitleid bis zur Pointe, Schätzchen«, singt er förmlich und lacht. Dieser dreckige Mistkerl lacht einfach nur, während wir anderen alles verlieren. »Sie müssen wissen, seit jeher ist es bei den Callens ein Gesetz, dass derjenige, der etwas verbockt ... sag es ihr, Isaac«, fordert er mit wedelnder Hand.

»Rache für Blut«, stößt Isaac aus und starrt dabei zu Brexen.

»Nein«, flüstere ich und spüre, wie mein Kopf sich automatisch windet, weil er sich gegen diesen Gedanken sperrt.

»Sie denken noch immer, ich erzähle Unwahrheiten? Sehen Sie ihn an. Den Mörder Ihrer Familie.«

Er deutet auf Brexen und ich folge seiner Aufforderung. Auf den Knien, die Hände auf dem Schoß, blickt er nach unten. Die Schultern sind heruntergesackt. Er hat ihn gebrochen.

»Brexen«, hauche ich und sein Kopf hebt sich. Beinahe wünschte ich, er hätte es nicht getan. Seine sonst so leuchtend grünen Augen glänzen. Seine Wimpern sind feucht und er sieht mich voller Reue an.

»Nein«, wiederhole ich nur für mich, denn meine Hand liegt inzwischen auf meinem Mund.

»Ach Schätzchen. Das ist ja noch nicht alles. Sie müssen sich das vorstellen. Der kleine Brexen, bewaffnet mit seiner ersten Walther ppk, die ich ihm zum Geburtstag gekauft hatte, marschiert also mit zwei meiner Männer los, um Rache für mich zu üben. Oder vielmehr für den Mist, den er da fabriziert hatte. Gott, sein Tatendrang war bewundernswert. Er wollte es wiedergutmachen. Für mich. Für den kleinen Isaac, in dem er einen Bruder sah. Und für meine Frau, die kaltblütig ermordet worden war. Von Ihren Eltern.«

»Brexen«, warne ich, denn er soll ihn stoppen. Ich ertrage die Worte nicht länger. Es reicht. Ich will nichts von all dem mehr hören. Doch er hat den Kopf wieder gesenkt und sieht mich nicht an. Er hat aufgegeben.

»Jedenfalls«, plaudert Nelson weiter. Er legt seine Zigarre im Aschenbecher ab, um den Ellbogen auf sein Knie zu stützen. Ich lasse meinen Blick darauf gerichtet, denn ich kann diesem Mann nie wieder ins Gesicht sehen. »Er ist also mordhungrig zu Ihren Eltern gestürmt und hat keine Sekunde gezögert, Ihren Vater zu erschießen. Bäm!«, schreit er und wir zucken alle zusammen, was ihn nur zum Lachen bringt. »Mit gerade einmal dreizehn Jahren hat er ihn angesehen und ihm ohne nachzudenken in den Kopf geschossen.« Mit einer Hand ahmt er eine Pistole nach. »Brexen war schon immer zielsicher. Erstaunlich«, erzählt er voller Euphorie, doch ich will das nicht hören.

Am liebsten möchte ich mir die Ohren zuhalten oder am besten ganz verschwinden, aber nach wie vor liegt seine freie Hand auf meinem Oberschenkel und hindert mich daran, einfach aufzustehen. Er drückt mein Knie und zwingt mich dazu, ihm weiter zuzuhören. »Das Problem war nur, er hat eine Kleinigkeit übersehen. Sie!« Sein Blick wandert einmal zu Brexen und wieder zurück zu mir. »Und witzigerweise steckte er schon damals im selben Dilemma wie heute noch. Sie wollen einfach nicht sterben.« Sein Lachen dringt laut und falsch durch den Raum und um mich herum dreht sich alles. »Verstehen Sie«, lacht Nelson immer lauter, »Sie sind sein Job und seit nunmehr zwanzig Jahren scheitert er jeden verdammten Tag daran, sie endlich aus dem Weg zu räumen.«

BREXEN

20.03.2000

Blut. Überall ist so viel Blut. Den ganzen Tag sehe ich nichts anderes als Blut. Dieser Hugh blutet immer weiter und ich frage mich, wie viel Blut in einem Menschen sein kann. Seine Frau heult und kreischt, doch in meinen Ohren klirrt noch der Schuss aus meiner Waffe. Weinend starre ich darauf. Meine Hand zittert. Während des Schusses war sie ruhig. Genau wie Mister Callen es mir gezeigt hat. Ich habe direkt getroffen. Er sagt, ich werde genauso gut wie James Bond. Ich treffe immer. Deswegen hat er mir die Waffe gekauft, die ich aus den Filmen kenne. Bisher habe ich noch nie auf ein Lebewesen geschossen. Doch jetzt quillt das halbe Gehirn aus Hugh O'Connors Kopf.

»Kleiner, bring es zu Ende, ehe die Bullen kommen«, knurrt Mike. Er drückt mir leicht die Schulter und schubst mich dann ein Stück nach vorne. Mein weißer Turnschuh steht im Blut und mir wird schlecht.

»Nein«, heult die Frau, die heute Morgen Magnolia

erschossen hat. Immer und immer wieder sehe ich ihr Gesicht vor mir. Sie war für mich wie eine Mum. Und sie haben sie mir genommen.

Mit zitternden Fingern lege ich auch die zweite Hand an die Waffe und richte sie auf die hübsche Frau, die sich mit blutverschmierten Händen über ihren Mann beugt.

Dann.

Drücke ich ab.

Sie fällt um.

»Sie ist nicht tot«, stellt Mike fest, der sich über meine Schulter beugt. Ich mag ihn. Er ist ein netter Kerl. Meist fährt er nur das Auto für Mister Callen. Doch wenn er Zeit hat, bringt er mir Schach bei. »Schieß noch einmal«, fordert er und ich schließe die Augen und drücke noch drei weitere Male ab. Vor allem, weil ich den Blick in ihren Augen nicht ertragen kann.

Immer mehr Tränen bahnen sich einen Weg durch meine geschlossenen Augenlider.

Gerade als die Männer mich am Arm fassen und sagen, dass ich es gut gemacht habe, hören wir ein Geräusch. Sie ziehen hastig ihre Waffen. Meine baumelt schlaff an meinen Fingern.

»Was zur Hölle!«, flucht Mike, als er mit erhobener Waffe die Schranktür geöffnet hat.

Schnell wische ich mir die Tränen weg. Vor Mädchen zu weinen ist das Letzte. Und da – genau vor mir – sitzt eines. Ihre Haare sind lang und strubbelig. Sie hat eine Puppe an ihren Körper gepresst und weint. Mike und der andere Typ sehen mich an. Ich kenne den anderen nicht. Doch er stupst mich mit dem Lauf seiner Desert Eagle in ihre Richtung.

»Knall sie ab«, befiehlt er. Widerwillig hebe ich meine Waffe.

Mit großen braunen Augen wandert ihr Blick zwi-

schen mir und ihren toten Eltern hin und her. Ihr Kinn zittert. Doch meine Hände zittern noch mehr.

»Na mach schon«, sagt jetzt auch Mike. Die Männer sind nervös. Im Hintergrund hört man Sirenen. Die Bullen werden sicher gleich hier sein.

Gerade als ich wirklich vorhabe zu schießen, spüre ich, wie mein Magen sich umdreht, und ich muss mich übergeben.

Das Blut auf dem Boden vermischt sich mit meinem Mittagessen. Süßkartoffeln. Ich habe Magnolia gestern geholfen, sie zuzubereiten. Jetzt wird sie mir nie wieder welche machen können.

»Scheiße, du kleiner Pisser«, meckert der Typ, den ich nicht kenne. »Wir müssen hier weg. Lass mich das machen!«

Er drängt mich zur Seite und macht einen Schritt auf die Kleine zu, die nach wie vor in ihrem Schrank hockt. Die Sirenen werden immer lauter. Das Klicken seiner Entsicherung ist allerdings viel lauter in meinem Kopf. Ohne zu zögern werfe ich mich vor das Mädchen. Mit beiden Armen schirme ich sie vor seiner Waffe ab.

»Nein!«, schreie ich. Sie darf nicht sterben. Sie kann doch nichts dafür.

»Mann, Brexen«, stöhnt Mike, doch schon im selben Moment hört man Polizisten draußen im Hausflur. Er packt mich am Kragen und zieht mich von ihr herunter. Zum Schießen ist es inzwischen zu spät. So schnell es geht, zieht er mich zur Hintertür hinaus. Und alles, woran ich bei jedem unserer Schritte denken kann, ist: Ich habe sie gerettet! Das war ich. Ich habe sie beschützt! Und es hat sich richtig angefühlt!

KYLEE

30.09.2020

Bei jedem Schritt sehe ich den schwarzen Himmel. Sie macht mir keine Angst – die Dunkelheit. Sie bereitet mir keine Panik mehr.

Automatisch setze ich einen Fuß vor den anderen. Ich kann nicht weinen. Weder bin ich traurig noch enttäuscht oder wütend. Ich bin nur ... fertig. Fertig mit all dem hier. Fertig mit Brexen. Meine Hand ruht auf meinem Bauch und versucht, mein Baby vor dieser Welt zu beschützen, in der kein Kind dieser Welt leben sollte.

Seit ich aus dem *Sixteen* fliehen konnte, drängen sich immer wieder Bilder in meinen Kopf. Kurze Sequenzen. Blut auf hellem Holzboden. Meine Puppe, die ich immer und überall dabeihatte. Der Geruch unseres Schrankes. Und grüne Augen, die mich ansehen. Der Blick. Der Blick, mit dem alles angefangen hat. Und zwar schon viel früher, als ich bisher in Erinnerung hatte.

Schon unmittelbar vor dem Club habe ich mein Armband und mein Handy in eine Mülltonne geworfen.

Nelson hat kaum Anstalten gemacht, mich aufzuhalten, als ich aufgesprungen bin, um davonzulaufen. Ich habe ihn nach hinten geschubst und bin gerannt, so schnell ich konnte. Seine Männer waren damit beschäftigt, Brexen davon abzuhalten, mir zu folgen. Ich bin nicht dumm. Ich weiß, dass er mich nicht einfach gehen lässt. Ganz sicher sind seine Leute mir dicht auf den Fersen und warten nur auf den passenden Moment, mir von hinten ein Messer in den Rücken zu rammen. Immer wieder sehe ich über meine Schulter. Aber da ist niemand.

Ich werde Nelsons Lachen niemals vergessen, das hinter mir erklungen ist, als ich losgestürmt bin. Ich habe es für alle Zeit gespeichert. Er ist das wahre Monster in dieser Geschichte. So viel Erkenntnis hat der Abend mir gebracht. Ich habe nie zuvor einen derart widerlichen Menschen getroffen.

Brexen hing auf allen vieren auf dem Boden, als ich ohne einen Blick zurück an ihm vorbeigesprintet bin. Ein gebrochener Mann. Ich weiß nicht, was ich über das, was Nelson Callen erzählt hat, denken soll. Meine Gedanken versuchen sich zu klären, doch immer und immer wieder enden sie in einem einzigen Strudel, der mir Kopfschmerzen bereitet. Meine Atmung geht schnell und meine Beine zittern bei jedem Schritt.

Er hat meine Eltern getötet!

Er sollte mich auch töten!

Will er es immer noch?

Je mehr ich darüber nachdenke, umso schlechter geht es mir, daher beschließe ich, all diese Fragen beiseitezuschieben und meinen Verstand übernehmen zu lassen.

Und dieser sagt mir, dass ich schleunigst von hier verschwinden sollte. In meinem Hotelzimmer liegen Papiere und Geld. Ich kann mir ein Taxi nehmen und in den nächsten Flieger steigen. Noch immer habe ich die Möglichkeit auf eine zweite Chance. Ein neues Leben für mich und mein Baby.

Die Idee bringt mich dazu, meine Schritte zu beschleunigen. Denn ich werde keine Minute länger in dieser Stadt bleiben. Es geht jetzt nicht mehr nur um mich. Brexen hat recht. Ich muss dafür sorgen, dass unser Kind es besser hat. Dass es in einer Welt ohne Blade und die Callens aufwächst.

Und um dies in die Tat umzusetzen, verspreche ich ihm – oder besser mir – hier und heute die erste wichtige Regel: »Ich werde dir niemals sagen, wer er ist. Ich werde dich vor ihm beschützen. Mit allem, was ich habe.«

»Wie gesagt. Es ist mir egal«, bringe ich hektisch hervor und wische mir den Schweiß von der Stirn. Ich muss mich wirklich besser in den Griff kriegen. Die Mitarbeiterin am Terminal sieht mich die ganze Zeit mit hochgezogener Augenbraue an. Genau wie die Stewardess auf dem Flug hierher es schon getan hat. Der erste Flug, den ich von Heathrow nehmen konnte, führte nach Edinburgh. Aber ich habe nicht vor, länger als nötig in Schottland zu bleiben. Viel zu tief liegen die Erinnerungen an dieses Land. Daher bete ich dafür, die gute Frau vor mir findet endlich einen Weg, mich so weit wie möglich wegzuschaffen.

»Geht es Ihnen wirklich gut?«

Mit ihrem kleinen Airline-Hütchen auf dem Kopf und den perfekt frisierten Haaren lächelt sie mich mitleidig an und mir platzt der Kragen.

»Nein!«, fauche ich. »Nein, Miss! Es geht mir ganz und gar nicht gut. Ich bin schwanger von einem Mann, der meine Familie zerstört hat, und ich habe nichts mehr in meinem Leben außer den Dingen in diesem Koffer und einem Kind in meinem Bauch. Ich halte es keine Sekunde länger in diesem Land aus, also würden Sie mir jetzt freundlicherweise ein Ticket geben? Es ist mir wirklich scheißegal wohin!«, schreie ich die letzten Worte und knalle meinen Ausweis mit aller Wucht auf den weißen Tresen.

Mit aufgerissenen Augen senkt sie den Kopf und hämmert auf ihrer Tastatur herum.

»In dreißig Minuten geht ein Flug nach Amsterdam. Da könnte ich Sie noch zubuchen.«

»Amsterdam klingt toll.« Von meinem kleinen Ausbruch noch ganz außer Atem, versuche ich, sie halbwegs freundlich anzugrinsen. Ich habe das Gefühl, ich kann erst wieder richtig atmen, wenn ich in diesem dämlichen Flieger sitze, der mich weit wegbringt.

»Amsterdam ist eine dumme Idee.« Ich zucke zusammen und starre auf den Typen, der viel zu dicht neben mir spricht. Es genügt ein einziger Blick und ich weiß, er ist nicht zufällig hier. So sieht kein Tourist aus, der früh am Morgen einsame Frauen auf einem Flughafen anbaggert.

»Amsterdam«, sage ich mit Nachdruck zu der Dame am Schalter, die zwischen ihm und mir hin und her sieht.

»Ach komm, sparen wir uns das.« Der Kerl, der seine kohlrabenschwarzen Haare unter der Kapuze seines Hoodies versteckt hat, lehnt sich über den Tresen und nimmt der Dame meine Unterlagen aus der Hand.

»Rufen Sie den Sicherheitsdienst«, befehle ich ihr panisch und wende mich von ihm ab.

Genau zwei Schritte schaffe ich, dann pralle ich gegen eine stählerne Brust und wage es, aufzusehen.

»Hi«, grinst mich ein kräftiger Kerl an. Bei ihm lugen rote Haare unter der Kapuze hervor. Wenn Callens

Männer denken, ich gebe mich einfach so geschlagen, haben sie sich getäuscht. Ohne zu zögern ramme ich ihm mein Knie in die Eier und er krümmt sich stöhnend.

»Hi«, erwidere ich zickig und will gerade ohne mein Gepäck auf und davon rennen, als er mich am Oberarm packt.

»Pass mal auf, Schätzchen«, keucht er, weil mein Tritt ihn hart getroffen hat. »Wir tun dir hier gerade einen Gefallen«, presst er zwischen zusammengebissenen Zähnen hervor und schleift mich hinter sich her. Im Augenwinkel sehe ich, wie der Schwarzhaarige sich mein Gepäck schnappt und ein Mädchen uns folgt, das ebenfalls eine Kapuze trägt. Was ist das hier? Die drei sehen nicht aus wie Lakaien von Callen. »Hier gibt es überall Kameras und wir haben alle was davon, nicht aufzufallen. Glaub mir.«

»Sag Nelson, lieber sterbe ich, als zurück zu ihm zu gehen.«

Ich stoße ihm meinen Ellbogen so fest es geht in die Rippen, doch er zuckt nicht mal zusammen. Stattdessen lacht er dumpf auf, was so gar nicht zu ihm passen will. Er wirkt nicht wie ein Typ, der oft lacht.

»Ich habe nichts mit eurem beschissenen Callen zu tun. Also hör auf mit dem Gezappel. Wir sind hier, um dich wegzubringen. Wir beschützen dich vor ihm.«

»Ich komme gut allein klar.« Ich strampele gegen seinen Griff. Egal, ob sie dem Callen-Clan angehören oder nicht. Ganz sicher haben sie nicht vor, mich in Frieden ein neues Leben aufbauen zu lassen. Doch er zerrt mich unbeirrt weiter, bis die kalte Morgenluft uns vor den Glasschiebetüren empfängt und er mich gegen die Seite eines großen Geländewagens schubst.

»Mir scheißegal. Wir sollen dich wegbringen, also tun wir das. Du solltest froh sein.«

Der schwarzhaarige Kerl wirft meinen Koffer in den Kofferraum und steigt auf den Fahrersitz.

»Du hast verdammtes Glück«, haucht der Blödmann vor mir und drückt meinen Körper mit seinem gegen das Auto. »Unter anderen Umständen hättest du diese Aktion da gerade nicht überlebt.« Sein Kinn deutet in Richtung Flughafenhalle. Doch ich lege nur den Kopf zur Seite, um ihm zu zeigen, wie scheißegal mir das ist. Seine Drohungen treffen mich nicht. Er will mich töten? Bitteschön. Da sollte er sich lieber hintenanstellen.

Das Mädchen, das in meinem Alter zu sein scheint, klettert auf die Rückbank. Durch die geöffnete Tür sieht sie mich an und lächelt schwach.

»Steig lieber freiwillig ein«, sagt sie und klopft neben sich. »Du hast sowieso keine Wahl.«

Ihre grünen Augen schimmern im sanften Licht der Innenbeleuchtung.

»Du kannst dich auch weiter aufführen wie eine Bitch, deine Entscheidung«, funkt ihr der Rothaarige dazwischen und schiebt mich Richtung Rückbank. »Ganz wie du willst. Nur mitfahren wirst du so oder so.«

Ich sehe den Kerl mit den schwarzen Haaren an, der sich vom Fahrersitz aus zu uns herumgedreht hat. Sein intensiver Blick lässt mich schlucken. Er zieht eine Augenbraue in die Höhe und nickt leicht.

Keine Ahnung, was es ist, das mich schließlich dazu bringt, auf die beigen Ledersitze zu klettern. Ich weiß auch nicht, ob ich in diesem Augenblick froh bin, dass Brexen mich nicht aufspüren kann, oder ob ich mir wünsche, ich hätte mein Armband nicht weggeworfen. Ich weiß nur, dass ich unendlich müde und es leid bin, zu kämpfen. Diese Nacht hat mir alles genommen, was ich noch an Kraft in mir getragen habe.

Sie wollen mich wegbringen? Meinetwegen. Was

macht es für einen Unterschied, wo meine Zukunft weiter den Bach runtergeht?

»Wer hat euch geschickt?«, frage ich, nachdem wir alle eingestiegen sind und der Schwarzhaarige den Wagen in den Verkehr fädelt. Die Sonne steht bereits am Himmel, doch die Erleichterung, die sich sonst mit dem Ende der Nacht in mir ausbreitet, bleibt heute aus. Es macht keinen Unterschied mehr, ob es dunkel oder hell ist, denn die Finsternis in mir ist trotzdem da. Sie hat sich mir an die Fersen geheftet, in dem Moment, in dem ich Brexen Ward zum ersten Mal begegnet bin. Oder vielmehr, als ich ihn das erste Mal bewusst wahrgenommen habe. Sein Schatten war immer da und ich glaube, dass er es auch jetzt noch immer ist.

»Das braucht dich nicht zu kümmern«, knurrt der Kerl vom Beifahrersitz. Seit ich seine Eier zu Brei getreten habe, wirkt er nicht wirklich glücklich darüber, mich dabeizuhaben.

»Ich bin Kester«, stellt sich der Fahrer vor. »Du erfährst alles, wenn es so weit ist. Bis dahin solltest du einfach mitspielen.« Sein funkelnder Blick trifft mich im Rückspiegel und aus irgendeinem mir unerfindlichen Grund glaube ich ihm.

»Ich bin …«, will meine Sitznachbarin sich vorstellen, wird aber sofort unterbrochen.

»Das hier wird keine Klassenfahrt, also halt den Mund, Kätzchen«, knurrt dieser Kester sie an.

Bei seinem Kosenamen für sie zucke ich zusammen und beobachte ihre zierliche Gestalt mit zusammengekniffenen Augen. Sie zieht sich die Kapuze vom Kopf und glatte braune Haare kommen zum Vorschein. Sie ist hübsch. Auf natürliche Art und Weise. Entschuldigend zuckt sie mit der Schulter und lächelt mich an.

»Wo bringt ihr mich hin?«, frage ich und wünsche tatsächlich, ich hätte mehr an meinem Oberkörper als nur Brexens T-Shirt. Jetzt, da das Adrenalin abflacht und ich ungewollt zur Ruhe komme, wird mir eiskalt. Hinzu kommt, dass ich seinen Geruch an meinem Körper nicht länger ertrage. Noch immer spüre ich den Sex von gestern Abend überall an meinem Körper. Meine Handgelenke sind wund, genau wie alles andere. Ich kann ihn riechen. Ihn schmecken und seine Finger noch förmlich auf mir spüren. *Weil er immer da ist …* »Er hat euch beauftragt, nicht wahr?«

»Broallan«, knurrt der Beifahrer, ohne meine zweite Frage zu beantworten. Er ist der Einzige, der noch keine Anstalten gemacht hat, sich vorzustellen.

Ich habe keine Ahnung, wo das ist. Doch ich wage es nicht, noch einmal nachzuhaken.

»Das ist bei Inverness«, erklärt das Mädchen, doch der Fahrer funkelt uns wütend durch den Rückspiegel an. Sie lässt sich davon offensichtlich nicht wirklich beeindrucken. »Das ist da, wo Outlander …«

»Ich weiß, wo das ist«, unterbreche ich sie eine Spur zu barsch. Inverness. Das ist nicht weit entfernt von Portmahomack. Also nicht weit von Eilean Ross und dem Ort, an dem die Geschichte begonnen hat. Zumindest für mich.

Ich muss die Augen schließen, um die Emotionen auszusperren, die auf mich einprasseln wollen. Sie bringen mich in die Highlands. Mein Beweis dafür, dass Brexen diese komischen Leute geschickt haben muss. Er wird mich niemals gehen lassen. Nie. Etwas, worauf ich in den vergangenen Tagen vertraut habe.

Nelsons Worte hallen in meinen Ohren und ich kann nichts dagegen tun, dass eine Träne meinen Augenwinkel verlässt. Meine Hand legt sich wie von selbst auf meinen Bauch. Armes kleines Wesen. Anstatt Vitamine zu schlucken und dafür zu sorgen, dass es wohlbehütet wachsen kann, bin ich schon jetzt die schlechteste Mutter aller Zeiten.

Als ich die Augen wieder öffne und zur Seite schaue, starrt meine Nachbarin ebenfalls zu meinem Bauch. Mit zitterndem Kinn sehe ich sie an und bin froh, als sie meine freie Hand ergreift. Sie drückt meine Finger und schenkt mir ein liebevolles Lächeln.

Den Kopf gegen die Seitenscheibe gelegt, beobachte ich, wie die Sonne über die grünen Wiesen Schottlands streift, und kann an nichts anderes denken als an Brexen. Den Mann, der mir alles gegeben hat, was ich je brauchte. Und den Mann, der mir alles genommen hat.

Dabei ist der einzige Trost, der mir geblieben ist, die Hand einer Fremden.

BREXEN

30.09.2020

»Brex.«

»Hm«, murmele ich und sehe auf.

Isaac hält mir einen Kaffeebecher hin, doch ich verneine kopfschüttelnd.

»Hat sie es geschafft?«, fragt er und wirft dem blonden Schotten, der seit Neuestem sein Schatten ist, einen schiefen Blick zu.

Geschafft? Wie kann er von schaffen sprechen? Ja klar, wir haben es alle lebend aus dieser Nacht geschafft.

Kylee ist mit Kester und den Lions auf dem Weg zum Cluaran-College und somit in Sicherheit. Doch es fühlt sich nicht an, als hätten wir irgendwas geschafft. Im Gegenteil. Die letzte Nacht hat uns zerstört. Jeden von uns.

Nachdem sie in den frühen Morgenstunden aus dem Zimmer des *Sixteen* gestürmt ist, hat Nelson euphorisch in die Hände geklatscht und die Spiele damit offiziell für eröffnet erklärt. Ich hatte geahnt, dass er es nicht einfach zu Ende bringen würde wie ein Mann.

Dieser widerliche Sadist. Er spielt mit uns.

›Der Erste, der die Kleine tötet, behält vielleicht seinen Platz in meinen Reihen und kann dem anderen beim Ausbluten zusehen.‹ Das waren seine exakten Worte. Damit hat er uns allein gelassen.

Dieser perfide Mistkerl will, dass wir Kylee töten. Und nicht nur das. Er hofft darauf, dass einer von uns zur Vernunft kommt und den anderen ausschaltet. Nach dem heutigen Abend unsere einzige Überlebenschance. Das ist klar. Nelson wird uns töten. So oder so. Uns alle drei. Allerdings bringt er es nicht einfach zum Punkt. Dabei wäre es heute Abend leichter denn je gewesen, uns zu töten und Kylee einen seiner Männer hinterherzuschicken. Doch das wäre zu menschlich für diesen Wichser. Er will uns leiden sehen, kämpfen und betteln. Das ist es, worum es ihm in seinem kranken Hirn geht. Machtdemonstration und Psychospiele. So agiert Nelson Callen. Er hat nicht damit gerechnet, dass Kylee so mutig sein würde, ihn zu schubsen und davonzulaufen. Das hat ihn zwar für den Moment überrumpelt, doch Nelson hat es nicht eilig. Wenn er ihren Tod will, weiß er auch, dass er ihn bekommen wird. Er kriegt immer, was er will.

Eine Zeit lang haben Isaac und ich nur dagestanden und uns angesehen. Uns war beiden klar, dass unser Leben so, wie wir es kennen, mit dieser Nacht vorbei sein wird.

»Sie ist in Sicherheit«, knurre ich und starre dabei den Blonden an, dessen Anwesenheit mir nicht gefällt.

»Wo?«, hakt Isaac nach und legt den Kopf schief, um sich eine Zigarette anzuzünden.

Seit dem Morgen sitzen wir in meinem Hotelzimmer, ohne zu wissen, wie es heute weitergehen soll. Die Sonne versinkt langsam hinter den Häusern Londons und bringt eine neue Nacht der Ungewissheit. Es sollte sich befreiend anfühlen, dass alles gesagt ist. Doch das ist es nicht. Nicht, bevor ich Kylee meine Version der Geschichte erzählt habe.

»Spielt keine Rolle«, brumme ich und greife ebenfalls nach den Zigaretten. Das Zimmer liegt bereits in dichtem Qualm. Ich warte nur, dass die Nacht einbricht, damit ich mich im Schutz der Dunkelheit bewegen kann.

»Brex.« Isaac legt seine Hand auf meinen Unterarm und zwingt mich so, ihn anzusehen. »Wir sind Brüder. Die letzte Nacht hat daran nichts geändert.«

Mit bebenden Nasenflügeln sehe ich ihn an. Ich bin so wütend, es reicht ein falsches Wort und ich töte jeden um mich herum. Ich weiß, dass ich Isaac gegenüber nicht fair agiere. Immerhin ist er hier – an meiner Seite. Doch oft genug in den vergangenen Jahren musste ich auf die harte Tour lernen, dass Blut dicker als Wasser ist. Und langsam befürchte ich, ich kann niemandem mehr trauen. Nicht einmal mehr mir selbst.

»Dann braucht es dich auch nicht zu jucken, wo sie ist«, schüttele ich seinen Arm ab und zünde mir die Kippe an. »Ich habe Freunde, von denen du nichts weißt. So wie du auch, oder etwa nicht?«, frage ich gespielt übertrieben und puste meinen Rauch in die Richtung des Unbekannten. Was zur Hölle sucht dieser Kerl hier? »Oder willst du endlich mit der Sprache rausrücken, was ein Junge aus den Highlands hier zu suchen hat?«

»Ich bin auf eurer Seite«, schnaubt der Schotte und hält mit Eiseskälte meinem Blick stand. So, wie er mich ansieht, liegen meine Vermutungen richtig, was seine Identität angeht. Doch darum kümmere ich mich später. Erst einmal geht es darum, Kylee und das Baby für alle Zeit in Sicherheit zu bringen.

Die Lions anzurufen war mein erster Impuls, als ich anhand ihres Laptops herausgefunden habe, dass sie nach Edinburgh geflogen ist.

Irgendetwas hat mir gesagt, dass Cailan und die Lions sich um sie kümmern würden. Doch heute Nacht war nicht das erste Mal seit unserem zufälligen Treffen im Tarbat Inn, dass ich mit Cailan beziehungsweise seinem Boss gesprochen habe.

Vor einigen Tagen hat er sich bei mir gemeldet und mir Kester vorgestellt. Ich war nicht sonderlich überrascht von seinem Anruf. Natürlich hatten sie Nachforschungen über meinen Grandpa angestellt. Das war mir fast klar, nachdem ich Cailan bei unserem ersten Aufeinandertreffen von ihm erzählt habe. Mein Grandpa war in seiner Jugend selbst ein Lion. Von ihm kenne ich alle Geschichten rund um das College. Aber mal abgesehen davon, dass sie sichergehen wollten, ich rede keinen Bullshit, wurde einer ihrer Leute vor seinem Tod hier in London gesehen. Das hat bei den Lions Fragen aufgeworfen, was ich absolut nachvollziehen kann. Mir ging es genauso, als ich davon gehört habe. Einer der Bruderschaft hier in unserer Stadt? Das ist in der Tat ungewöhnlich. Ich hatte Kester versprochen, dem nachzugehen. Denn irgendwas an der Sache stinkt.

Die Sache mit Kylee kam dem nun in die Quere, doch ich habe ihm zugesichert, dass sie im Gegenzug für ihren Schutz sämtliche Informationen über die Callens und unsere Geschäfte in Richtung Schottland von mir bekommen, die sie wollen.

Allerdings ist das nichts, was ich mit Isaac besprochen habe. Ich kann einfach nicht sehen, auf wessen Seite er steht. Erst recht nicht, solange ein unbekannter Schotte an seinem Rockzipfel hängt. Je weniger Leute von Kylee und meinen Verbindungen zu den Lions wissen, umso besser.

Erst vor einer halben Stunde kam die erleichternde Nachricht, dass sie mein Mädchen aufgegabelt haben. Sie bringen sie ins College. Dort ist sie in Sicherheit. Das weiß ich.

Erneut schiele ich zu dem Schotten.

»Und wie genau lautet jetzt unser Plan? Wollen wir uns auf der Piccadilly duellieren und Nelson wirft das Taschentuch?«, fragt Isaac, weil ich weder auf die Floskel seines neuen Bros eingegangen bin noch sonst etwas gesagt habe in den letzten Minuten.

»Ich muss für ein paar Tage weg. Alles andere klären wir danach.«

Ganz gleich, ob uns der ganze Clan hier um die Ohren fliegt. Ich muss zu Kylee. Das hat oberste Priorität.

»Du willst jetzt weg? Bist du bescheuert? Du führst ihn geradewegs zu ihr, Brex.«

»Oder dich?«, knurre ich und drücke die Kippe mit viel zu viel Druck in den Aschenbecher. Ich hasse mich dafür, dass ich ihm misstraue. Aber es ist einfach zu viel Scheiße passiert in letzter Zeit.

»Alter«, schimpft er und reibt sich den Nacken. Der kleine Scheißer sieht fertig aus. Und er tut mir verdammt nochmal leid.

»Isaac«, ich lehne mich auf die Ellbogen und sehe ihn an, versuche ihm nur anhand meines Blickes deutlich zu machen, was wirklich zählt. »Tauch ab. Nimm deinen neuen Freund hier und verpisst euch aus London. Er wird das nicht einfach auf sich beruhen lassen. Niemals. Ich kenne ihn. Glaub mir.«

Er bläst den letzten Rauch seiner Zigarette zwischen uns in die Höhe und sieht mich mit der gleichen Intensität an wie ich ihn.

»Bekommt sie wirklich ein Kind von dir?«

Ich schließe kurz die Augen.

»Ja«, hauche ich und öffne sie erst wieder, nachdem ich mich im Griff habe.

»Mann, Brex«, seufzt er und legt seine Hand auf meine Schulter. »Wir werden dein Kind beschützen. Das schwöre ich dir.«

Bevor ich losheulen kann wie ein Baby, stehe ich auf und tätschele ihm den Kopf.

»Pass einfach auf, dass er dich nicht erwischt, das würde mir fürs Erste reichen.«

Fliegen ist keine Option. Nelson hat seine Finger überall im Spiel und ich muss sicher sein können, dass er keine Möglichkeit findet, mir zu folgen.

Wenn ich eins draufhabe, dann unsichtbar zu sein. Das habe ich viele Jahre – sogar Jahrzehnte – gelernt. Vielleicht einzig für diese Aktion.

Nachdem die Nacht hereingebrochen ist, habe ich sämtliche Vorkehrungen getroffen, um London unbemerkt zu verlassen. Ich weiß nicht, ob es an der Tatsache liegt, dass Kylee schwanger ist, oder ob dieser Punkt eines Tages unausweichlich kommen musste: Ab heute gibt es kein Zurück mehr.

Nie wieder.

Nicht zur Agency.

Nicht zu Callen.

Ich habe Miranda eine Nachricht auf das Band gesprochen. Ihr ein paar Orte genannt, an denen sie eine Razzia durchführen sollen. Hinweise verraten, die ihr weiterhelfen, das Geflecht der Familie über Generationen zu durchschauen. Ich habe ihr außerdem Grund zu der Annahme gegeben, dass Kylee Hawthorn tot ist, und sie gebeten, es ihrer Familie mitzuteilen. Ich weiß, das ist nicht in Kylees Sinn. Aber vorerst ist es besser so. Abschließend findet die OCA heute diverse Unterlagen von verschiedenen Handelspartnern der Callens in ihren Postfächern. Diese Schritte werden Nelson nicht erledigen, aber zumindest seine Reihen schwächen. Es wird ihn vielleicht nicht im Herz treffen, aber wenigstens ein Bein werde ich ihm so brechen und es ihm erschweren, uns zu jagen. Damit verschaffe ich mir Zeit.

Lediglich Cailans und Isaacs Nummern habe ich mir notiert, ehe ich mein Handy bei Sonnenaufgang mitten in London in ein vorbeifahrendes Müllauto geworfen habe. Das sollte seine Männer eine Zeit lang beschäftigen.

Vielleicht bin ich paranoid, aber ich habe nur neu gekaufte Klamotten dabei und bin mit Bargeld in der Tasche mit dem ersten Bus zu einem ranzigen Autohändler außerhalb der Stadt gefahren. Der alte Pick-up, den mir der Inder verkauft hat, verfügt ganz sicher nicht über GPS oder andere Ortungsmöglichkeiten. Ich kann froh sein, wenn das rostige Ding es überhaupt bis in die Highlands schafft, ohne auseinanderzufallen.

Vor mir liegen über zehn Stunden Fahrt. Im Rückspiegel werden die Umrisse Londons immer kleiner und ich habe Zeit zum Nachdenken. Etwas, wovor ich mich mehr fürchte als vor Nelsons Rache. Denn wenn ich zur Ruhe komme, kreisen meine Gedanken um die einzige Sache, die ich all die Jahre so erfolgreich ausklammern konnte: Ich bin der Mörder von Kylees Familie. Und es gab einen winzigen Moment, da wollte ich auch sie umbringen.

Ganz gleich, was ich ihr erzähle oder welche Rechtfertigung ich auf Lager habe, das kann und wird sie mir niemals verzeihen.

Dennoch zieht es mich wie ein Magnet nach Inverness. Ich will sie nicht umstimmen oder ihre Meinung beeinflussen. Alle Karten sind aufgedeckt. Sie kann selbst entscheiden, welches Blatt sie spielen will. Wenn sie ein Leben weit weg von mir wählt, lasse ich sie gehen.

Für mich ist nur noch wichtig, die Sache zum Abschluss zu bringen. Ich brauche einen Abschied. Ein Lebewohl. Die Gewissheit, dass sie mich nicht so in Erinnerung behält, wie Nelson mich dargestellt hat.

Ja, ich habe ihre Eltern umgebracht. Daran gibt es nichts wiedergutzumachen. Doch dieser Tag hat auch mein Leben für immer verändert. Er hat mich in eine Richtung rennen lassen, in die ich niemals wollte. Und Kylee zu beschützen war all die Jahre meine einzige Chance, das Richtige zu tun. Ich konnte es nicht ungeschehen machen. Doch ich konnte dafür sorgen, dass es ihr gutging. Dass ihr Leben besser verlief, als es ursprünglich hätte laufen sollen. Und auch nach all den Jahren bin ich überzeugt davon, dass die Hawthorns ihr ein besseres Leben geschenkt haben, als es ihre leiblichen Eltern je gekonnt hätten. Ich kannte im Vergleich zu ihr die stinkende Zweizimmerbude von Hugh und Leana. Habe gesehen, wie sie lebten. Das ist kein Vergleich zu der Liebe, die George und Cynthia ihr zuteilwerden ließen.

Obwohl das meine Tat nicht rechtfertigt. Das ist mir klar. Und das will ich auch überhaupt nicht. Ich habe mit meinem eigenen Leben dafür gebüßt, denn wenn wir ehrlich sind, habe ich selbst nie wirklich gelebt.

Von der Müdigkeit übermannt, wische ich mir über das unrasierte Kinn, um nicht während der monotonen Geschwindigkeit auf dem Motorway einzuschlafen. Seit zwei Tagen bin ich ununterbrochen auf den Beinen und langsam fordert mein Körper seinen Tribut. Doch ich werde frühestens in Schottland anhalten, um zu schlafen.

Ich muss aus diesem gottverdammten England raus. Oder vielleicht fahre ich auch ganz durch bis zum Cluaran-College. Der Gedanke, wie Kylee allein und ängstlich zwischen den Lions hockt, treibt mich an, den Fuß noch etwas fester aufs Gaspedal zu drücken.

Ich muss zu ihr. Und zwar sofort!

KYLEE

02.10.2020

Mit angezogenen Knien sitze ich auf dem riesigen Bett und starre auf die alten Mauern. In Anbetracht dessen, dass ich ein weiteres Mal entführt wurde und keine Ahnung habe, was mich heute wieder erwartet, habe ich relativ gut geschlafen. Zumindest besser als in der ersten Nacht in diesem eigenartigen College, zu dem sie mich gebracht haben.

Als wir vorgestern Abend hier ankamen, habe ich die gesamte Nacht abwechselnd geheult und gekotzt. Hin und wieder auch beides gleichzeitig. Doch seit gestern geht es mir besser. Ich habe mein Zimmer nicht verlassen, auch wenn ich es dürfte. Die Jungs, die, wie es aussieht, so etwas wie die Chefs dieses Colleges sind, haben mir deutlich zu verstehen gegeben, wie die Regeln lauten. Ich darf mich frei bewegen, aber das College-Gelände nicht verlassen. Keine Gespräche mit Fremden, kein Internet. Kein Telefon oder andere dämliche Aktionen. So lauteten ihre Worte. Nach unserem Gespräch war ich jedenfalls sicher, dass es sinnlos ist, wegzulaufen. Ich hätte es sowieso nicht vorgehabt. Denn mal ganz ehrlich. Wo sollte ich auch hin?

Nachdem meine erste Wut abgeflaut war, habe ich den gestrigen Tag genutzt, um meine Gedanken zu sortieren. Je länger ich nachgedacht habe, desto klarer wurde es in meinem Kopf, und inzwischen bin ich wieder vollkommen bei Verstand. Und vor allem – das ist die wichtigste Erkenntnis meiner Gedankenordnung – ich bin nicht mehr wütend auf Brexen.

Ja, er ist der Mörder meiner Eltern. Dieser Tatsache können wir nicht aus dem Weg gehen und daran ändern keine Worte der Welt etwas. Das ist eine Tatsache, mit der wir leben lernen müssen. Oder vielmehr ich. Denn er tut es seit zwanzig Jahren.

Wofür ich allerdings ein bisschen länger gebraucht habe, um es zu verstehen, ist, dass er mich niemals töten wollte. Ganz sicher nicht. Ich kenne Brexen. Den Mann, der er wirklich ist. Wenn er auch nur im Ansatz etwas gemeinsam hätte mit dem Monster, das Nelson in ihm sieht oder mich glauben lassen wollte, hätte er mich längst getötet. Aber das hat er nicht, denn er ist nicht die kaltblütige Maschine, die Nelson aus ihm machen wollte. Er hat von unserer ersten Begegnung an auf mich aufgepasst. Ja, vielleicht hat er meine Eltern getötet, doch wäre nicht er derjenige gewesen, der auf Nelsons Befehl hin Rache genommen hätte, wäre ich ebenfalls an diesem Tag gestorben.

Vielleicht mache ich es mir zu einfach. Lasse mich ablenken von den Gefühlen, die mein Herz regieren. Doch das ist es nun mal, was ich fühle.

Gestern hat einer der Lions mir ein Mittagessen gebracht. Cailan. Auf mein Drängen, hat er mir erzählt, woher er Brexen kennt. Wie sie sich vor Wochen im

Tarbat Ness ihre Herzen ausgeschüttet haben, nachdem er ihm die Nase gebrochen hat. Er war anders als die übrigen Lions. Nett und in sich gekehrt. Nicht so ein Arschloch wie die anderen beiden. Er hat mit einem schiefen Lächeln auf den Lippen davon erzählt, wie Brexen über mich gesprochen hat. Seither bin ich ruhiger.

Ich habe ein paar meiner Sachen in den großen dunklen Schrank geräumt und bin duschen gegangen. Denn auch ohne dass er es mit Worten aussprechen musste, weiß ich, dass Brexen mich hat herbringen lassen. Und ich habe es ernst gemeint: Ich vertraue ihm.

Meine Hände streichen über die weichen Laken, zwischen denen ich sitze, und mein Blick schweift wieder und wieder durch den Raum.

Das Cluaran-College muss ein sehr elitäres College sein. Alles in diesem Gebäude erinnert mehr an ein Schloss. Mein Zimmer, das nicht bei denen der anderen Studenten liegt, ist zwar winzig, aber wunderschön. Ich wurde im Ostflügel untergebracht. Vorgestern Abend habe ich so gut wie niemanden auf den Fluren gesehen und auch heute ist es verdächtig still draußen. Das hier ist kein gewöhnliches College mit Alkohol und Partys auf den Gängen. So viel ist sicher. Keine Ahnung, wer oder was sich außer mir in diesem Gebäudetrakt befindet, aber es spielt auch keine Rolle, denn ich habe nicht vor, das Zimmer so schnell zu verlassen. Ich habe hier alles, was ich brauche. Ein großes dunkles Holzbett und einen – sicher antiken – dazu passenden Schrank. Daneben steht ein kleiner Sessel, von dem aus man auf den halbrunden Vorplatz und den Kiesweg blicken kann, der zu dem gigantischen Eingangstor führt.

Es gibt ein kleines angrenzendes Bad mit weichen Handtüchern. Als ich aufs College gegangen bin, stank dort alles nach alten Socken und Kaugummis klebten unter den Etagenbetten.

Ein leises Klopfen reißt mich aus meiner Erinnerung. Dafür, dass ich hierher verschleppt wurde, werde ich mit Essen und Trinken versorgt, als sei das ein All-inclusive-Urlaub.

»Herein«, bitte ich und klettere zur Bettkante. Während ich in meine Sneakers schlüpfe und dabei auf den Boden sehe, öffnet sich die Tür und große Schuhe treten in mein Sichtfeld. Ich halte inne und schließe die Augen. Sein Geruch. Es ist sein Geruch, der mich immer wieder finden wird, egal, wohin ich auch gehe.

»Oh mein Gott«, stoße ich keuchend aus und richte meinen Blick langsam auf. Dabei streift er über starke Beine, die in schwarzen Jeans stecken, weiter über eine dunkle Kapuzenjacke, hinauf in grüne Augen, die mich voller Selbstzweifel und mit einem gequälten Ausdruck ansehen. Sofort springe ich auf und werfe mich ihm an den Hals.

Ich bin so froh, ihn zu sehen.

Offensichtlich hat Brexen nicht damit gerechnet, denn gemeinsam taumeln wir ein paar Schritte rückwärts. Noch immer hängen seine Arme schlaff an seinem Körper herunter. Er wirkt so gebrochen. Nelson Callen hat ihn gebrochen, indem er seine schlimmste Erinnerung gegen ihn eingesetzt hat. Nur mit einer Sache hat dieser grausame Bastard nicht gerechnet.

Mit der Liebe.

»Ich liebe dich«, flüstere ich daher genau an sein Ohr und schluchze erleichtert auf, als er endlich seine starken Arme um mich schlingt und mich hält. »Ich liebe dich«, flüstere ich wieder und wieder. Denn ich will, dass er es versteht. Was er getan hat, ändert nichts daran, dass er der Mann ist, den ich mit meinem ganzen Herzen begehre.

»Wie kannst du mich lieben?«, fragt er und ich ziehe meinen Kopf ein Stück zurück, um ihm in die Augen zu sehen. Sie sehen so traurig aus. So leer und am Ende.

Ich lege meine Hände an seine Wangen und meine Stirn an seine. »Wie könnte ich dich nicht lieben?«, frage ich. »Du bist der Einzige, der immer da war. Du hast mich beschützt, mich verteidigt. Du kennst die guten Seiten und die schlechten. Du hast mich immer gesehen, wie ich wirklich bin. Denkst du nicht, allein dafür verdienst du meine Liebe?«

Brexen schließt die Augen und seine Augenwinkel glänzen feucht. Meine Daumen fahren darüber. »Erzähl es mir, Brexen. Ich will es aus deinem Mund hören.«

»Kylee«, widerspricht er und ich kann an seinem Körper spüren, wie er sich windet.

»Erzähl es mir«, beharre ich, »ich muss die ganze Geschichte kennen. Und wir müssen damit abschließen. Wir beide. Ein für alle Mal.«

Die harte Miene, die er zur Schau trägt, wird weich. Er legt den Kopf zur Seite und sieht mich an. Er schaut mir einfach nur ins Gesicht. Streicht mir eine Strähne hinters Ohr und lässt seine Fingerspitzen über meine Haut fahren.

»Ich weiß nicht, womit ich dich verdient habe.«

Seine Stimme ist leise. Tief brummt er die Worte hervor, als könne er sie selbst nicht glauben.

Meine Mundwinkel verziehen sich zu einem Lächeln.

»Tja«, schnalze ich mit der Zunge, »also so wirklich weiß ich das auch nicht. Ich meine, du bist recht gut mit …«

»Halt die Klappe«, unterbricht Brexen mich und

noch ehe ich etwas erwidern kann, küsst er mich. Endlich küsst er mich und setzt meine Welt wieder zusammen, die in den letzten Wochen viel zu oft zerbrochen ist.

Seine Lippen auf meinen und seine Zunge, die mit meiner tanzt, lassen das Gefühl von Zuhause durch meine Adern fließen. Und das, obwohl ich viele tausend Meilen von daheim weg bin. Ich lege meine Arme um seinen Hals, lasse mich von der Wärme seines Körpers einhüllen und gebe mich für ein paar Minuten hin. Nur einen Augenblick, an dem wir einfach ein Pärchen sein können, welches sich gefunden hat. Ein Happy End in einer Geschichte voller grausamer Menschen.

Und doch ist uns beiden bewusst, dass wir noch lange nicht an unserem ›Sie lebten glücklich bis ans Ende aller Zeiten‹ angekommen sind.

Brexens Seufzer, während er seine Lippen von meinen löst, ist der letzte Beweis dafür.

»Okay. Ich erzähl dir alles.« Er nimmt meine Hände und verschränkt seine Finger mit meinen. »Keine Geheimnisse mehr.«

»Keine Geheimnisse mehr«, wiederhole ich.

An meinen Händen ziehe ich ihn rückwärts bis zu dem bequemen Bett. Brexen kickt seine Boots von den Füßen, um zu mir ins Bett zu steigen. Den Oberkörper an das hohe Kopfteil gelehnt, öffnet er seinen Arm, damit ich mich hineinkuscheln kann. Seine Brust hebt und senkt sich unter tiefen Atemzügen. Das ist mein Ort. Er ist es. Brexen Ward ist trotz allem zu meinem Zuhause geworden.

»Es fällt mir nicht leicht, darüber zu sprechen«, presst er unter größter Mühe hervor und ich hebe den Kopf, um in seine Augen zu blicken. Er quält sich. Das ist nicht zu übersehen.

»Ich muss es wissen, Brexen«, flehe ich und er nickt

nur. Seine große Hand bettet meinen Kopf erneut an seine Brust und es dauert etwas, bis sein Herzschlag wieder langsamer wird.

»Im Grunde genommen hat Nelson nicht gelogen«, sagt er und ich erstarre, ohne es zu wollen. »Ich habe deine Eltern erschossen. Aber eins hat er nicht gesagt.« Er drückt meine Hand. »Dass es das Schlimmste war, was ich je in meinem Leben getan habe. Ich wollte es tun, ja. Keine Frage. Sie waren Monster. Hatten mir an diesem Morgen die einzige Frau genommen, die je für mich gesorgt hat. Dein Vater hat mir vorher die Nase gebrochen und mich grün und blau geprügelt.«

Ich schließe die Augen. In was für einer grausamen Welt ist er groß geworden? Und vor allem, in was für einer Welt wäre ich ohne ihn groß geworden?

»Ich war so zornig und traurig und meine Verzweiflung fand erst ein Ventil, als Nelson meine Waffe lud, sie mir in die Hand drückte und mir sagte, was ich zu tun hätte. Ich glaubte ihm, dass es mir danach besser gehen würde.«

Das kratzende Geräusch, als er sich über den Dreitagebart fährt, lässt mich meine Augen wieder öffnen. »Es wurde nicht besser«, seufzt er und ich schlinge meine Arme noch fester um ihn.

»Du warst noch ein Kind.«

»Ja«, stößt er aus. »Das war ich. Und doch habe ich abgedrückt. Aus freien Stücken.«

»Aber du hattest keine Wahl.«

»Hatte ich nicht?«, fragt er und als ich hochsehe, schüttelt er mit dem Kopf.

»Was wäre passiert, wenn du dich geweigert hättest?«, stelle ich die Gegenfrage und richte mich auf. »Wie wäre dieser Morgen dann abgelaufen?«

»Einer der Männer hätte sie erschossen. Sie und ...«

Er zögert, doch wir müssen es aussprechen, um es beide zu verstehen.

»Und mich«, beende ich den Satz für ihn. »Was wäre dann mit dir passiert?« Denn nicht nur mein Leben wäre damit beendet gewesen. Das ist mir klar, seit ich Nelson selbst erlebt habe.

»Na ja«, er streicht sich über den Nacken. »Nelson hätte mich verbannt. Meine Mum war da schon lange wieder in Schottland. Mein Grandpa tot. Wahrscheinlich wäre ich in ein Heim gekommen oder hätte mich auf der Straße durchgeschlagen.«

»Wer von uns beiden hätte also etwas davon gehabt? Du hattest keine Wahl, Brexen. Du warst dreizehn Jahre alt.«

Sein Blick trifft auf meinen und ich habe das Gefühl, unsere Welten drehen endlich im gleichen Tempo und in die gleiche Richtung.

»Damals«, flüstert er und legt seine Hand an meine Wange. »Du warst so klein. So winzig und zart. Deine Unterlippe«, bei seinen Worten fährt er mit seinem Daumen darüber. »Sie hat gezittert. So wie jetzt.« Seine Stimme ist nur noch ein Wimmern. Zeitgleich verlassen stumme Tränen unsere Augenwinkel. »Ich hätte dir niemals etwas antun können«, weint er und ich falle um seinen Hals. Seine Arme schlingen sich um meinen Körper und ich krabbele rittlings auf seinen Schoß.

»Das weiß ich«, flüstere ich in sein Ohr. »Ich weiß das, weil du ein guter Mensch bist.«

»Ich bin ein Mörder, Kylee.« Der Kampf, den er mit sich selbst austrägt, schnürt mir die Kehle zu. Mir bleibt nichts, als ihn noch fester an mich zu drücken. Brexen Ward mag Menschen getötet haben. Doch ich lege meine Hände dafür ins Feuer, dass er ein guter Mensch ist. Ich weiß es einfach. Spüre es.

»Es ist nie zu spät für eine zweite Chance.«

Seine Wange an meiner, nickt er.

»Ja«, er löst mich aus unserer Umarmung und reibt sich über das Gesicht. Seine Augen sind gerötet. »Ich will da raus. Es gibt jetzt kein Zurück mehr.«

»Was meinst du? Wie bist du überhaupt weggekommen von ihm?«

»Er hat uns einfach so gehen lassen«, schnaubt er. »Aber nicht, ohne uns zu warnen. Er will deinen Kopf. Der, der ihn ihm bringt, bekommt vielleicht noch eine zweite Chance.«

Automatisch weiche ich auf seinem Schoß ein Stück zurück.

»Keine Angst, Kitty. Du bist hier in Sicherheit. Niemand weiß, dass ich mit den Lions in Kontakt stehe. Allein dafür hätte er mich sonst schon abgeschlachtet.«

»Und Isaac?«, frage ich und versuche, die Angst in meiner Stimme zu vertuschen.

Brexen sieht zu dem kleinen Sprossenfenster hinaus.

»Ich weiß es nicht. Ich glaube, wir können ihm vertrauen. Aber ich bin mir nicht sicher.«

»Dann entscheidest du dich für die Agency?«

»Nein«, lacht Brexen und auch, wenn es kein echtes Lachen ist, tut es gut, ihn für einen Moment nicht so verzweifelt zu sehen. »Die OCA ist keine Option. Ich bin ein Verräter und das würde ich immer bleiben. Ich gäbe mir keine zwei Monate, nachdem ich ihnen Callen geliefert hätte. Außerdem traue ich Miranda nicht. Wenn sie merkt, dass für sie nichts mehr drin ist, könnte sie problemlos die Straffreiheit fallenlassen und mich für alle Zeit hinter Gitter bringen.«

»Aber wie geht es dann weiter?« Ich will von seinem Schoß klettern, weil ich viel zu nervös werde und eine

Scheißangst vor der Zukunft mich zittrig macht, doch Brexen hält mich fest.

»Alles, was jetzt noch zählt, ist euch beide in Sicherheit zu bringen.«

Sein Blick wandert hinunter zu meinem Bauch und der Ausdruck in seinen Augen ändert sich. Seine groben Hände wandern von meinen Hüften nach vorne und streicheln meinen Bauch.

»Du wirst eine Mum, Kitty«, flüstert er und ich muss lachen und weinen gleichzeitig.

»Ja«, hauche ich und streichele seine stoppelige Wange. »Und du ein Dad.«

Das ist das erste Mal, dass wir es wirklich benennen.

Seine Schultern beben unter einem keuchenden Geräusch und er schüttelt lächelnd seinen Kopf. »Fuck ja.« Unsere Blicke treffen sich. »Ich hab nicht den blassesten Schimmer von Kindern. Ich weiß gar nichts. Das einzige Baby, das ich je gehalten hab, war Isaac.«

»Wir werden es lernen. Oder nicht?«

Denn das ist die Hoffnung, die ich tief in mir hege. Dass wir eine Familie sein können. Dass wir die Vergangenheit abschließen können und die Chance für einen Neustart haben.

»Du wirst eine tolle Mum«, umgeht Brexen meine Frage. »Wann wird es so weit sein, kann man das schon sagen?«

»Ende Mai.«

Er presst die Lippen zusammen und nickt.

»Was denkst du?«

»Nichts«, lügt er offensichtlich.

»Keine Geheimnisse, Brexen.« Er will erneut aus dem Fenster sehen, doch ich halte sein Gesicht in meinem Blickfeld. »Sag es mir. Was hast du gedacht?«

»Dass ich nicht weiß, ob bis dahin alles erledigt ist.«

»Was meinst du damit?« Wie so oft kündigt sein Blick schon an, dass mir seine Worte nicht gefallen werden.

»Du wirst eine Zeit lang hierbleiben müssen, Honey.«

»Wieso?«, presse ich panisch hervor. »Was heißt ich? Was ist mit dir?«

»Es gibt eine letzte Sache, die ich erledigen muss.«

»Nein.« Auch wenn er es noch nicht ausgesprochen hat. »Nein.«

»Er wird uns niemals in Ruhe lassen, Kylee. Unser Kind wird stets in Gefahr sein. Du hast ihn erlebt. Er wird es nicht auf sich beruhen lassen. Niemals. Ich muss es zu Ende bringen.«

»Dann komme ich mit.« Ich klettere von ihm herunter und hocke mich auf die Knie. Seinen Schritt an meinem zu fühlen, ist nicht hilfreich im Kampf gegen Brexen Ward.

»Nein, Honey«, lacht er. »Diesmal nicht. Du bist mir jetzt oft genug abgehauen und es war mehr Glück als Verstand, dass du den Callens schon mehrmals entwischen konntest. Aber jetzt geht es nicht mehr nur um dich.« Er sieht auf meinen Bauch und ich weiß, dass er recht hat. Das bedeutet aber nicht, dass es das ist, was ich will. Wahrscheinlich sieht Brexen mir meinen Unmut an, denn er beugt sich vor und küsst meine Nasenspitze. »Du kannst den Jungs hier vertrauen. Kester hat mir zugesagt, dass er auf dich aufpasst. Und ein Lion bricht niemals sein Wort. Du bist hier sicher. Erhol dich. Lern mein Land ein bisschen kennen. Von mir aus besuch Vorlesungen oder schreib dein Buch weiter. Aber du musst mir dieses Mal versprechen, dass du tust, was ich sage.«

»Wie lange?« Allein die Vorstellung, einen längeren Zeitraum ohne ihn in diesen Mauern zu bleiben, macht mir Angst.

Brexen senkt den Kopf. Sein Pokerface sitzt lückenlos, als er ihn schließlich wieder anhebt.

»Ich weiß es nicht.«

Mein Blick streift über die alten Steinwände und meinen Koffer, der in der Ecke steht.

Auch wenn alles in mir sich dagegen sträubt, ich weiß, wir haben keine andere Wahl. Die hat man in Bezug auf Nelson Callen nie. Daher sehe ich in die grünen Augen, die hierher in die Highlands gehören, und nicke. Denn wenn das die einzige Möglichkeit ist, eine Familie zu werden, werde ich tun, was er von mir verlangt. Obwohl jede Faser meines Körpers schreit, ihn nicht gehen zu lassen. Es ist ein Fehler. Ich kann es spüren.

»Ich verspreche es«, sage ich dennoch und Brexens Schultern sacken herunter. Er zieht mich in eine feste Umarmung. Er wirkt beinahe erleichtert. Ich jedoch befürchte, gerade den größten Fehler meines Lebens begangen zu haben. Was, wenn er nicht zurückkommt? Wenn der Kampf, in den er ziehen will, nicht zu gewinnen ist?

BREXEN

Unser Leben liegt in einem einzigen Trümmerhaufen vor uns. Wir haben unserem Kind im Augenblick nichts zu bieten, wofür es sich zu leben lohnt. Und doch bin ich jetzt gerade ein sehr glücklicher Mann.

Die Mauern des Cluaran-Colleges zu betreten war in vielerlei Hinsicht ein schwerer Gang. Hier hätte ich landen sollen. Der Enkel eines Lion, der in die Fußstapfen seines Großvaters tritt. Zudem beschlich mich bei jedem Schritt der Gedanke, in eine Falle gelaufen zu sein und nie wieder lebend aus Broallan wegzukommen. Doch am meisten Angst hatte ich davor, in Kylees Augen zu sehen. Ich fürchtete mich vor dem Hass, den ich dort finden würde. Nie im Leben hätte ich damit gerechnet, dass sie mir samt Liebeserklärung um den Hals fällt. Diese Frau passt einfach in keine Schublade. Seit nunmehr zwanzig Jahren überrascht sie mich immer wieder. Und ich liebe sie dafür von ganzem Herzen.

Es hat gutgetan, mit ihr über die Ereignisse von damals zu sprechen. Mich zu befreien von der Schuld, die auf meinen Schultern lag.

Ich weiß, es gibt vieles, was wir noch klären müssen.

Sie hat noch immer keine Ahnung, dass Aiden, der kleine Pisser, der Informant für Nelson war. Diese Pissnelke hat keinen Schimmer, was er damit losgetreten hat. Ich hoffe, er schmort bereits in der Hölle. Und dann wäre da noch die Sache mit ihren Eltern. Sie denken, Kylee sei tot. Beides wird ihr nicht gefallen und sie wahrscheinlich erneut aufregen und das ist das Letzte, was ich will. Daher bin ich noch unschlüssig, ob ich diese Geheimnisse trotz meines Versprechens noch eine Zeit lang für mich behalte. Denn gerade bin ich einfach nur froh, dass sie eingewilligt hat, hierzubleiben, und vor allem … dass sie mich will.

»Ich kann immer noch nicht glauben, dass du mir verzeihst.«

An den Schultern ziehe ich sie zurück auf meinen Schoß. »Ich werde alles wieder geradebiegen. Das verspreche ich.« Sie legt ihre Hände zwar auf meine Schultern und erwidert den kurzen Kuss, doch ich sehe sofort, dass unter ihrer Maske etwas brodelt. Sie ist nicht glücklich. »Sag mir, was du jetzt denkst.«

Ich lege ihr die langen Haare hinter die Schultern und berühre mit den Lippen ihre Halsbeuge. Sie zu riechen, ihre zarte Haut zu liebkosen und ihre Wärme zu spüren ist alles, was ich zum Leben brauche.

»Was, wenn du nicht wiederkommst?«, fragt sie und zieht ihre Unterlippe zwischen die Zähne. Ihre Wangen sind feucht und gerötet.

»Ich komme wieder.«

»Kannst du das versprechen?«

Tränen hängen an ihren langen Wimpern und ich bringe es nicht übers Herz, ihr die Wahrheit zu sagen.

»Ja klar. Sicher komme ich wieder«, sage ich leichthin, obwohl sich dabei alles in meinem Magen zusammenzieht. Ich kann es ihr unmöglich versprechen. Wenn ich zurück nach London gehe, dann heißt es alles oder nichts. Die Chance auf einen Sieg ist nicht besonders hoch. Immerhin ist es nicht irgendein Gegner, der dort auf mich wartet. Es ist der mächtigste Mafiaboss Großbritanniens.

Da Kylee mich noch immer skeptisch beäugt, lege ich nach. »Schau mal, Honey. Es ist doch gar nicht so übel hier, oder? Du kannst es dir gutgehen lassen, dich und den kleinen Kerl rund und kugelig essen und ehe du dich versiehst, sitzt du dort«, nicke ich in Richtung des kleinen Sessels, der vorm Fenster steht, »strickst Babysocken und dann siehst du mich. Wie ich als Held zu dir zurückkomme und wir gemeinsam in den Sonnenuntergang reiten.«

Sie folgt meinem Blick zu dem kleinen Fensterchen und sieht dann wieder mich an. Ihre geschwollenen Lippen verziehen sich zu einem Lächeln.

»Ein Lob an deine grenzenlos romantischen Fantasien. Aber deine Geschichte hakt.«

»Warum? Kannst du nicht reiten?«, frage ich und lasse sie auf meinem Schoß leicht hüpfen.

»Schon, aber nicht stricken«, kichert sie. Mit Kylee ist es so einfach, von einer ernsten Diskussion über Mord und Totschlag zu dämlichen Scherzen überzugehen. »Außerdem, woher willst du wissen, dass es ein Junge wird?«

»Hm«, murmele ich und betrachte ihren Bauch, der noch genauso aussieht wie immer. Mit einem lauten Kreischen begleitet, werfe ich sie auf den Rücken. »Lass mal sehen.« Dabei ziehe ich ihren Pullover nach oben und die Hose ein Stück nach unten, um mein Ohr an ihren Bauch zu legen. Es ist ein unglaubliches Gefühl zu wissen, dass unter ihrer Bauchdecke das Herz meines Kindes schlägt.

»Er sagt, er findet es ungeheuerlich, dass du seine Männlichkeit anzweifelst.«

Kylee hat das Kinn auf die Brust gelegt und strahlt mich an. Ihre Finger fahren durch meine Haare und ich schließe kurz die Augen. So sehr ich die Leichtigkeit genieße – die Last, die ich ihr zumute, erdrückt mich beinahe.

»Denkst du, der Flug hat ihm was ausgemacht?«, seufze ich und streichele kleine Kreise auf ihre zarte Haut.

»Nein.« Ihre Finger fahren über meine Kopfhaut und ich möchte am liebsten für immer mit ihr hierbleiben. »Er ist gut geschützt. Mach dir keine Gedanken. Du passt auf mich auf. Ich auf ihn.«

Ich hebe den Kopf an und muss unwillkürlich lächeln.

»Was?«, fragt sie mit hochgezogener Augenbraue.

»Du hast ihn gesagt.«

»Hab ich?«

»Hast du«, bestätige ich und küsse ihren Bauch. Ich verteile kleine Küsse auf ihrer Haut und ziehe ihre Jogginghose noch weiter hinunter. »Denkst du«, frage ich, während meine Zunge den Saum ihres Slips nachfährt, »es würde ihm was ausmachen, wenn ich dich vögele?«

»Das hat dich im *Sixteen* auch nicht gerade gestört.«

Mit einem knurrenden Geräusch lasse ich mein Gesicht in ihre Leiste sinken.

»Ich war wirklich sehr, sehr wütend auf dich«, meckere ich, keuche jedoch überrascht auf, weil Kylee mich an den Haaren hochzieht, damit ich sie ansehen muss.

»Du warst wütend auf mich? Ich war wütend auf dich. Und ich bin es noch, wenn ich darüber nachdenke«, faucht sie und beinahe hätte ich geschmunzelt. Meine kleine Kitty.

»Ach komm schon, Kitty«, betone ich ihren Kosenamen absichtlich.

»Was ist aus Kitty geworden?«, schießt sie plötzlich in die Höhe. »Ich bin eine furchtbare Katzenmutter. Ich habe ihn einfach vergessen.«

Mit einer Hand schubse ich ihren Oberkörper wieder auf die weiche Matratze.

»Eine Rezeptionistin aus dem Kensington hat ihn. Sie und ihre kleine Tochter passen gut auf ihn auf.«

»Unglaublich, dass ich ihn einfach vergessen habe.«

»Weißt du, was ich nicht vergessen habe?«, lenke ich zurück auf das eigentliche Thema. »Wie es dich angeturnt hat, als Isaac dich berührt hat.« Zu meinen Worten lasse ich einen Finger über ihren Slip streichen. Nur hauchzart und doch streckt sie sich mir sofort entgegen. »Der Kleine hat's drauf, Ladys anzufassen. Hab ich recht?«

»Nein.« Ich sehe ihr die Lüge an der Nasenspitze an.

»Wie er dich berührt hat«, hauche ich und lasse einen Finger unter den Saum ihres Slips fahren, ohne ihre Mitte zu treffen. »Er hätte dich spielend leicht kommen lassen, wäre ich nicht dazwischengegangen, nicht wahr?«, raune ich und rutsche etwas tiefer, um meine Zunge über ihren Oberschenkel streifen zu lassen.

»Brexen«, warnt sie und ich lache gegen ihre Haut.

»Ja, Kitty?«, frage ich provozierend und ziehe ihren Slip zur Seite. Ohne sie zu berühren puste ich lediglich hauchzart gegen ihren empfindlichen Punkt.

»Bitte.«

»Bitte?«

Sie öffnet die Augen und über ihren Venushügel hinweg finden sich unsere Blicke. Pures Verlangen stößt auf grenzenlose Begierde. Ihre Augen treffen auf meine und ich bin nicht bereit, sie länger zu ärgern. Ohne unseren Blickkontakt zu unterbrechen, lasse ich meine Zunge einmal durch ihre Spalte fahren. Sie versucht, mich weiter anzusehen, doch ihre Lider flattern.

»Das?«, frage ich und zeichne die Spur mit meinem Finger nach.

»Ja«, fleht sie und lässt schließlich den Kopf in den Nacken fallen, weil meine Zunge ihre Klit trifft.

»Hm«, murmele ich und nehme ihren Geschmack auf. Sanft fahre ich um ihre Perle herum, nur um anschließend meine Lippen darum zu schließen und daran zu saugen. Kylee stöhnt und krallt eine Hand in die Laken, die andere findet ihren Weg zurück in meine Haare und drückt meinen Kopf enger an ihre Mitte. Und ich liebe es. Wenn sie zeigt, was sie will, und den Takt vorgibt. Das ist genau das, was ich mir noch vor wenigen Wochen auf Eilean Ross gewünscht habe. Und ich belohne sie damit, indem ich meine Zunge tief in sie hineinsinken lasse. Meine Hände krallen sich dabei um ihre Beine und öffnen ihre Schenkel noch weiter für mich.

Kylee wirft den Kopf hin und her und windet sich unter meinen immer drängenderen Zungenschlägen. Ich nehme meinen Daumen dazu und lasse ihn über ihre Klit kreisen. Es geht viel zu schnell. Schon krallt sie beide Hände in meine Haare und presst ihre Beine um meinen Kopf zusammen. Dabei stöhnt sie und das Geräusch, mit dem sie kommt, hat schon beinahe etwas Animalisches.

»Scheiße«, raune ich zwischen ihren Schenkeln, die offensichtlich versuchen, mir das Hirn aus dem Kopf zu quetschen, so fest presst sie sie zusammen. Dennoch küsse ich noch ein letztes Mal ihre Perle und nehme mit meinem Finger ihre Feuchtigkeit auf. »Das ging verdammt schnell.«

»Er sagt, das ist normal«, keucht sie mit geschlossenen

Augen. Sie legt sich den Unterarm über ihr Gesicht und atmet schwer.

»Fuck, wer?«, fahre ich hoch und schiebe ihren Arm auf die Seite.

»Der Gynäkologe«, bringt sie noch immer atemlos hervor und ich weiche zurück.

»Du redest mit einem Gynäkologen darüber, ob du schnell kommst?« Irgendwie gefällt mir die Wendung nicht, die diese Situation nimmt. Immerhin zuckt mein Schwanz verzweifelt, weil er es nicht erwarten kann, in ihr zu sein.

»Halt die Klappe, Brexen«, lacht sie allerdings nur und zieht mich förmlich an den Haaren zu sich hinauf. »Wir sind hier noch nicht fertig.«

Sie reckt den Kopf in die Höhe und küsst mich. Dabei seufzt sie genüsslich, weil sie sich auf meiner Zunge schmecken kann.

»Das sehe ich genauso«, raune ich und fahre unter ihren Pullover, um an ihre Titten zu kommen. Scheiße, ich liebe Kylees Titten. Verdammt ja, ich liebe sie.

Dabei ihr Kichern zu hören ist das beste Aphrodisiakum, das es gibt, auch wenn wir das beide nicht wirklich nötig haben. Wir schaffen es, in wenigen Minuten die Welt um uns herum auszusperren. Das ist es, was ich am meisten liebe. Mit ihr bin ich einfach nur ich selbst.

»Zieh dich aus«, sagt sie. »Ich will dich sehen.« Sie zerrt an meinem Pullover und ich richte mich auf den Knien auf und ziehe ihn mir samt T-Shirt über den Kopf.

Sie hält inne. Leckt sich über die Lippen und ich lasse sie in aller Ruhe meinen Oberkörper betrachten.

»Er sagt, es ist normal, dass ich so verdammt scharf bin.«

»Das macht es jetzt nicht gerade besser«, schmunzele ich und öffne meine Jeans. »Obwohl das für den Augenblick recht gut passt.« Mein praller Schwanz springt ihr entgegen und ich streiche mit den Fingern über meine Eichel.

»Die Piercings sind nicht schlimm, hat er gesagt.«

»Kylee«, knurre ich. »Wenn du mir noch länger erzählst, wie du mit einem anderen Mann über meinen Schwanz redest, kannst du es dir in der nächsten Runde selbst machen.«

Sie lacht nur und setzt sich hin.

»Oh nein. Aus der Nummer kommst du nicht mehr raus.«

Sie schließt ihre Finger um meine Erektion und beginnt, sie so fest zu reiben, dass ich die Augen schließe und dem Stöhnen freien Lauf lasse, das in meiner Kehle lauert.

»Brexen«, flüstert sie und ich öffne sie wieder, um ihrem Blick zu begegnen. Kylee sieht mich an und es sind drei Worte, die ich mehr gebraucht habe, als sie denkt. »Fick mich, Baby.«

Klamotten fliegen förmlich durch die Luft und nur ein paar ungestüme Küsse später bin ich in ihr.

Ich bin dort, wo ich hingehöre. Der Mann, der ich immer sein wollte. Als mir das bewusst wird, halte ich inne und wir sehen uns einen langen Moment tief in die Augen. Und vermutlich noch wesentlich tiefer. Denn entgegen allem, was ich immer behauptet habe, ist mein Mädchen nicht blind. Sie lässt sich nicht täuschen. Ganz im Gegenteil. Wahrscheinlich ist sie der einzige Mensch auf der Welt, der mich jemals so gesehen hat, wie ich bin.

KYLEE

06.10.2020

Die vergangenen Tage waren ein kleiner Vorgeschmack darauf, wie unsere gemeinsame Zukunft aussehen könnte.

Die Erleichterung darüber, dass Brexen vorhatte, einige Tage in Broallan zu bleiben, war groß. Ich glaube, wir brauchten beide eine Pause. Eine Auszeit von dem, was in der Realität auf uns wartete. Und wir nutzten diese Zeit.

Wir gingen viel spazieren. Das Cluaran-College liegt malerisch inmitten der schottischen Berge und Wiesen und wir hielten uns so viel in der Natur auf, wie das raue Wetter in den Highlands es zuließ. Dabei redeten wir. Über Bedeutungsvolles sowie über Belangloses. Brexen erzählte viel aus seinen ersten Jahren in London und ich gestand ihm die letzten Geheimnisse, die er noch nicht von mir kannte. Wir lachten, ich weinte. Wir schwiegen und sprachen. Und all das in einem trügerischen Frieden.

Wir aßen in der Mensa und ich machte mich über

ihn lustig, weil er zwischen den doch eher schmächtigen Studenten völlig fehl am Platz wirkte.

Er hielt mir die Haare, wenn ich mit meiner Morgenübelkeit zu kämpfen hatte, und wir durchstöberten die Bibliothek nach allem, was es über Schwangerschaften und Babys zu erfahren gab.

Wir waren ein echtes Paar. Ein Mann und eine Frau, die frischverliebt waren und Sex hatten, wann immer sie die Gelegenheit fanden. Und die sich kennenlernten. So richtig, mit allen Facetten. Brexen und ich hatten schon die abstrusesten Situationen gemeistert, doch in den vergangenen Tagen waren wir uns nähergekommen als je zuvor.

Daher fällt es mir umso schwerer, jetzt da der Tag des Abschieds gekommen ist.

Ja, ich wusste die ganze Zeit über, dass er gehen muss. Mir war klar, er hatte recht mit allem, was er über Nelson und unsere Sicherheit gesagt hatte.

Und dennoch zerfetzt mir dieser Morgen das Herz.

»Hast du alles?«, frage ich zum bestimmt hundertsten Mal und streiche die Decke auf meinem Bett glatt, obwohl schon lange keine Falten mehr zu sehen sind.

»Hey«, unterbricht Brexen mich dabei, wie ich die Kissen aufschütteln will. »Honey.« Er nimmt mich an der Hand und zieht mich in eine Umarmung. Sein Kinn auf meinem Kopf, muss ich mich zusammenreißen, nicht zu weinen. Ich habe versprochen, es zu versuchen. Und ich gebe mir die allergrößte Mühe. »Du schaffst das«, haucht er mit einem Kuss auf meinen Scheitel.

»Es geht nicht um mich«, sage ich und schlinge meine Arme so fest um seinen Körper, wie es eben möglich ist.

»Ich weiß. Mach dir um mich keine Sorgen.« Ich werde es vermissen, wie er mir über die Haare streichelt. Es wird mich zerstören, nicht in seine Augen sehen zu können, und ich weiß nicht, wie ich es eine Nacht lang aushalten soll, nicht in seinen Armen zu schlafen. Brexen ist mein Fels. Mein Retter und Schatten. Dieser Mann ist mein Licht in der verfluchten Dunkelheit. Ohne ihn kann ich nicht sehen. Ich bin eine Blinde auf einem Weg voller Abgründe.

Er löst mich leicht aus seiner Umarmung und mit einem »Tz tz tz«, wischen seine Daumen meine Tränen weg. »Hey. Du bist eine starke Frau, richtig?« Mit zitterndem Kinn nicke ich nur. »Und du wirst dich an die Regeln halten?«

»Kein Telefon. Internet nur über die Bibliothek. Nur noch den Laptop benutzen, den Kester mir besorgt hat, und keine Nachrichten oder irgendwas googeln, das im Zusammenhang mit den Callens steht. Keine Anrufe, Briefe oder Ähnliches. Nicht zu meinen Eltern oder sonst wem.«

»Und?«, fragt er und ein falsches Grinsen breitet sich auf seinem wunderschönen Mund aus. Er hat sich die vergangene Woche nicht rasiert und sein Bart ist beinahe so lang wie damals auf Eilean Ross.

»Finger weg von den Studenten«, bringe ich schmunzelnd hervor, obgleich meine Tränen unaufhaltsam über meine Wangen laufen.

»Genau.«

An den Händen haltend stehen wir da und ich kann nicht glauben, dass der Moment des Abschieds tatsächlich gekommen ist. Ich bin noch nicht so weit. Wir hatten doch noch gar keine Zeit zusammen. Es gibt so viele Dinge, die ich wissen muss und die ich ihm sagen möchte.

»Ich weiß nicht, wie ich weiteratmen soll, wenn du weg bist«, schluchze ich und falle Brexen erneut um den Hals.

»Honey«, seufzt er und nimmt mich in den Arm. Er führt mich zu dem Sessel am Fenster und setzt sich mit mir auf seinem Schoß darauf. »Du machst dir viel zu viele Gedanken. Morgen. Übermorgen. Nächste Woche. Überleg dir mal, wie lange ich auf meinen ersten Kuss warten musste.« Erneut wischt er mir die Tränen aus dem Gesicht. »Wir haben ein ganzes Leben zusammen. Was sind da schon ein paar Monate?« Allein bei dem Wort schnappe ich Luft. Geduld war noch nie meine Stärke. »Du musst jetzt stark sein. Für mich und für ihn.« Er tippt auf meinen Bauch und ich lege meine Hand auf seine.

»Ich werde hier sitzen und aus diesem Fenster sehen. Ich werde auf dich warten und wag es ja nicht, die Geburt deines Sohnes zu verpassen, Brexen Ward«, drohe ich und ziehe die Nase hoch.

»So gefällst du mir viel besser«, lächelt er und diesmal ist es nicht gequält. Allerdings verrutscht sein Lächeln schnell wieder. Er greift in seine Hosentasche und zieht eine kleine Visitenkarte heraus. »Da ist noch eine Sache und ich möchte, dass du mir jetzt einfach nur zuhörst, okay?«

»Was ist das?«, frage ich und starre auf die kleine weiße Karte mit der goldenen Schrift.

»Das ist die Karte von Aengus Forbes. Er ist mein Anwalt.«

Ich sehe in sein Gesicht und dann macht es klick. Genau in dem Moment fange ich an, wild mit dem Kopf zu schütteln.

»Nein. Nein, Brexen!«, keife ich hysterisch. »Wag es nicht. Du kommst wieder. Du kannst mir danach von ihm erzählen.«

»Kylee«, warnt er und hält meine fuchtelnden Hände auf dem Schoß fixiert. »Du wirst mir jetzt zuhören«, knurrt er und seine Augen verdunkeln sich. »Das war keine Frage.« Sein Tonfall lässt mich innehalten. »Versteh doch, dass ich das klären muss. Also wirst du mir jetzt zuhören. Okay?«, fragt er mit Nachdruck und mir bleibt nur zu nicken, auch wenn ich nichts von dem hören will, was jetzt kommt. »Aengus Forbes hat eine Kanzlei hier in Glasgow. Er hat nichts mit den Callens, der Agency oder dem ganzen Mist zu tun. Du kannst ihm zu hundert Prozent vertrauen. Sollte mir etwas zustoßen ...«, ich schließe die Augen, um das Bild, das sich davor abspielen will, nicht in meinen Kopf zu lassen, »dann rufst du ihn an. Er verwahrt eine Menge meines Geldes und die Papiere von Eilean Ross. Es wird alles dir gehören, sollte ich nicht zurückkehren.«

»Du wirst aber zurückkehren«, verspreche ich mehr mir selbst.

»Schwör mir, dass du ihn anrufst.«

»Mache ich«, flüstere ich und öffne die Augen. Immerhin sind es nur noch Minuten, in denen ich die Möglichkeit habe, ihn anzusehen.

»Und du musst mir noch etwas versprechen.«

Mit dem Handrücken wische ich mir die Nase trocken.

»Das sind ganz schön viele Versprechen, dafür, dass du sicher wiederkommen willst.«

Brexen schmunzelt, doch in seinen Augen steht derselbe Schmerz, den auch ich fühle.

»Lebe, Kylee!«

Diese zwei Worte treffen mich vollkommen unvorbereitet. Kurz bleibt mir die Luft weg und ich habe das Gefühl, meine Lunge weigert sich, weiter Sauerstoff in meinen Körper strömen zu lassen.

»Brexen«, flehe ich und er nimmt meine Hände in seine.

»Du musst leben. Ich bin dann nicht mehr da, um dir in deinen süßen Arsch zu treten. Verkriech dich nicht wieder hinter einer Maske aus spießigen Klamotten und strengen Frisuren. Trau dich was, Honey. Geh über Grenzen, tanz im Regen. Genieß dein Leben. Mit Herz und Verstand. Denn ich bin dann nicht mehr da, um dich zu beschützen.«

Mein ganzer Körper bebt unter meinen Schluchzern. Obwohl es nur wenige Wochen sind, seit denen ich von ihm weiß, habe ich das Gefühl, ich könnte nicht einen Tag auf dieser Welt leben, wenn er nicht mehr da wäre.

»Pass auf unseren Sohn auf. Zeig ihm die Welt. Und erzieh ihn zu einem ehrbaren Mann. Er soll einmal der Held in seiner Geschichte sein.«

»Brexen«, wiederhole ich nur und werfe mich um seinen Hals. Ich möchte ihn anflehen, nicht zu gehen. Mich an ihn ketten oder im Kofferraum des alten Pickups verstecken. Stattdessen lege ich meine Wange an seine und spreche das Einzige aus, was jetzt noch von Belang ist. »Ich liebe dich.«

»Oh und ich liebe dich, Kitty. Und ich werde alles daransetzen, durch dieses Tor zu kommen so schnell es geht, okay?«

»Okay«, weine ich und sehe für einen Moment aus dem kleinen Fensterchen. Schwer seufzend findet meine Stirn den Weg an seine und so verharren wir, bis wir beide wieder ruhiger atmen und das Gefühl dieses grauenvollen Gespräches in meinem Magen abflaut.

»Und jetzt hör auf zu weinen und sei eine starke Frau.«

»Okay«, wiederhole ich und löse mich von ihm.

Es ist jetzt Zeit loszulassen.

»Ich werde dir nicht Lebewohl sagen und du wirst auch nicht winkend im Hof stehen, einverstanden?«

Weil ich keine Worte finde, die zu dem passen würden, was in mir vorgeht, nicke ich nur knapp.

Brexen stellt mich auf die Füße und schultert seinen schwarzen Rucksack. Die Arme um meinen Oberkörper geschlungen, stehe ich am Fenster und versuche, ruhig zu atmen.

»Also.« Er tritt dicht vor mich. »Tu, was ich dir gesagt habe, Kitty«, sagt er gegen meinen Scheitel. Mit einem letzten Kuss auf meine Haare wendet er sich ab und nach nur wenigen Schritten ist er weg.

Ich schaue nicht aus dem Fenster oder laufe ihm nach. Langsam und ungeschickt lasse ich mich auf den Boden sinken und weine.

Auf dem Sessel neben mir lacht mich Aengus Forbes in goldener Schrift für meine Dummheit aus. Denn ich habe wirklich einen Moment geglaubt, wir hätten die Hoffnung auf eine gemeinsame Zukunft. Doch das gerade fühlte sich viel zu sehr nach einem endgültigen Lebewohl an.

BREXEN

03.01.2021

»Und du bist dir sicher, wir können dieser Schlampe trauen?« Isaac zieht sich die schwarze Mütze noch tiefer in die Stirn. Hinter einem Lieferwagen kauernd, warten wir darauf, dass Miranda auftaucht. »Ich hab das Gefühl, wir laufen geradewegs in eine Falle.«

Diesen Gedanken kann ich ihm nicht verdenken, denn mir geht es genauso.

»Wir haben keine andere Möglichkeit«, spreche ich aus, was uns seit Wochen klar ist.

Einige Männer haben sich, gleich nachdem ich aus Inverness zurück war, auf unsere Seite gestellt. Keiner von ihnen hat den Jahreswechsel überlebt. Callen spielt mit uns wie eine Katze mit ihrem Wollknäuel. Bis nichts mehr von uns übrig ist. Er hat meine Wohnung in Peckham hochgehen lassen und auch Isaacs Haus hat er bis auf die Grundmauern niedergebrannt, dieser Wichser. Er drängt uns mit all seinen Mitteln aus der Stadt.

Und uns bleibt nichts anderes übrig, als zurückzuweichen. Wir haben Nelson unterschätzt. Seine Macht, seine Reichweite und vor allem seine Skrupellosigkeit. Was immer wir tun, er ist uns einen Schritt voraus. Und das ergibt überhaupt keinen Sinn. Ich werde das dumme Gefühl nicht los, dass wir etwas übersehen, doch ich habe nicht den blassesten Schimmer, was. Auch Isaac hat schon Anspielungen in die Richtung gemacht, nur bringen uns wilde Spekulationen nicht weiter. Wir werden die Wahrheit nie erfahren.

Ein Treffen mit der OCA ist unser letzter Trumpf. Ich weiß nicht weiter. Sämtliche Alternativen haben wir durch und Nelson ist verdammt schlau. Er kennt uns gut. Immerhin haben wir alles an krimineller Energie von ihm gelernt. Es gibt keine andere Möglichkeit, außer Miranda mit ins Boot zu holen. Soweit ich überblicken kann, hat Callen keine Ahnung von meiner Zeit bei der Agency. Das ist die letzte Karte, die wir noch spielen können. Wenn Miranda und die OCA mit uns zusammenarbeiten – wir vielleicht einen Köder legen –, kann sie Callen schnappen und dann nützen ihm seine Kontakte auch nicht mehr. Wenn er erst hinter Gittern in der Northumberland Avenue hockt, können Isaac und ich die übrigen Männer ausschalten, die ihm treu ergeben sind, und das Ruder ein für alle Mal herumreißen.

Ich reibe die Hände vor dem Gesicht gegeneinander und hauche dagegen, um die Kälte zu vertreiben. Seit Weihnachten herrschen Minustemperaturen, was unsere Situation nicht gerade besser macht. Objektiv betrachtet sind wir obdachlos. Gejagte auf der Flucht durch den Großstadtdschungel. Isaac und ich bleiben immer nur wenige Stunden am gleichen Ort. Alles, was wir noch besitzen, passt in einen Rucksack, den wir am Flughafen in einem Schließfach deponiert haben. Der andauernde

Kampf fängt an, uns müde zu machen. Müde ... und vor allem mürbe.

Das Einzige, das mich am Leben hält, ist die Hoffnung, dass es Kylee und dem Baby gutgeht. Andernfalls hätte Kester sich gemeldet. Wir haben ausgemacht, solange ich nichts höre, ist alles in Ordnung. Und ich habe nichts gehört. Quälend lange Wochen habe ich nichts von ihr gesehen oder gehört. Kann sie weder beobachten noch auf meinem Display nachsehen, wo sie ist. Ich hasse es, keinerlei Kontrolle über Kylee zu haben. Seit zwanzig Jahren ist ihre Überwachung Bestandteil meines Lebens. Das nicht mehr tun zu können reißt ein riesiges Loch in meine Brust. Ich spüre, wie ich jeden Tag schwächer werde. In den letzten drei Tagen habe ich mehrmals den Hörer eines Münzferntelefons in der Hand gehalten und wollte sie anrufen. Wenn ich nur kurz ihre Stimme hören könnte. Das würde mir neue Kraft geben. Die Vorstellung, es könnte ihr schlecht gehen, treibt mich mehr in den Wahnsinn als der Kampf gegen Nelson. Und diese ewige Unsicherheit. Was, wenn sie es sich anders überlegt hat? Was, wenn sie einen netten Kerl getroffen hat, der ihr das Leben schenken kann, das sie verdient? Bin ich stark genug, sie gehen zu lassen, wenn sie mich nicht mehr will?

Diese Fragen machen mich fertig.

»Ist sie das?« Isaacs Stimme holt mich zurück in die Gegenwart. Ich schüttele die Gedanken an Kylee regelrecht ab und versuche mich zu konzentrieren. Alles, was wir tun, ist derzeit risikoreich.

Isaac lehnt sich ein Stück nach vorne, um am Kotflügel des Transporters vorbeizusehen. Ein schwarzer Wagen hält direkt unter der Brücke. Die Scheiben sind getönt, das Kennzeichen könnte zur Agency gehören, doch wir bleiben vorerst in unserem Versteck. So leichtsinnig sind wir nicht. Durch das Seitenfenster des Lieferwagens erkenne ich allerdings sofort ihre Silhouette, nachdem sie ausgestiegen ist.

Der Treffpunkt am Containerhafen von Tilbury war unsere Idee. Das Gelände ist weitläufig und unübersichtlich. Es würde der OCA einen Hinterhalt erschweren. Denn genau das ist es, wovor wir uns in diesem Moment fürchten. Seien wir doch ehrlich – die Möglichkeit, Isaac Callen und Blade auf einen Schlag festzunehmen, wird Miranda sich ungern entgehen lassen. Inzwischen weiß sie längst, dass ich ein falsches Spiel mit ihr getrieben habe. Die vergangenen Wochen haben wir eine Spur aus Asche und Blut hinterlassen. Es ist nicht mehr nur Callen, auf dessen Liste wir stehen. Nelson ist clever. Er spielt das Spiel der Lügen und Intrigen ebenso gut wie wir. Wenn nicht besser.

Die Agency weiß, dass ich Blade bin, und mittlerweile sollte sogar die gutgläubige Miranda gemerkt haben, dass sie nur ein Mittel zum Zweck war. Sie schieben auch Kylees Tod auf meine Rechnung. Mich trifft das nicht sonderlich. Denn solange die Behörden davon ausgehen, Kylee weilt nicht mehr unter den Lebenden, tut Nelson das gegebenenfalls auch. So zumindest unsere Hoffnung. Wir haben ein bisschen nachgeholfen und Gerüchte gestreut, dass Isaac Kylee geschnappt und seine Mutter ein für alle Mal gerächt hat. Ob das ausreicht, um Nelson zu überzeugen, kann nur die Zeit zeigen. Offiziell gilt sie jedenfalls als mausetot und das ist auch gut so.

»Das ist sie«, brumme ich, ohne den Blick von dem Wagen zu nehmen, aus dem sie gestiegen ist. Ihre Haare sind hoch auf dem Kopf zu einem strengen Pferdeschwanz gebunden und sie trägt eine hautenge Daunenjacke.

Erst heute Morgen habe ich sie angerufen und die

Bedingungen für unser Treffen festgelegt. Wir wollten ihnen so wenig Zeit wie möglich zur Vorbereitung geben.

Sie klopft auf das Autodach, genau wie vereinbart, und der Wagen fährt davon.

»Die ist heiß«, murmelt Isaac. Er hat bereits eine Hand an der Waffe in seinem vorderen Hosenbund.

»Na ja«, schmunzele ich, »vielleicht lässt sie uns laufen, wenn du es ihr besorgst. Sie ist nicht gerade wählerisch«, hüstele ich.

»Einen Versuch wäre es wert«, lacht Isaac leise, während Miranda sich, die Hände in die Höhe haltend, einmal im Kreis dreht.

»Brexen? Komm schon, ich bin allein. Lass uns reden.«

Bei ihren Worten werde ich wieder ernst. Mich auf sie einzulassen oder ihr gar zu vertrauen könnte in die Hose gehen, aber sie ist unsere letzte Chance.

»Sollte das hier schiefgehen«, setze ich an, doch Isaac rümpft nur die Nase.

»Lass den Scheiß«, knurrt er und geht aus unserer Deckung. »Wenn wir sterben, sterben wir gemeinsam.«

»Isaac«, versuche ich noch, ihn zurückzuhalten, doch es ist zu spät. Sofort bin ich auf den Füßen und trete mit ihm hinter dem Wagen aus unserem Versteck hervor.

Miranda ist eine erfahrene Agentin und bemerkt uns sofort.

»Miranda«, begrüße ich sie knapp. Ich lege Isaac eine Hand auf die Brust, um ihn zu stoppen. Je mehr Abstand zwischen uns, desto besser.

»Brexen«, presst sie zwischen ihren rot geschminkten Lippen hervor. »Und Isaac Callen persönlich«, faucht sie in seine Richtung, was ihn lediglich zum Schmunzeln bringt. »Also, was soll dieser Affentanz? Bist du jetzt vollkommen übergeschnappt?« Sie funkelt mich wütend an, doch das könnte mir nicht egaler sein. Sie ist nur ein Mittel zum Zweck. Das war sie schon immer. Diese Frau und ich haben nichts gemeinsam. Rein gar nichts. »Kannst du mir mal verraten, was hier in den letzten Wochen abgeht? Wir haben mehr Leichen auf den Straßen als Ratten in der Kanalisation!«

»Wir wollen das beenden.« Ich hebe beschwichtigend die Hände. »Wir stehen auf derselben Seite.«

»Die Erkenntnis kommt ein bisschen spät, findest du nicht? Ich glaube, ihr versteht den Ernst eurer Lage nicht.«

Ich lege den Kopf schief und betrachte ihr Gesicht. Etwas darin gefällt mir nicht. Isaac spürt, dass meine Hand, die nach wie vor auf seiner Brust ruht, ihn nach hinten schiebt, und sieht sich panisch um.

»Was meinst du?«

»Wir haben eine Aussage von Mr. Callen bezüglich einiger Morde der vergangenen Wochen.«

Gleichzeitig versteifen wir uns.

»Du hast mit Nelson gesprochen?«, knurre ich. »Wann?«

»Er hat seine Aussage direkt beim Oberstaatsanwalt gemacht.«

Meine Hände ballen sich zu Fäusten. Der Oberstaatsanwalt steht ganz oben auf Nelsons Gehaltsliste.

»Miranda«, setze ich an, doch zeitgleich reißt sie die Augen auf. Blut quillt aus ihrem Schädel, im gleichen Moment, in dem der Schuss fällt.

»Scharfschütze«, schreit Isaac. Sofort drehen wir uns um und rennen, doch dann ist ein zweiter Schuss zu hören und er geht keuchend neben mir in die Knie.

»Fuck«, schreie ich und zerre ihn wieder auf die Füße. Einen Arm um seine Schultern geschlungen, schleife ich ihn mit mir hinter den Lieferwagen. Bis eben diente dieser nur als Sichtschutz. Planänderung. Mit meiner Waffe schlage ich das Seitenfenster ein und öffne die Schiebetür, durch die ich Isaac ins Wageninnere bugsiere. Sein Oberschenkel blutet ziemlich stark. Der dunkle Fleck auf seiner hellen Jeans breitet sich schnell aus. Schmerzverzehrt hält er sich das Bein.

»Scheiße«, keucht er. Die Blutung mag heftig aussehen, doch sie wird ihn nicht töten. Er weiß so gut wie ich, was zu tun ist.

»Bind das ab«, befehle ich dennoch vorsichtshalber und klettere zwischen die Sitze, um den Wagen kurzzuschließen. Ein weiterer Schuss schlägt in der Seitenscheibe der Fahrertür ein und ich ducke mich noch tiefer. Meine Finger sind durch die Kälte steif und es dauert länger als gewöhnlich, ehe die Kiste endlich anspringt.

Bevor uns ein weiterer Schuss gefährlich wird, springe ich auf den Fahrersitz und wende den Wagen so schnell ich kann. Im Rückspiegel erkenne ich, wie der Kies unter Beschuss aufwirbelt. Genau dort, wo wir bis gerade noch standen.

»Geht es?«, schreie ich, während ich mit rasantem Tempo davonfahre. Ein Glück haben wir im Vorhinein sämtliche Fluchtwege gecheckt. Ich kippe den Rückspiegel so, dass ich einen kurzen Blick auf Isaac werfen kann. Er hat seine Jeans aufgerissen. Eine tiefe Fleischwunde ziert seinen äußeren Oberschenkel. Er bindet seinen Gürtel oberhalb der Wunde um sein Bein und zieht stöhnend zu.

»Scheiße ja«, knurrt er. »Der Wichser hat mich gestreift.«

»Sei froh. Ich denke nicht, dass er nur dein Bein treffen wollte.«

Der Teil des Hafengeländes, auf dem wir uns befinden, ist so gut wie leer. Ich erkenne keine Autos, die uns folgen, oder andere Fahrzeuge, Menschen oder sonst irgendetwas Auffälliges. Zügig, aber nicht verdächtig lenke ich den Wagen Richtung Norden. Wenn wir erst die Dock Road erreicht haben, ist eine Verfolgung so gut wie unmöglich.

»Das kann unmöglich ein einzelner Schütze gewesen sein«, keucht Isaac hinter mir und rappelt sich so auf, dass er aus den Seitenfenstern sehen kann. Wir brauchen schnellstmöglich einen anderen Wagen.

Ich weiß, er hat recht. Der Schütze hat den Wagen gesehen und womöglich warten weitere Wagen von Nelson an den Hafenausgängen.

»Da«, schreit er und ich sehe sofort, was er meint. Ein kleiner Parkplatz. Vielleicht für Mitarbeiter oder Ähnliches. Im letzten Moment lenke ich den Lieferwagen auf den kleinen Kiesweg, der zu den verlassenen Autos führt. Alles in allem dauert es nur wenige Minuten und wir haben den auffälligen Lieferwagen gegen einen alten Ford getauscht.

»Und jetzt nichts wie weg hier.«

Isaacs Hände liegen nach wie vor an seinem Bein. Schweiß steht auf seiner Stirn, obwohl der Wagen ausgekühlt ist.

»Hältst du noch ein paar Stunden aus?«

Unsere Blicke treffen sich. Er weiß genauso gut wie ich, dass uns die Optionen ausgehen. Wir müssen einen Ort finden, an dem wir Kraft tanken können. Und ich muss nachdenken, wie es weitergeht. Miranda war unsere letzte Chance und mit ihr sind all meine Ideen gestorben.

»Du willst das Land verlassen?«, rät Isaac meine Gedanken und liegt damit goldrichtig. Auch wenn Nelson weitreichende Kontakte hat. Schottland steckte nie drin in den Machenschaften der Callens. In meinem Heimatland kann er nicht jeden schlicht mit seinem Familiennamen um den Finger wickeln.

Ich tätschele ihm das gesunde Bein.

»Wir kriegen das wieder hin«, versuche ich irgendetwas Trostspendendes zu sagen und nicke ihm knapp zu. Und dann trete ich aufs Gas. Vielleicht ist es Zeit, nach Hause zu fahren.

KYLEE

05.01.2021

Erschrocken fahre ich hoch. Mein Herz klopft mir bis zum Hals und sofort lege ich eine Hand auf meinen Bauch. Seit einigen Tagen spüre ich die Bewegungen des Babys, doch jetzt gerade ist mein hastiger Atem viel zu heftig, als dass ich die federleichten Tritte fühlen könnte.

Ein Traum hat mich aufschrecken lassen.

Es war Brexen.

Ich träume fast jede Nacht von ihm. Ich habe das Gefühl, meine Fantasie vermischt sich mit nie dagewesenen Erinnerungen. Grundsätzlich, wenn ich von ihm träume, ist da so viel Blut. Tränen und Verzweiflung und seine grünen Augen, die immer wieder durch alle Emotionen durchschlagen und mich treffen wie Blitzschläge.

Ich reibe mir die müden Lider. Der Wecker auf meinem Nachttisch zeigt gerade einmal sechs Uhr an. Die kleine Lampe auf dem Minischreibtisch wirft zarte

Schatten an die Wände. Das tut sie jede Nacht. Zum einen – weil ich es ohne einfach noch nicht aushalte. Zum anderen – weil der romantische Teil in mir hofft, Brexen sieht das Licht im Fenster stehen und kehrt so schneller zu mir zurück. Denn darauf warte ich jeden Tag. Seit einundneunzig Tagen sitze ich nun an dem kleinen Tisch, den Kester mir zum Arbeiten vor das Fenster hat stellen lassen, und blicke auf den Kiesweg.

Ich habe zugesehen, wie die Blätter von den Bäumen fielen, die den Wegrand säumen, und wie die Äste vom ersten Schnee bedeckt glitzerten.

Kein Brexen.

Einundneunzig Tage lang.

Keine Nachricht.

Kein Wort.

Alles, was mir geblieben ist, sind die Träume, in denen ich ihn sehe. In jedem einzelnen stirbt einer von uns. Entweder er oder ich. Meistens er. Doch heute Nacht war es anders. Es war, als könne ich ihn spüren. Ich schlage die Decke zur Seite und stelle die Füße vor das Bett.

»Brexen?«, frage ich in die Stille und komme mir vor wie ein Idiot. Dann fällt mein Blick auf den Sessel in der Ecke. Sofort stehe ich auf. »Brexen?«, wiederhole ich panisch, denn abgesehen von dem, was ich sehe, habe ich das Gefühl, ich kann ihn riechen. Seinen unverwechselbar herben Duft, der mir so sehr fehlt, dass es in jeder Minute, die vergeht, wehtut. Mit lautlosen Schritten tapse ich in meinem Nachthemd hinüber zu meinem neuesten Werk und lege den Kopf schief.

Irgendetwas stimmt hier nicht. Ich bin mir hundertprozentig sicher, das Kissen und die Decke ordentlich gefaltet zu haben. Doch jetzt liegen sie nicht im

Entferntesten mehr so ordentlich zusammengelegt da wie gestern Abend. Beinahe, als hätte sich jemand angesehen, was ich genäht habe.

Meine Finger fahren über die Buchstaben, die ich mit Fenellas Hilfe auf das blaue Kissen gestickt habe. Kearon. So soll unser Sohn heißen. Das steht für mich fest, seit ich weiß, dass es ein Junge wird.

»Ich verliere langsam den Verstand«, flüstere ich vor mich hin, weil ich schwören könnte, das Kissen fühle sich warm an. Ich schiebe die Gardine ein Stück zur Seite. Doch draußen ist niemand zu sehen. Sanft fallen Schneeflocken vom Himmel und glitzern in den Laternen, die den Weg zum Eingangstor beleuchten. Die meisten Studenten sind über die Feiertage nach Hause gefahren, doch seit heute herrscht wieder reger Betrieb und der verschneite Vorplatz ist übersät mit Fußabdrücken. Frische und alte. Einige, die hierherführen, andere, die sich durch das Eingangstor nach draußen schlängeln.

Der Tag hat noch keine Chance gegen die Nacht, was mich zum Seufzen bringt. Doch noch ehe alle Luft aus meiner Lunge entwichen ist, sehe ich etwas. Oder vielmehr jemanden. Eine Gestalt ganz hinten in der Nähe des Eingangstores. Die Entfernung und die Dunkelheit machen es mir unmöglich, Genaueres zu erkennen, doch ich bin sicher, da steht jemand. Ich beuge mich weiter über den Schreibtisch, um besser sehen zu können, doch im selben Moment verschwindet die Person hinter der Mauer.

»Nein«, keuche ich und lege meine Hand auf die kalte Fensterscheibe. Die Kälte breitet sich über meine Finger aus und löst eine tiefe Hoffnungslosigkeit in mir aus, die mich zittern lässt.

So oft habe ich Brexen durch dieses Tor kommen sehen, doch niemals war es real. Langsam glaube ich schon nicht mehr daran, es eines Tages wirklich zu erleben.

»Herein«, rufe ich und drehe mich auf meinem unbequemen Stuhl ein Stück herum. Schon bevor die Tür geöffnet wird, weiß ich, dass es Fenella ist. Nicht nur, weil die schottische Studentin immer so zaghaft an mein Türblatt klopft. Sie ist außerdem so ziemlich die Einzige, die mich besuchen kommt. Kurz nachdem Brexen abgereist war, haben wir uns kennengelernt. Sie studiert Literatur und wir sind in der Bibliothek ins Gespräch gekommen. Seitdem haben wir uns langsam angefreundet. Langsam deshalb, da ich vorsichtig bin, was Kontakte angeht, und sie, weil sie einfach Fenella ist. Sie ist schüchtern und ruhig. Das graue Mäuschen in diesen Mauern. Wenn wir uns auf dem Collegegelände bewegen, spricht sie kaum ein Wort. Nur allein in meinem Zimmer öffnet sie sich. Fenella ist keine typische Studentin. Sie stürzt sich in jeder freien Minute in die Bücher und hat keinerlei Kontakte. Einmal habe ich versucht, sie auf ihre Familie anzusprechen, doch sie hat sofort abgeblockt. Ich weiß nichts über die Gründe, warum sie so zurückgezogen lebt, aber das muss ich auch nicht. Ich mag sie sehr. Sie ist meine Bezugsperson und ich genieße die Zeit mit ihr.

»Guten Morgen.« Sie hat den Kopf zur Tür hereingestreckt. »Du warst nicht beim Frühstück, da wollte ich nur schnell schauen, ob alles okay ist.«

Fenella hat das Herz am rechten Fleck. Das spüre ich daran, wie sie mich ansieht und wie sie sich um mich sorgt. Ich glaube, sie ist die Einzige, die bemerken würde, wenn ich nicht mehr da wäre.

»Ich bin nicht gut aus dem Bett gekommen heute Morgen.«

Die Wahrheit ist, ich habe stundenlang aus meinem Fenster gestarrt, weil ich dachte, ich hätte den Mann gesehen, auf den ich seit Monaten warte. Aber das kann ich ihr nicht sagen. Niemand darf die genauen Umstände erfahren, wegen denen ich hier bin. Meine neue Freundin denkt, meine Eltern haben mich wegen der Schwangerschaft verstoßen und mein Freund sei beruflich im Ausland. Es ist grauenvoll, sie anlügen zu müssen, doch anders geht es nicht. Und jedes Mal, wenn ich in ihre blauen Augen sehe, denke ich, in ihr schlummert etwas, das sie mir nicht sagen will.

»Wieder ein Traum?«, fragt sie und schiebt ihren zierlichen Körper vollständig durch die Tür. Fenella hat langes glattes Haar. Es ist schwarz und glänzt im Sonnenlicht. Ihre Haut dagegen ist blass und ihre blauen Augen stechen aus dem schmalen Gesicht hervor.

»Ein grauenvoller«, seufze ich und drehe mich vollständig auf dem Stuhl herum. Auf dem Cluaran-College scheinen alle Möbel antik und damit total ungemütlich zu sein. »Ich habe seit sechs Uhr wachgelegen und vor mich hingestarrt.«

»Vielleicht kann ich dich aufmuntern.« Ihre schmalen Lippen verziehen sich zu einem Grinsen und sie zeigt mir ihre schneeweißen Zähne.

»Sind sie da?«, kreische ich, weil ich weiß, worauf sie anspielt. Seit Tagen warten wir auf das Paket.

»Sie sind da«, bestätigt sie und geht zurück in den Gang. In die Hände klatschend, vergesse ich für einen Moment mein mulmiges Gefühl von heute Morgen und springe auf. Gleichzeitig trägt Fenella einen Karton in mein Zimmer und lässt ihn ächzend auf mein Bett fallen.

»Wir hätten nicht so viele bestellen sollen«, sage ich mit Blick auf das große Paket. Wie so oft in den vergangenen Wochen wird mir schmerzhaft bewusst, wie einsam ich eigentlich bin. Gerade über die Feiertage war es besonders schlimm. Weihnachten und Silvester allein vor dem Fernseher zu verbringen ist einfach nur demütigend.

»Ach Quatsch. Eins bekomme ich. Eine Ausgabe spenden wir an die Bibliothek und …«, unsere Blicke treffen sich und Fenella hält inne. Sie nimmt meine Hand und drückt sie. »Ganz egal. Alle werden es haben wollen. Nun mach sie schon auf«, bringt sie ungeduldig hervor und wippt auf den Füßen. Ich muss zugeben, ich bin ebenfalls richtig hibbelig. Aber ich freue mich vor allem. Dieser Moment ist ein Traum, den ich mir erfüllt habe.

Mit einem lauten Geräusch ziehe ich das Klebeband von dem Karton und öffne ihn. Der Geruch nach Papier und Kleber schlägt uns entgegen und rundet den Augenblick ab.

»Oh mein Gott«, flüstere ich und nehme eines der Taschenbücher in die Hände. *Isle of sin von Aileen R.* »Ich kann nicht glauben, dass das wirklich wahr ist.«

»Die sind wunderschön, Kylee.«

Und damit hat Fenella recht. Die Bücher sehen toll aus. Ein grünes Cover. Das hatte ich mir bei meiner Agentin gewünscht. Und sie hat ganze Arbeit geleistet. Grüne Blätter zieren den Einband. In der Mitte prangen mit goldener Schrift der Titel und mein Pseudonym.

»Ich habe ein Buch geschrieben«, flüstere ich andächtig und streiche über das Cover. Wenn Brexen doch bloß hier wäre, um diesen Moment mit mir zu teilen.

Ich schlage eine willkürliche Seite auf und beginne zu lesen.

»Ich werde dich niemals verlassen, Morena.« Hamish beugte sich vor und küsste ein letztes Mal meine Stirn. Obgleich mir hätte klar sein müssen, dass er die Wahrheit sagte, fühlte es sich an, als reiße er mir das Herz aus der Brust.

»Ich kann ohne dich nicht sein«, winselte ich und legte meinen Kopf an seine Brust.

»Hey.« Ich spüre erst, dass ich weine, als Fenella mir eine Träne von der Wange wischt. »Du sollst dich freuen, nicht weinen.«

»Mache ich ja.« Und das ist nicht vollständig gelogen. Mir diesen Traum erfüllt zu haben ist etwas Wunderbares. Ich bin sehr dankbar dafür. Ein weiteres Mal hat die Welt der Bücher bewiesen, dass sie ein Schutzort ist. Ich konnte in den vergangenen Monaten meiner Leidenschaft nachgehen, ohne enttarnt zu werden. Dass der Roman so schnell erschienen ist, war Glück. Die Geschichte ist zum richtigen Zeitpunkt in die richtigen Hände gefallen.

Meine Agentin, die ich telefonisch in Glasgow ausgemacht habe, kennt genau wie alle anderen, die an diesem Projekt beteiligt waren, nur mein Pseudonym. Ich kann sein, wer ich sein will. Als Autorin bin ich frei. Keine Gejagte. Keine Verlassene. Aileen R., eine Frau, die genau weiß, was sie will und was sie kann. Ich bin frei und unabhängig und bereit, eine Welt zu erobern, die noch ganz neu für mich ist. Niemand kennt mein Gesicht und doch kennen die Leser, nachdem sie *isle of sin* gelesen haben, mehr von mir als die Menschen, an deren Seite ich ein Leben lang gelebt habe. Sie sehen mein wahres Gesicht. Die Frau, die ich immer sein wollte, doch für die mir der Mut fehlte.

»Und du willst wirklich keine Werbung machen?«

Ich wische mir eine letzte Träne aus dem Gesicht und lächele meine Freundin an.

»Nein.« Voller Überzeugung schüttele ich den Kopf. Meine Agentin hatte genau wie Fenella große Pläne für die Erscheinungswoche des Romans. Sie wollte Lesungen, Interviews und alles, was dazugehört. Doch ich habe dankend abgelehnt. Ich will Bücher schreiben. Das ist es, was ich kann. Alles andere überlasse ich ihr. »Das brauche ich nicht.« Denn es ging mir nie darum, das große Geld zu machen. Ich will einfach etwas hinterlassen. Meine Fußspuren in diese Welt setzen. Und das habe ich. Die *isle of sin* ist lediglich der Startschuss.

Bereits in zwei Monaten erscheint ein weiterer meiner Romane. Der Stolz und das Gefühl, das jetzt gerade durch meine Adern schießt, reichen als Bezahlung vollkommen aus.

Fenella hat für mich ein Konto auf ihren Namen eingerichtet, auf die meine Tantiemen eingezahlt werden können, aber das Geld interessiert mich nicht. Ich brauche es ja doch nicht. Wenn man nicht lebt, benötigt man auch nicht viel Geld. Und das Ausharren mitten im Nirgendwo der schottischen Highlands möchte ich wirklich nicht Leben nennen. Ich werde es nehmen, sobald jemand auftaucht und mein Leben wieder auf Play drückt.

»Du siehst trotzdem nicht glücklich aus«, stellt Fenella fest und streichelt mir über den Rücken.

»Na ja.« Ich lege das Buch zurück in den Karton und

sehe sie an. »Es ist komisch, keine Familie zu haben, mit der ich so etwas teilen kann.«

Ich vermisse meine Eltern. Also ... nicht die leiblichen. George und Cynthia werden für alle Zeit meine Eltern bleiben.

»Willst du sie nicht doch einfach mal anrufen?«

Es ist schwer, Fenella klarzumachen, dass das nicht geht. Denn es liegt ja nicht an einem dummen Streit oder meinem Dickkopf. Ganz im Gegenteil. Ich würde sie von Herzen gerne anrufen. Einfach nur ihre Stimme hören. Mum würde mir den neusten Tratsch aus Lewisham erzählen und sich über Dad beschweren, der nicht einsehen will, dass er langsam über den Ruhestand nachdenken sollte.

»Nein«, flüstere ich vor mich hin und schaue dabei auf meine Bücher. »Noch nicht.«

Denn eines Tages muss der Kampf vorbei sein. Und dann werde ich nach London zurückkehren. Sie werden ihren Enkel kennenlernen und Brexen und ich kaufen ein hübsches Haus am Stadtrand von Kensington. An dieser Vorstellung halte ich fest. Sie ist neben dem kleinen Wesen in meinem Bauch alles, was ich noch habe.

»Komm«, sagt Fenella und hakt sich bei mir unter. »Ich schwänze meine Vorlesung und wir essen zur Feier des Tages Schokoladenkuchen, bis uns schlecht wird.«

»Du willst schwänzen?«, frage ich mit hochgezogener Augenbraue. »Dafür wirst du in der Hölle schmoren, Fenella Young«, ziehe ich sie auf. Es ist nicht ihre Art, etwas Verbotenes zu machen.

»Dann halte ich dir einen Platz frei, immerhin bin ich nicht die mit dem unehelichen Kind«, gibt sie zurück und wir stecken die Köpfe zusammen und kichern. Deshalb mag ich meine Freundin so. Sie stellt keine Fragen. Sie bohrt nicht in meiner Vergangenheit und reitet nicht auf meinen Problemen herum. Fenella nimmt mich so, wie ich bin. Vielleicht, weil ich sie im Gegenzug auch nicht zu öffnen versuche. Denn ich bin mir sicher, ich bin nicht die Einzige von uns mit einem Geheimnis.

BREXEN

»Scheiße, Mann. Wo zum Teufel hast du gesteckt?«

Stöhnend kicke ich meine Schuhe von den Füßen und lasse mich auf das siffige Motelbett fallen.

»Musste was erledigen.« Ich lege einen Arm über mein Gesicht. Der Druck, der sich hinter meinen Augen aufgebaut hat, will einfach nicht verschwinden.

»Was erledigen?«, knurrt Isaac. »Tickst du noch ganz sauber?«

Ich zucke zusammen, weil er mir die beschissene Fernbedienung gegen die Rippen geworfen hat. Ich kann ja verstehen, dass er sauer ist, aber für seine dummen Spielchen fehlt mir gerade wirklich die Kraft.

»Fick dich«, brumme ich daher zurück und knalle die Fernbedienung blind gegen die Wand. Mir scheißegal, wenn den Rest des Tages auch weiterhin der billige Pornosender läuft.

Seit zwei Tagen liegt der Wichser jetzt hier im Bett und muss nichts weiter tun, als sich zu erholen.

Zugegeben, es war riskant, mit einer solchen Verletzung bis fast nach Glasgow zu fahren, aber ich konnte einfach nicht anhalten, ehe ich genug Abstand zwischen uns und Nelson gebracht hatte.

Dafür habe ich Isaacs Wunden anschließend gesäubert und mit all meinen medizinischen Fähigkeiten, die ich bei der OCA erlernt habe, genäht. Noch ein paar Tage und er kann aus seinem stinkenden Bett heraus. Für ihn gibt es noch Hoffnung. Ganz im Gegensatz zu mir. Ich bin am Ende. Und zwar in jeglicher Hinsicht.

Natürlich war ich heute Nacht auf dem Campus des Cluaran-Colleges. Von hier aus sind es nur vier Stunden. Vier verfluchte Stunden waren alles, was mich von meinem Mädchen getrennt hat. Wie hätte ich da nicht fahren können?

Scheiße.

Und da lag sie.

Die wilden Haare auf dem Kissen ausgebreitet in ihrem süßen Nachthemd. Wie ein kranker Psycho habe ich sie im Schlaf beobachtet. Fasziniert zugesehen, wie sich die Decke unter ihren gleichmäßigen Atemzügen hob und senkte. Wie ihre Lippen im Schlaf leicht zuckten, je nachdem ob sie gerade etwas träumte. Ich habe mir vorgestellt, dass ich es bin, den sie im Schlaf sieht, und wir uns lachend in die Arme fallen.

Gerade als ich sie berühren wollte, weil meine Geduld am Ende war, fiel mein Blick auf etwas. Ein Kissen. Ein dämliches Babykissen mit Giraffen und Äffchen darauf. Doch die Tiere waren es nicht, die mich magisch angezogen haben. Es waren sechs Buchstaben. Kearon. Der Name war hineingestickt und hat mich beinahe umgehauen. Wie eine Schlinge hat er sich um meinen Hals gelegt und mich von Kylee weggezogen.

Kearon war der Name meines Grandpas. Dem Mann, der mir gezeigt hat, was es heißt, ein ehrbarer

Mensch zu werden. Wenn ich ihn nur nicht so früh verloren hätte …

Da stand ich nun. Vor der Frau, die ich liebe. Vor der Frau, die meinen Sohn in ihrem Bauch trägt. Kearon.

Von den Babysachen abgelenkt, ließ ich meinen Blick weiter durch das Zimmer wandern. Zu sehen, wie sie sich eingelebt hatte, fühlte sich eigenartig an. Ein kleiner Schreibtisch mit ihrem Laptop vor dem Fenster. Eine Pinnwand voll mit Karteikarten und Notizzetteln an der Wand. Dazwischen ein paar Fotos. Sie zeigten Kylee mit einem anderen Mädchen. Sie strahlten beide in die Kamera.

In diesem Augenblick – mitten in ihrem Zimmer, das Kissen meines Sohnes fest an meine Brust gedrückt – wurde mir eins klar. Sie lebt! Kylee tut, was ich verlangt habe, und lebt. Wer wäre ich, ihr das wieder zu nehmen? Sie hat ein echtes Leben verdient. Mit Freunden, dämlichen Hobbys und allem, was dazugehört. Nervende Mütter auf dem Spielplatz und die Gewissheit, jeden Abend ins eigene Bett zu gehen, ohne die Angst im Nacken, erwischt zu werden. Sie soll leben. Besser, sie macht das ohne mich als überhaupt nicht.

Ihr ein echtes Leben zu verwehren, dafür liebe ich sie viel zu sehr.

Ohne sie noch einmal anzusehen, habe ich mich aus dem Zimmer geschlichen. Erst am Eingangstor zum College konnte ich wieder richtig durchatmen. Ich drehte mich zu dem Gebäude um und mir kam es vor, als stünde sie hinter dem Fenster und sähe mir nach.

»Was zu ficken wäre toll, aber ich habe es mir in den letzten Stunden schon dreimal selbst gemacht.«

Ich nehme meinen Arm herunter und drehe den Kopf in Isaacs Richtung.

»Du bist abartig«, stoße ich hervor und sehe anschließend unter die Decke.

»Und du ein Penner. Du kannst nicht einfach die ganze Nacht abhauen und mich hier verrecken lassen.«

»Solange du noch genügend Kraft zum Wichsen hast, kann es nicht so schlimm sein«, brumme ich. »Und jetzt halt die Klappe. Ich muss schlafen.«

Ganz gleich, wie müde ich bin, schlafen ist das Allerletzte, das ich vorhabe. Wir brauchen einen Plan B. Isaac ist für mehrere Wochen kampfunfähig. Mal ganz abgesehen davon, dass ich ihn nicht noch einmal in die Schusslinie bringen werde. Nein. Es muss einen anderen Weg geben.

Nelson will meinen Kopf. Vielleicht wird es Zeit, ihn ihm zu liefern. Wenn das die einzige Möglichkeit ist, meine Familie zu beschützen, tue ich das. Ich bin bereit, zu opfern, was nötig ist, damit die leben können, die ich liebe.

KYLEE

06.03.2021

»Oh Gott. Du musst wirklich damit aufhören«, stöhne ich. Mit einer Hand streichele ich sanft über die Stelle an meinem Bauch, an der mein Sohn mich seit mehr als einer Stunde unermüdlich tritt. Heute beginnt offiziell das dritte Trimester. Gestern erst hat Cailan mich zu einem Arzt gefahren, zu dem mich einer der Jungs alle paar Wochen bringt. Ich mag diese Tage. Auch wenn sie meistens so gut wie nicht mit mir sprechen, fühlt es sich toll an, das Gelände zu verlassen.

Ich klappe seufzend meinen Laptop zu. Ich schreibe ein neues Buch. Natürlich eine College-Geschichte. Die Inspiration liegt so deutlich vor meiner Nase, ich muss einfach darüber schreiben. *Isle of sin* hat sich schon eine Woche nach dem Erscheinungsdatum ein Bestsellerfähnchen geholt und der Verlag ist ganz wild auf Nachschub. Allerdings fällt es mir mit jedem Tag schwerer, mich zu konzentrieren. Die Zeit hier fordert so langsam ihren Tribut. Ich werde mit jeder Stunde ungeduldiger. Letzte

Woche bin ich bei Kester vollkommen ausgeflippt. Ich habe ihn angefleht, mir Informationen zu beschaffen, und damit gedroht, davonzulaufen. Seither darf ich das Internet nicht mehr benutzen. Sie trauen mir nicht länger und ich kann es ihnen nicht einmal übelnehmen. Ich vertraue mir ja selbst nicht mehr.

Wenn ich wenigstens kurz mit ihm telefonieren könnte …

Was ich empfinde, ist kein schlichtes Vermissen. Über diesen Punkt bin ich längst hinaus. In den letzten Wochen habe ich so viele Phasen durchlebt. Ich war wütend, ich war traurig, ich war verzweifelt. Ich habe alle Stadien der Trauer durchgemacht, nur die Akzeptanz habe ich ausgelassen – denn Brexen wird wiederkommen. Das hat er mir versprochen.

»Vielleicht sollten wir einen Spaziergang machen?« Ich habe mir angewöhnt, mit Kearon zu reden. In den Büchern, die der Gynäkologe mir empfohlen hat, steht, es sei wichtig für das Baby, die Stimmen seiner Eltern zu hören. Und ich weiß aus eigener Erfahrung, wie dringend ich die Stimme seines Vaters in meinem Ohr hören müsste.

Durch das kleine Sprossenfenster sehe ich auf den Kiesweg. Der letzte Schnee ist getaut und sicherlich dauert es nicht mehr lange, bis der Frühling Einzug hält. Ich liebe den Frühling. Normalerweise. Wenn die Blumen sich voller Hoffnung auf einen strahlenden Sommer aus der dunklen Erde kämpfen und die Natur aus ihrem tristen Dasein erwacht und die Welt zum Blühen bringt. Die Tage werden länger, dennoch ist das mit der Hoffnung dieses Jahr so eine Sache. Denn in meinem Herzen herrscht noch immer eisige Kälte. Der Winter in meinem Inneren ist erst vorbei, wenn Brexen durch das verfluchte Eingangstor marschiert und die Kälte in mir vertreibt.

»Kylee!« Fenella reißt meine Tür auf und ich falle fast vom Stuhl vor Schreck.

»Gott, erschreck mich doch nicht so«, keuche ich und fasse mir ans Herz. Doch ich werde sofort abgelenkt von Fenellas Gesichtsausdruck, der so gar nicht zu dem ruhigen Mäuschen passen will, das ich kennengelernt habe.

»Du hast Besuch!«, ruft sie und hüpft klatschend auf und nieder.

»Was?«, frage ich und kralle meine Finger noch fester in den Stoff meines Pullovers, weil ich das Gefühl habe, mein Herz springt jeden Augenblick aus meiner Brust.

»Ein gut aussehender großer Typ. Ich habe gesehen, wie er unten mit Kester gesprochen hat. Komm, er ist auf dem Weg hierher.«

»Oh mein Gott«, keuche ich. Diesmal nicht, weil mein Baby mich tritt, sondern weil ich nicht fassen kann, dass es nun so weit ist. Der Moment, auf den ich all die Monate gewartet habe. Der Einzug meines persönlichen Frühlings.

Brexen ist der Einzige, der weiß, wo ich bin. Daher kommt nur er infrage.

Ich stehe so hastig auf, dass der Stuhl hinter mir umfällt. Fenella lacht nur und sieht voller Vorfreude den Gang hinunter. Obwohl ich seit ein, zwei Wochen mehr oder weniger im Watschelgang unterwegs bin, durchquere ich jetzt mein Zimmer schon fast mit freudigen Hopsern. Meine Beine zittern bei jedem Schritt. An der Tür hält Fenella mir ihre Hand hin und ich ergreife sie dankbar.

»Er sieht wirklich gut aus«, schwärmt sie, während wir durch den langen Flur des Ostflügels flitzen, in dem ich wohne. Ich habe mir nicht einmal Hausschuhe angezogen, aber das ist vollkommen egal.

Meine Finger fest um ihre geschlungen, strahle ich sie an.

»Ja, nicht wahr?«

Gott, in diesem Moment schießen mir so viele Dinge durch den Kopf. Meine Eltern, London. Wir können zurück. Ist Nelson wohl tot? Was wird er sagen, wenn er meinen riesigen Bauch sieht? Ich habe nicht einmal meine Beine rasiert. Gott, mein Gehirn droht jeden Augenblick zu explodieren.

Genau in dem Moment, in dem wir den Absatz der breiten Treppe erreichen, schwärmt Fenella weiter.

»Er ist so groß und hübsch. Mann, allein diese goldenen Locken.« Ich erstarre. Gleichzeitig mit ihren Worten sehe ich ihn.

Isaac!

Nicht Brexen!

Wie vom Blitz getroffen stehe ich da und unsere Blicke treffen sich.

»Nein«, murmele ich und schüttele den Kopf.

Isaac steht am unteren Ende der Treppe.

Er wendet sich von Kester ab, der neben ihm steht, und sieht mich mit zusammengepressten Lippen an.

Ich will nicht, dass er hier ist.

Er soll gehen.

Sofort!

Langsam, beinahe in Zeitlupe, sieht er mich an und noch während sein Mund ein »Es tut mir leid«, formt, sinke ich auf die Knie.

»Ich denke, so langsam beenden wir diese nette Audienz.«

Nur durch Nebel bekomme ich mit, wie Kester die

Arme vor der Brust verschränkt. In seinem Blick liegt kein Mitleid. Nur Hass. Seine blauen Augen erinnern an Eiskristalle, die alles Schöne auf dieser Welt erfrieren lassen.

»Mann«, sagt Isaac. Nachdem ich im Flur zusammengebrochen bin, haben sie mich in mein Zimmer gebracht. Doch ich kann einfach nicht aufhören zu weinen. Isaac hat sich neben mich auf mein Bett gesetzt und hält tapfer meine Hand. Sein Trost ist nutzlos. »Gib mir wenigstens ein paar Minuten mit ihr. Ich schwöre dir, ich will nichts von dir oder eurer dämlichen Bruderschaft. Hierbei geht es um meinen Bruder.«

Durch seine Worte fange ich nur noch mehr an zu weinen. Brexen ist nicht tot. Das kann einfach nicht sein. Wie soll ich leben ohne ihn? Wie kann es jemals wieder Frühling werden, wenn er nicht da ist, um alles zum Blühen zu bringen?

»Verschwinde«, schnauzt Kester dieses Mal Fenella an, die ebenfalls nicht von meiner Seite gewichen ist.

Ich möchte ihn schlagen und anschreien, weil er nicht einfach geht und uns in Ruhe lässt. Doch ich tue nichts dergleichen. Weil ich das Gefühl habe, selbst zu sterben. Jeder Muskel meines Körpers verkrampft, ich spüre mein Herz nicht weiterschlagen und es will einfach keine Luft in meine Lunge.

»Kester«, warnt Isaac und steht auf. Doch Fenella bringt ihn mit einer Hand zum Schweigen. Mit einem für sie ungewöhnlichen Blick sieht sie Kester an. Ich nehme an, sie wird wissen, dass die Lions in diesen Mauern das letzte Wort haben. Was sie sagen ist Gesetz. Noch bevor Kester etwas darauf erwidern kann, dass Isaac sich trotz allem vor ihm aufbaut, ergreift sie das Wort.

»Ruf mich an, wenn du mich brauchst«, sagt sie an mich gerichtet. Noch einmal legen sich ihre Arme um meinen Hals, ehe sie sich erhebt und vollständig von meinem Bett klettert.

Ich kann ihr nicht ins Gesicht sehen. Ihr Mitleid ist zu viel in meinem Meer an Emotionen, in dem ich so schon hoffnungslos verloren bin. Ich werde darin ertrinken. Jämmerlich unter Wasser nach Luft schnappen, bis meine Lunge aufgibt und mein Herz aufhört zu schlagen.

Außerdem will ich, dass sie geht. Auch wenn sie meine einzige Stütze ist. Solange sie im Raum ist, werde ich nicht erfahren, was geschehen ist. Misstrauisch sieht sie die ganze Zeit zwischen Isaac und Kester hin und her. Feinde. Ganz offensichtlich. Sie blecken die Zähne und lassen sich gegenseitig keine Sekunde aus den Augen. Ich weiß nichts über die Verbindung zwischen den Lions und den Callens. Doch Freunde sind sie offensichtlich nicht.

Erst als Fenella die Tür leise hinter sich schließt, beginnt Kester erneut zu sprechen.

»Schluss jetzt mit dem Theater. Wo ist Ward?«

»Brexen ist tot«, sagt Isaac. Auch wenn er es inzwischen mehrfach behauptet hat, will diese Tatsache einfach nicht in meinen Kopf. Es darf einfach nicht so sein.

»Nein«, schluchze ich und kralle mich an meinem Kopfkissen fest. »Nein. Das darf er nicht«, schreie ich, doch Kester interessiert es kein bisschen, dass gerade meine Hölle losgebrochen ist.

»Wir hatten einen verfluchten Deal«, knurrt er und macht einen Schritt auf Isaac zu. »Stattdessen schneist du hier rein, als sei das Cluaran ein verfickter Tesco-Markt. Vielleicht magst du bei euch in London jemand sein, aber hier bist du nicht mehr als der Dreck unter meinen Schuhsohlen.«

»Ich weiß nichts von einem Deal, du dämlicher Wichser«, hält Isaac dagegen. »Was ich allerdings weiß, ist, dass dieses Kind da in ihrem Bauch gerade seinen

Vater verloren hat. Also zeig ein bisschen Respekt und lass uns verdammt nochmal in Ruhe.«

»Wir hatten einen Deal«, wiederholt Kester mit eisiger Miene. »Wenn Blade tot ist, ist es der Deal ebenfalls. Damit habt ihr hier nichts mehr verloren. Pack deinen Scheiß und verpiss dich aus Broallan!« Er streicht sich mit seiner tätowierten Hand die schwarzen Haare aus der Stirn. Der in die Haut gestochene Löwe auf seinem Handrücken macht mir Angst. Noch nie wirkte das Tattoo genau wie alles andere an diesem gut aussehenden Kerl so grausam wie heute. Voller Abscheu sieht er auf mich herab. »Du hast eine Stunde, dann seid ihr beide hier verschwunden. Ansonsten siehst du deinen Lover schneller wieder, als dir lieb ist.«

Isaac knurrt wie ein wildgewordenes Tier und will auf ihn losgehen, doch ich halte ihn am Handgelenk zurück.

»Nicht.« Ich wische mir die Tränen aus den Augen und funkele Kester wütend an. »Wir sind in einer Stunde weg. Und jetzt geh! Ich will dich nie wiedersehen.«

Brexen hat mir einmal erzählt, die Lions wären ehrenvolle Männer. Doch sie sind nichts als Monster. Genauso skrupellose Monster wie Callen.

Ohne mich noch einmal anzusehen, schlendert er zur Tür.

»Eine Stunde«, brummt er und wirft die Tür wütend hinter sich ins Schloss.

»Dieser Wichser!«, schreit Isaac so laut, dass ich zusammenzucke. »Scheiße.« Er sieht zu mir und legt sich beide Hände auf den Kopf. Heute trägt er keine Kappe. Seine blonden Locken umrahmen sein hübsches Gesicht. Er sieht müde aus. »Es tut mir leid, Prinzessin«, murmelt er. Mit einem großen Schritt ist er bei mir und zieht mich in seine Arme. Ich falle ihm um den Hals und lasse meiner Trauer freien Lauf.

»Isaac«, schluchze ich und kralle mich an das dunkle Sweatshirt.

»Schon gut.« Seine Finger legen sich auf meinen Hinterkopf. »Ich bin ja da.«

Seine Worte lassen weitere Dämme brechen und ich verliere jeden Augenblick den Verstand.

»Es tut so weh«, winsele ich.

»Ich weiß«, seufzt er. Sein Atem dringt durch meine Haare auf meine Kopfhaut. »Scheiße, ich weiß.«

»Er hat es versprochen«, jammere ich und löse mich, so dass wir uns ansehen können. »Er hat mir versprochen, zu mir zurückzukommen. Er hat es versprochen«, wiederhole ich. Kearon strampelt in meinem Bauch und macht die Situation beinahe unerträglich. Er wird seinen Daddy niemals kennenlernen. Er wird nie die Chance haben, seine kleine Hand in die große starke seines Vaters zu legen. Ihm seine Welt anzuvertrauen, wie ich es getan habe. Wer soll ihm Fußballspielen beibringen oder das Schnitzen? »Was soll ich jetzt tun? Ich habe doch niemanden.«

Der Gedanke an meine Familie schleicht sich vorbei an meiner erdrückenden Trauer und ich halte inne.

Mit beiden Händen wische ich mir die Wangen ab und ziehe die Nase hoch.

»Was ist in London passiert, Isaac?«

Seine Hände noch auf meinen Oberarmen, senkt er den Blick.

»Er hat alles versucht, um zu dir zurückzukehren. Wirklich alles, Kylee.«

»War es dein Vater?«

Sein Nicken bestätigt meinen Verdacht. Isaac löst

sich ein Stück von mir und reibt sich mit beiden Händen über das Gesicht.

»Seit dem Abend damals im *Sixteen* haben wir versucht, gegen ihn anzukommen. Er hat uns durchs ganze Land gejagt. Verflucht, es war …«

Er spricht auch nach einer längeren Pause nicht weiter.

»Isaac«, flüstere ich und lege meine Hand auf seine.

Er hebt den Kopf und sieht an mir vorbei. Hinaus zu dem Fenster, durch das ich Brexen niemals kommen sehen werde.

»Er hat mein Haus abgebrannt. Brexens Bude in Peckham. Und er hat jeden umgebracht, der auch nur ein freundliches Guten Morgen mit uns gewechselt hat.«

Sein Kopf schwenkt in meine Richtung. Ich kenne ihn nicht gut genug, um deuten zu können, was in ihm vorgeht.

»Wen?«, frage ich. Auch wenn es nicht wichtig ist. Nichts ist mehr von Bedeutung.

»Unzählige unserer eigenen Männer. Miranda Brown von der OCA.« Ich bemerke sofort, dass er zögert. »Aiden Atkins.«

»Oh mein Gott«, keuche ich. Tausende Bilder ziehen vor meinem inneren Auge vorbei. Aiden. Ich lege mir eine Hand vor den Mund, nehme sie aber – angetrieben von einem grausamen Gedanken – sofort wieder herunter.

»Was ist mit meinen Eltern?«

»Denen geht es gut«, erlöst er mich schnell und ich sinke ein Stück zurück in die Kissen. »Aiden hat … er war. Fuck«, brüllt er plötzlich und springt wieder auf. »So eine Scheiße! Warum muss ausgerechnet ich diese Kacke hier machen, he?«

Ganz von allein fängt mein Kinn erneut an zu zittern und Tränen rollen über meine Wange.

»Was hat er?«, wimmere ich.

»Er war der Informant, Kylee.«

Weinend schüttele ich den Kopf. Das ist nicht möglich.

»Nein«, japse ich. »Warum sollte er so etwas tun? Er wollte nie, dass ich die dumme Story schreibe.«

»Ja klar, weil der Wichser gemerkt hat, was er losgetreten hat. Und weil er Schiss hatte, dass du ihm auf die Schliche kommst.«

Ich kann Isaac nur mit offenem Mund anstarren.

»Nelson hat ihn über einen seiner Männer dazu gebracht, dir Unterlagen zuzustecken. Er hat eine Menge Kohle kassiert. Der Typ, der den Deal mit ihm gemacht hat, war sich sicher, er wusste nicht, was er da eigentlich tat.«

»Er hat mich angelogen. Er hat mich geködert? Für Geld? Offensichtlich wusste er genau, was er tut.«

»Ich kann dir nur sagen, was ich weiß. Er sollte dir Unterlagen geben, dich heißmachen. Du solltest am Ende eine Story haben, er eine Stange Geld. Und wahrscheinlich dachte er, er kann dir die Story wieder ausreden und hätte zwei Fliegen mit einer Klappe geschlagen. Er hatte keine Ahnung, in was er dich da hineinreitet.«

»Uns. Uns alle«, keuche ich. Ich kann nicht fassen, dass Aiden so etwas getan haben soll. Für Geld? Ohne etwas zu sagen.

»Hat Brexen ihn …?«, frage ich das Erste, das mir in den Sinn kommt. Aber Isaac schüttelt sofort mit dem Kopf.

»Mein Vater war schneller. Er musste schließlich sämtliche Spuren beseitigen. Er hat nur gewartet, bis du weg warst. Dieser feige Pisser Atkins wusste die ganze

Zeit, was Auslöser für deine Entführung war, und hat keinen Pieps gesagt. Hätte Nelson ihn nicht kaltgemacht, Brexen hätte es sicher getan.«

Brexen. So sehr mich all das schockiert. Es ist nicht wichtig. Weil er tot ist. Weil er nie wieder zu mir zurückkommt.

»Hat dein Vater Brexen getötet?«

»Kylee«, seufzt er und kommt erneut auf mich zu. Vor meinem Bett geht er in die Hocke und legt seine Hände auf meine. »Du darfst nicht länger darüber nachdenken. Mein Vater denkt, du seist ebenfalls tot. Belassen wir es dabei.«

»Was meinst du? Er wird es doch merken, wenn ich nach London zurückkehre.«

»Und da genau liegt ein Fehler, Prinzessin. Du kannst nicht zurückkehren.«

»Wo soll ich denn hin?« Automatisch ziehe ich meine Hand aus Isaacs, um sie auf meinen Bauch zu legen. »Was sollen wir denn ohne ihn machen? Ich kann nur zu meinen Eltern. Sie sind alles, was mir geblieben ist.« Isaac lässt seine Stirn auf unsere Hände sinken. »Was?«, kreische ich panisch, denn ich spüre, wie er sich verkrampft. »Du hast gesagt, es geht ihnen gut.«

»Ja«, sagt er hastig und hebt im gleichen Tempo den Blick. »Ja, es geht ihnen gut«, beschwichtigt er mich. Oder zumindest versucht er es. »Nur ...« Er holt tief Luft. Beinahe, als würde ihn das Nächste, was er sagen will, einen langen Atem kosten. »Sie denken, du seist tot.«

Was in mir vorgeht, ist ganz einfach zu beschreiben.

Ich kann nicht mehr.

Nicht dieses ›Ich kann nicht mehr‹, das die Leute gerne benutzen, wenn sie lediglich erschöpft sind. Sondern ein echtes ›Ich kann nicht mehr.‹

Ohne einen weiteren Ton rolle ich mich zur Seite und ziehe die Decke vor meine Brust.

Soll Kester kommen und mich töten. Ich gehe nirgendwohin. Weil ich nicht mehr kann. Gar nichts mehr. Es ist zu viel. Ein für alle Mal.

»Es war das Sicherste für sie«, erklärt Isaac, doch es ist egal, was er sagt. Alle denken, ich sei tot? Damit liegen sie verdammt richtig. »Brexen wollte sie beschützen. Also hat die OCA dich bereits letztes Jahr im September offiziell für tot erklärt.«

Letztes Jahr im September. Dann wusste er es, als er hier war. *Keine Geheimnisse* ... das war die Abmachung. *Ich komme wieder* ... das Versprechen.

»Ich hasse ihn«, flüstere ich, während mein Kopfkissen sich mit Tränen vollsaugt. Tränen, die ich um den einzigen Mann weine, den ich je geliebt habe. Mit Haut und Haaren.

»Ich auch«, seufzt Isaac und seine Hand legt sich auf meine Schulter. »Glaub mir ... ich auch.«

»Wo ...«, ich kann die Frage nicht vollständig aussprechen, doch ich muss wissen, wo Brexen ist. Was ist mit ihm passiert? Hat er gelitten? Ging es schnell? Hat er ein Begräbnis bekommen? Ohne uns? »Er kann doch nicht einfach weg sein«, schluchze ich statt meiner eigentlichen Frage, und meine Finger suchen nach Isaacs auf meinem Oberarm. »Isaac«, flehe ich. Er muss machen, dass es aufhört. Ich kann nicht atmen. Nicht ohne zu wissen, dass er eines Tages wieder vor mir stehen wird. Mit einem schiefen Grinsen im Gesicht, das sich durch den vollen Bart schleicht. Ich kann den Rest meines Lebens in diesem Zimmer sitzen und warten. Nur für einen einzigen Moment. Einen Augenblick, in dem seine Finger sich auf meine Haut legen und seine tiefe, warme Stimme an mein Ohr dringt.

»Ich brauche ihn«, weine ich und halte mir mit beiden Händen den Bauch. Sein Sohn. Wie soll ich ihm erklären, dass sein Vater ihn niemals gesehen hat? Dass er ihm niemals über den Kopf gestreichelt hat und er seine kleinen Finger um seine schließen konnte? Weil er tot ist. Weil er tot ist und nie wieder zu uns zurückkehrt. Ganz gleich, wie lange ich an diesem beschissenen Fenster sitze und auf den Kiesweg schaue.

»Erst einmal müssen wir dich hier wegbringen. Ärger mit den Lions ist das Letzte, was wir beide gerade gebrauchen können.«

Ich drehe mich auf den Rücken und sehe Isaac an. Auch er hat jemanden verloren, den er geliebt hat. Und genau wie ich hat er kein Ziel mehr, nach dem er strebt.

»Es gibt keinen Ort, an den ich gehen kann«, flüstere ich. Meine Stimme ist nicht stark genug zum Sprechen.

Seine warmen weichen Finger streichen liebevoll eine Träne weg.

»Es gibt immer einen Ort.« Auch er spricht leise. »Du musst jetzt stark sein, Kylee. Für ihn. Für Kearon.«

Ich senke den Blick. Nicht, weil es hoffnungslos ist, sondern weil ich mich frage, woher zur Hölle Isaac den Namen meines Sohnes kennt.

KYLEE

17.04.2021

»Und du bist wirklich sicher, dass du nicht für ein paar Wochen aufs Festland kommen willst?«

Mein Blick gleitet hinaus aufs Meer und ich schließe kurz die Augen. Nur so lang, dass meine Hebamme mich nicht für durchgeknallt hält. Denn das tut sie ganz sicher so schon.

»Ja.« Ich schenke ihr das beste Lächeln, das ich derzeit zustande bringe. Es ist nicht viel, aber immerhin verziehen meine Mundwinkel sich leicht nach oben. Die Insel ist genau das, was ich jetzt brauche. Ich will nirgendwo anders sein. »Ich bin sicher. Sobald ich Wehen habe oder denke, es stimmt etwas nicht, rufe ich dich an.«

»Okay«, seufzt Anna und steckt das Hörrohr, mit dem sie Kearons Herztöne überprüft hat, in ihre Ledertasche. »Auch wenn ich damit nicht glücklich bin. Es kann immer mal etwas schiefgehen bei einer Geburt. Am Festland wärst du wesentlich sicherer.«

Das bringt mich tatsächlich zum Lächeln.

»Glaub mir«, sage ich und lege ihr meine Hand auf den Unterarm. Ich mag meine Hebamme. Sehr sogar. Es ist erst ihr dritter Besuch bei mir und doch fühlt es sich vertraut an, mit ihr zu reden. Unsere Termine sind kleine Farbkleckse auf meinen schwarzen Tagen. »Ich bin nirgends auf der Welt so sicher wie hier.«

Sie lässt ihren Blick durch das Wohnzimmer schweifen und sieht durch die kleinen Fensternischen nach draußen.

»Wahnsinn. Dass du nicht einsam bist. Eine Insel ganz für dich allein. Das ist schon irgendwie gruselig.«

»Morena wacht über mich«, schmunzele ich und Anna zieht eine Augenbraue nach oben, während sie auch meine Akte in ihrer Tasche verstaut.

Sie hat keine Ahnung, wie einsam ich tatsächlich bin. Doch das liegt nicht an Eilean Ross. Nein. Ich wäre auch unter tausenden Menschen einsam. Kein Ort auf der Welt könnte mich derzeit so sehr erden wie diese Insel.

Vor ungefähr zwei Wochen ist mir in einem schäbigen Hotel in Edinburgh die Karte von Aengus Forbes in die Hände gefallen. Isaac war schon einige Tage zuvor abgereist. Ich war allein. Und ich würde es bleiben. Also fuhr ich mit dem Zug nach Glasgow und stattete Brexens Anwalt einen Besuch ab. Er erwartete mich bereits.

Doch erst als ich den schweren gusseisernen Schlüssel zu diesem Haus in meinen Händen hielt, wusste ich, was zu tun war.

Es gab einen Ort für mich.

Ein Heim, in dem ich Kearon auf die Welt bringen konnte. Er war alles, was jetzt noch zählte. Also organisierte ich mir ein Boot samt Fahrer und fuhr zurück an jenen Ort, an dem alles angefangen hatte.

Ich werde Kearon dort zur Welt bringen, wo er entstanden ist. So schließt sich zumindest für ihn der Kreis.

Und Brexen hätte die Idee gefallen, dass sein Sohn ein echter Highlander wird. Da bin ich sicher.

»Wer zum Teufel ist Morena?«, reißt mich Anna rechtzeitig aus dem Gedanken, ehe die Trauer mich erneut bezwingen kann. Denn es ist nicht mehr die Dunkelheit, die mich nachts an den Rand des Wahnsinns treibt. Es ist die zügellose Sehnsucht, die mich so manches Mal an den Rand der Klippen getrieben hat. Doch ich wage den letzten Schritt nicht. Seinetwegen. Kearon. Er hat ein Leben verdient. Ein Leben voller Liebe und Sicherheit und der Chance, sein zu können, wer er sein möchte.

»Nur ein Geist, mit dem ich mir die Insel teile.« Da Anna mich skeptisch beäugt, schiebe ich schnell ein gespieltes Lachen hinterher. »Nur eine Sage«, winke ich ab.

»Ah ...« Sie schüttelt sich. »Das macht die Sache ja nur noch gruseliger.«

Ich zucke mit den Schultern. Sie weiß nicht, dass ich ein Buch über die Insel und diese Geschichte geschrieben habe. Niemand weiß das und es ist auch nicht wichtig, denn ich werde nie wieder etwas schreiben können.

Es ... geht einfach nicht.

»Das ist schon okay«, lache ich ziemlich gut gespielt weiter. »Sie ist auf meiner Seite.«

»Na dann«, kichert Anna und schultert ihre Tasche. Ich bin froh, eine Hebamme gefunden zu haben, die die Fahrt mit dem Boot in Kauf nimmt, um mich zu untersuchen, und die sich auf die Idee einlässt, Kearon hier zu entbinden. »Du rufst an, sobald sich irgendwas tut. Noch ist es früh, aber wir sollten vorsichtig sein. Und du musst dich ausruhen.«

»Mach ich«, lüge ich.

»Ich hab das Werkzeug und die Leiter bei der

Haustür gesehen«, schimpft sie mit schräg gelegtem Kopf. »Du musst wirklich aufpassen, Aileen.«

Anna kennt wie die meisten anderen Menschen, mit denen ich Kontakt habe, nur meinen falschen Vornamen.

Mir ist bewusst, dass Brexen auch im Nachhinein noch seine Finger im Spiel hat.

Anders kann ich mir die unkomplizierte Überschreibung von Eilean Ross nicht erklären. Aengus Forbes hat weder auf einen Notar bestanden noch meinen Ausweis sehen wollen. Die Urkunden sind alle so über den Tisch in meine Hand gewandert. Ich bin clever genug, um zu wissen, dass das nicht die normale Vorgehensweise ist. Doch niemand fragt nach. Hier oben in den Highlands bin ich die Neue. Die Fremde, die hochschwanger allein das alte Handelshaus bewohnt. Die Leute aus Portmahomack halten mich für verrückt. Und vielleicht liegen sie damit gar nicht so falsch.

»Ich hab nur ein paar Glühbirnen getauscht und hier und da eine Lampe installiert.«

»Gerade das Strecken ist gefährlich in den letzten Wochen.«

»Mir geht es gut. Wirklich.« Ich bin eine Meisterin im Lügen geworden.

»In Ordnung. Aber denk an meine Worte. Wir sehen uns dann nächste Woche wieder«, plaudert sie und schlendert dabei schon Richtung Treppenhaus. »Ach.« Sie bleibt so abrupt stehen, dass ich mit meinem riesigen Bauch von hinten gegen sie pralle. »Den hätte ich fast vergessen.« Anna zieht einen Briefumschlag aus der Tasche und hält ihn mir entgegen.

»Danke.« Dieses Mal mit einem echten Grinsen im Gesicht nehme ich ihn ihr ab. Fenella und Isaac sind die Einzigen, die wissen, dass ich hier bin. Isaac ist sich sicher, sein Vater ahnt nichts von Eilean Ross. Mir bleibt nichts, als zu hoffen, dass er recht hat. Wir haben unseren Kontakt inzwischen komplett eingestellt. Es fühlt sich komisch an, mit ihm zu sprechen. Anfangs hat er mich jeden Tag angerufen, um zu fragen, wie es mir geht. Irgendwann habe ich ihn gebeten, es zu lassen. Er denkt, ich hätte Angst, dadurch gefunden zu werden. Die Wahrheit ist, ich kann es nicht ertragen, das Mitleid in seiner Stimme zu hören. Außerdem traue ich ihm nicht. Er ist und bleibt Nelson Callens Sohn. Ich habe nie erfahren, was genau in London geschehen ist, und ich befürchte, er ist nicht ehrlich zu mir.

Fenella hingegen schreibt mir Briefe. Viele Briefe. Sie schickt sie an die Poststelle in Portmahomack, wo ich sie abhole oder Anna sie mitbringt. Wir sind in ständigem Kontakt. Auch wenn ich ihr nicht die ganze Wahrheit erzählen kann, tut es gut zu wissen, dass es da jemanden gibt, dem ich etwas bedeute. Von diesen Menschen gibt es nicht mehr viele. Wenn das Semester vorbei ist, will sie mich und Kearon besuchen kommen.

»Toll, dass es noch Leute gibt, die Briefe schreiben.« Anna ist inzwischen schon bei der Eingangstür angekommen und ich nehme sie zum Abschied flüchtig in die Arme.

Die Berührung fühlt sich fremd an. Wenn man allein ist und nie die Haut anderer Menschen spürt, wird man sensibel für Berührungen. Und es gibt niemanden, der mich anfasst. Nie.

»Mach's gut, Anna«, sage ich und ziehe meine Strickjacke vor dem Körper zusammen. Der Wind bläst heute von Osten kommend über die Insel. Ganz sicher wird es später regnen.

»Und keine Handwerkeraktionen mehr«, ruft sie mir noch zu und winkt ein letztes Mal, ehe ihr schmaler Körper die Stufen zum Strand hinunter verschwindet.

Ich weiß, ich sollte mich mehr schonen. Aber das ist leichter gesagt als getan. Immerhin bin ich allein. Ich habe niemanden, der mir Glühbirnen in die alten Lampenfassungen schraubt oder das kleine Babybett zusammenbaut, das ich vom Boot bis in mein Schlafzimmer geschleppt habe. All diese Dinge muss ich selbst schaffen.

Mittlerweile ist jeder Raum in diesem Haus hell erleuchtet. Doch manchmal, wenn die Sehnsucht nach Brexen und dem Leben, das wir hätten haben können, zu stark wird, setze ich mich oben in den Giebel und schalte alle Lichter aus. Dann sitze ich da, lausche den Wellen und stelle mir vor, er säße neben mir. Ich nehme mir Kleidung aus seinem Schrank und kralle sie an meinen Oberkörper, um ihn riechen zu können.

Erst dann, in der totalen Finsternis, habe ich das Gefühl, ihm nahe zu sein.

Die Dunkelheit macht mir keine Angst mehr. Sie und ich, wir werden wohl niemals dicke Freunde, doch ich verspüre keine Panik mehr. Wahrscheinlich, weil in meinem Körper kein Platz für ein anderes Gefühl ist außer für Trauer.

Ich kann mir einfach nicht vorstellen, dass er mich nicht länger beobachtet. Dass er nicht irgendwo sitzt und genau sieht, was ich tue.

An einem Abend vor ungefähr einer Woche habe ich mir eines seiner Messer an die Pulsadern gehalten. Ich habe ihn angeschrien, dass ich es tun werde, wenn er sich nicht sofort bei mir meldet. Es blieb still. Ich habe das Messer schluchzend in den Abfall geworfen und die ganze Nacht geweint.

Ob es sich so anfühlt oder nicht. Brexen ist weg. Und diesmal wird er nicht wiederkommen. Er ist weg …

KYLEE

10.05.2021

Der Frühling ist da. In seiner vollen Blüte lässt er meine Insel erstrahlen. Und ich bin angekommen. Nach sechs Wochen allein auf Eilean Ross habe ich das Gefühl, ich verschmelze mit dieser Landschaft.

Die Bäume haben wieder Blätter bekommen und die Blumen und Sträucher blühen in den schönsten Farben. Ich hatte ja keine Ahnung, wie schön es hier um diese Jahreszeit ist.

Allerdings können auch die buntesten Blumen und die sonnigsten Tage mein Gemüt nicht wirklich aufhellen.

In mir ist es nach wie vor finster. Das Einzige, das mich am Leben hält, ist das Baby in meinem Bauch. Mein kleines Wunder. Obwohl ich Kearon noch nicht im Arm halten konnte, ist er der wichtigste Mensch in meinem Leben geworden. Ich spreche mit ihm, ich streichele meinen Bauch, wenn er unruhig ist, und ich singe ihm

Lieder vor, wenn er abends so fest strampelt, dass ich nicht schlafen kann. Da er alles ist, worauf ich mich konzentriere, bekomme ich jede seiner Regungen mit, und ich liebe es, ihn in mir zu spüren. Dieses winzige Menschlein zeigt mir, dass ich nicht allein bin. Und damit ist er der gesamten Menschheit einen Schritt voraus.

Es wird jeden Tag anstrengender, mich zu bewegen. Ich habe keine Ahnung, wie viel ich zugenommen habe, da ich keine Waage besitze, aber ich fühle mich schwer wie eine Tonne. Inzwischen schaffe ich es, allein mit dem Boot zum Hafen zu fahren, aber nach jedem Besuch in der Stadt bin ich fix und fertig. Ich habe mir vorgenommen, in den nächsten Tagen mehr einzukaufen, da ich nicht weiß, wie lange ich noch die Stufen zum Strand hinunterkomme. Geschweige denn wieder hinauf zum Haus.

Jeden Mittag mache ich einen Spaziergang. Ich lerne die Umgebung kennen und präge mir jeden Stein ein, der um das Grundstück liegt.

Heute ist ein besonders schöner Tag. Die Sonne steht hoch am Himmel und die Möwen kreischen ein Lied, das sich mit dem lauen Wind vermischt. Die Gräser rund um das Grundstück sind gewachsen. Sicher muss ich sie im Sommer irgendwie kürzen. Doch heute breite ich meine Finger aus und streiche hindurch. Der Wind bläst meine Haare immer wieder vor mein Gesicht und ich lege den Kopf in den Nacken, um die Wärme der Sonne aufzunehmen.

Ich wünsche, ich würde es schaffen, glücklich zu werden. Das wünsche ich mir wirklich.

Seufzend lege ich die Hände auf meinen Bauch und beschließe, langsam zurückzugehen. Kearon strampelt wie verrückt gegen meinen knurrenden Magen und meine Füße tun höllisch weh. Sie werden immer dicker. Nicht mehr lange und ich passe in keine Schuhe mehr.

»Es wird Zeit für dich, deine Höhle zu verlassen, junger Mann«, murmele ich. Ich mache kehrt, um zum Haus zurückzugehen, und bleibe auf der Stelle stehen.

Wie von selbst reiben meine Hände über meine Augen. Sie haben mich schon so oft getäuscht. Ich vertraue ihnen nicht mehr. Ich blinzele zweimal und versuche, meinen Blick wieder zu klären. Doch es ist keine Einbildung. Noch immer sehe ich das gleiche trügerische Bild vor mir.

Mein ganzer Körper befindet sich in einer Schockstarre. Ich kann mich nicht rühren. Nichts an mir funktioniert mehr. Nur Kearon boxt mit aller Macht gegen mein schnell klopfendes Herz. Es überschlägt sich beinahe.

Denn da steht er!

Brexen Ward!

Am Rande der Klippen steht er da. Einen Rucksack auf der Schulter. Den Blick über die Wiesen auf mich gerichtet.

Mir ist schlecht. Meine Hände schwitzen. Wenn das nur ein Trick meiner Sehnsucht ist, werde ich keine Sekunde länger zögern und springen.

Zaghaft schüttele ich den Kopf. Und dann? Dann setzt er sich in Bewegung und kommt auf mich zu.

Schritt für Schritt.

Er trägt ein weißes T-Shirt, aus dem seine bunten Tattoos herausblitzen, und eine khakifarbene Cargohose. Er sieht so fremd aus. Und doch so vertraut. Aber vor allem ist er real.

Noch immer stehe ich auf der Stelle und sehe, wie er mit jedem Schritt schneller wird. So schnell, dass er irgendwann seinen Rucksack ins hohe Gras wirft und rennt.

Brexen.

Er ist es wirklich.

Er lebt.

Und er kommt auf mich zu gerannt.

Tränen schießen aus meinen Augenwinkeln, als ich begreife, dass die Erfüllung meines größten Traumes wirklich passiert.

Der Abstand wird immer kleiner und meine Atmung verliert ihre Kontrolle. Ich stehe da, den Blick fest mit seinem verbunden. Viel zu groß ist die Angst, dass er verschwunden ist, wenn ich kurz wegsehe.

Inzwischen kann ich ihn hören.

Seine Schritte.

Sein Keuchen.

Und dann ist es so weit.

Er ist so nah, dass ich ihn riechen kann.

Seine Finger treffen auf meine Schultern und ich falle ihm in die Arme. Sofort zieht er mich in seine Umarmung und ich heule, schluchze, schreie und kralle mich so fest an seinen Rücken, wie ich nur kann. Doch meine Füße wollen mich nicht länger tragen. Sie geben einfach nach. Und Brexen – er hält mich. Er drückt mich an seinen Körper und ich vergrabe mein Gesicht in seinem Shirt. Ich kann nicht tief genug atmen, um seinen Duft bis in meinen Verstand zu bekommen. Dort ist noch nicht angekommen, dass er lebendig vor mir steht.

Er ist wieder da.

Das will einfach nicht in meinen Kopf.

»Bist du wirklich da?«, frage ich, weil ich seine Stimme hören muss, um mich endgültig davon zu überzeugen.

»Ich bin da«, erwidert er und ich sinke noch weiter in seinen Arm. Seine tiefe Stimme dringt an mein Ohr und heilt mein zerbrochenes Herz. »Ich bin da«, wiederholt er und seine Finger auf meinem Kopf zu spüren ist das wundervollste Gefühl aller Zeiten.

»Wie ist das möglich?« Nur widerwillig löse ich mich etwas von ihm. Ich muss sein Gesicht sehen. Sofort lege ich meine Hand auf seine Wange. »Wie ist all das möglich?« Wiederhole ich. »Warst du die ganze Zeit über da? Isaac hat gesagt, du ...« Ich bringe es nicht über mich, es auszusprechen.

»Es ging nicht anders, Honey.« Die Worte kommen nur gepresst über seine Lippen. Der Ausdruck in seinem Gesicht erzählt eine qualvolle Geschichte. »Bitte verzeih mir. Ich hatte keine andere Wahl. Zu sterben war der einzige Weg, je wieder bei dir sein zu können. Verzeih mir«, keucht er und der Schmerz in seinen Augen trifft sich auf halber Strecke mit meinem.

Ich nehme meine zweite Hand dazu und fahre über sein Gesicht. Die borstigen Stoppeln und die Wärme seiner Haut unter meinen Fingern zu spüren, bringt mich dazu, die Augen zu schließen. Denn ich sehe ihn. Auch ganz ohne hinzusehen.

»Du bist da«, flüstere ich und ziehe seinen großen Kopf zu mir herunter.

»Ja. Ich bin da.« Seinen Atem dicht vor meinen Lippen, überwinde ich den letzten Abstand und lege meinen Mund auf seinen.

Ich bin zu Hause. Nach all den Monaten bin ich endlich zu Hause.

BREXEN

Meine Lippen auf Kylees zu legen heilt alles, was in den vergangenen Monaten irreparabel schien.

»Es tut mir leid«, murmele ich in ihren Mund hinein. Mich von ihr fernzuhalten war das Schwerste, das ich jemals in meinem Leben tun musste. Ich lege meine Hände an ihre Wangen und öffne die Augen, um sie zu betrachten. »Lass mich dich erstmal ansehen«, sage ich mit einem Lächeln im Gesicht und löse mich erst von ihr, als ich sicher bin, dass sie wieder eigenständig stehen kann. Ihre Beine zittern nach wie vor. Genau wie der Rest von ihr.

Ich sehe ihr ins Gesicht und wische mit meinen Daumen die Tränen fort. Sie hat sich verändert. Die Wangen sind runder geworden und ihre Haare länger. Ich lege sie ihr hinter die Schultern und lasse meinen Blick an ihr herabwandern.

»Heilige Scheiße«, keuche ich. Ohne zu zögern lasse ich mich auf die Knie sinken, ignoriere vorerst ihre verdammt groß gewordenen Titten und lege meine Hände auf ihren Bauch. Auf ihren riesigen Bauch. Kylees Finger fahren durch meine Haare und ich hebe den Kopf, um sie anzusehen. »Geht es ihm gut? Also euch? Euch beiden? Ist alles in Ordnung?«

»Ja«, weint sie erneut mit zitterndem Kinn. »Ihm geht es gut.«

»Und dir?«, frage ich und stehe wieder auf. Ich habe noch mein ganzes Leben, um mich um meinen Sohn zu kümmern. Denn ich will es besser machen. Besser als ihre Eltern. Besser als meine. Unser Sohn soll später einmal stolz auf seine Wurzeln sein, statt vor ihnen davonzulaufen. »Geht es dir gut?«

Mit zusammengepressten Lippen schüttelt sie den Kopf. »Nein«, wimmert sie und immer mehr Tränen schießen aus ihren Augenwinkeln. »Nein, mir geht es nicht gut, Brexen.«

»Honey.« Ich breite meine Arme aus und ziehe sie eng an mich heran. »Du bist nicht länger allein. Ich bin jetzt hier und ich gehe nie wieder weg.«

Es gibt keine Worte, die entschuldigen, was sie durchmachen musste. Doch es ging tatsächlich nicht anders.

Der Kampf gegen Nelson war ein Himmelfahrtskommando. Wir hatten keine Chance. Am Ende war es Isaacs Idee. Wenn Nelson mich tot sehen wollte, würden wir ihm meinen Tod liefern. Und das taten wir. Wir tüftelten einen Plan aus und wie es aussieht, ist er aufgegangen.

Der erste Schritt war, Isaac zurück in Nelsons Reihen zu schleusen. Wir wussten, wenn sein Sohn vor ihm stehen und um Gnade winseln würde, würde er ihn nicht verstoßen. Immerhin ist Isaac alles, was ihm geblieben ist. Also hat er seinen Vater angerufen. Ihn um Verzeihung angefleht und ihm versprochen, ihm meinen Kopf zu liefern. Allein bei dem Gedanken an das Gespräch, bei dem er voller Stolz von Kylees Mord berichtet hat, wird mir übel.

»Oh mein Gott«, keucht Kylee, weil unsere Finger

sich miteinander verschränken und sie merkt, was mir fehlt.

»Schon okay«, besänftige ich sie schnell. »Das ist wieder in Ordnung.« Sie nimmt meine Hand in ihre. Der fingierte Tod hat mich zwei Finger gekostet. Isaac hat seinem Vater die zwei kleinsten meiner linken Hand gebracht. Hübsch verpackt in einer Schmuckschatulle, zusammen mit einem perfekt inszenierten Tatort, den niemand auch nur eine Sekunde anzweifeln konnte. Es war schmerzhaft und erniedrigend, aber das war mir meine Freiheit wert. Um bei Kylee sein zu können, hätte ich mir beide Arme abhacken lassen.

»Wie ist all das nur möglich?«, fragt sie noch einmal.

»Komm«, sage ich, »gehen wir rein.« Ich lege einen Arm um ihre Schultern. Der sanfte Wind weht ihr langes Sommerkleid in sanften Wellen und treibt ihren Duft zu mir herüber. Ich bin wieder da. Bei ihr. Das ist alles, was ich jemals wollte. »Wir haben alle Zeit der Welt. Ich erzähl dir alles, was du wissen willst.«

KYLEE

»Dann hat Isaac mir ins Gesicht gelogen?« Je mehr Brexen mir erzählt, desto fassungsloser werde ich. Ich kann nicht glauben, dass er davon wusste. »Er hat mich getröstet. Ich habe in seinem verfluchten Arm gelegen und um dich geweint. Er hat doch gesehen, wie sehr ich gelitten habe.«

Zu aller Erleichterung und der Trauer, die ich seit Monaten nicht losgeworden bin, mischt sich nun eine gehörige Portion Wut.

»Es ging nicht anders, Kylee. Es war wichtig, dass die Lions denken, ich sei tot. Jeder musste das denken. Auch du. Wir hatten keine Ahnung, wer uns oder dich beobachtet. Es ist ihm sicher schwergefallen, dich anzulügen, und allein, dass er dich am Cluaran abgeholt hat, war riskant. Wäre es nach mir gegangen, hätte er dich nur angerufen. Doch Isaac traut den Lions nicht. Du musst das verstehen. So viele Menschen haben unseretwegen ihr Leben gelassen. Wir konnten kein Risiko mehr eingehen.«

»Kein Risiko?«, schreie ich und wenn meine Füße nicht so schwer wären und meine Beine nicht nach wie vor unkontrolliert vor sich hin zitterten, würde ich aufspringen. »Weißt du eigentlich, wie oft ich mir in den vergangenen Wochen das Leben nehmen wollte? Ich konnte nicht sein ohne dich. Ich war doch sowieso schon tot. Du hast mich angelogen. Alle denken, ich sei gestorben. Und ich war allein. Kein Risiko?«, blaffe ich und drehe den Kopf weg. Ich kann ihn gerade nicht ansehen.

Brexen geht vor meinem Stuhl auf die Knie und legt seine Hände auf meine.

»Ich wusste, du würdest stark bleiben.«

»Das konntest du nicht wissen«, heule ich inzwischen erneut. Meine Hormone können sich nicht entscheiden. Tränen der Freude. Tränen der Trauer oder der Wut. Am Ende ist es doch alles das Gleiche.

»Ich war da«, sagt er und mein Kopf schießt in seine Richtung. Da ich nichts sage, spricht er weiter. »Ich war im College. Im März. Dir ging es gut. Ich wusste, dass du weiterleben würdest. Für ihn.« Seine Hand findet auf meinen Bauch. Der Kleine wird sofort munter. »Für Kearon.«

Ich schnappe nach Luft. »Du warst da«, keuche ich. »In der Nacht. Du warst das wirklich.«

»Ja«, flüstert er. Ich wische mir die Tränen weg. Daher wusste Isaac von Kearons Namen.

»Warum hast du nichts gesagt?«

»Ich habe es nicht über mich gebracht. Nicht noch ein Abschied. Und ich wusste ja, ich sehe dich bald wieder.«

»Aber warum bist du nicht direkt zu mir gekommen, als du gesehen hast, dass ich hier bin? Ich bin seit einem Monat mutterseelenallein hier, Brexen.«

Seine Lippen verziehen sich zu einem Lächeln.

»Ich habe es nicht gewusst.«

»Was meinst du damit?«, frage ich. In meinem Kopf fegt ein einziger Wirbelsturm. Die Freude. Die Erleichterung. Aber auch so viele ungeklärte Fragen und Unverständnis für die Dinge, die passiert sind. Hinzu kommt das fremde Gefühl von Brexens Fingern an meinem schwangeren Bauch.

»Isaac und ich hatten keinerlei Kontakt mehr. Wir haben uns nach meinem vorgetäuschten Tod verabschiedet. Die Abmachung war, ich verschwinde für zwei Monate und lasse Gras über die Sache wachsen. Danach erst suche ich dich. Eilean Ross war meine erste Idee. Irgendwas hat mir gesagt, dass du hier sein würdest.«

»Dann wusstest du es nicht?«

»Nein«, schüttelt er lächelnd den Kopf. »Ich habe darauf gehofft, dass du einmal das getan hast, was ich dir sage. Und ich hatte recht.«

Triumphierend zwinkert er mir zu, doch ich verstehe es noch immer nicht ganz.

»Und Isaac? Ist er jetzt wieder bei seinem Vater?«

»Ich weiß es nicht«, seufzt er. »Er muss jetzt erstmal allein klarkommen. Wir haben wirklich alles versucht, Kylee. Der Januar und der Februar waren mit Abstand die schlimmsten Monate meines Lebens. Und das will schon was heißen. Wir hatten keine Chance gegen ihn. Isaac muss seinen Weg ohne mich finden. Ihr seid jetzt meine Familie.«

»Wow«, stöhne ich. »Das ist alles so …«

»Unwirklich?«

»Unfair – wollte ich eigentlich sagen.« Meine Finger finden von allein den Weg in seine Haare. Ganz gleich, wie wütend ich wegen der Lügen bin. Er ist hier. »Ich kann nicht fassen, dass du hier bist.«

»Es war ein langer Weg. Aber jetzt sind wir zusammen. Und wir bleiben es auch.«

»Wo warst du in den letzten Monaten?«

Er schmunzelt und streicht sich über den Bart. Die andere Hand ruht nach wie vor auf meinem Bauch.

»Island. Ich habe auf einem Schiff angeheuert. Das schien mir am sichersten. Und vor allem bin ich so nicht Gefahr gelaufen, dich vorher schon zu suchen.« Immer wieder schüttele ich den Kopf. »Ich habe dein Buch gelesen.«

Meine Augen werden riesig.

»Du hast es gelesen?«

»Natürlich habe ich das. Nicht nur einmal. Es ist unglaublich geworden. Ich bin so stolz auf dich, Honey.«

Ich ziehe die Unterlippe zwischen die Zähne, ohne etwas zu erwidern. Wieder einmal war er mir näher, als ich vermutet hätte. Ich blicke auf seine Hand. Wo einst der Ringfinger und der kleine Finger waren, zieren grobe dunkle Narben seine Haut. Sie erinnern mich daran, dass es noch nicht vorbei ist.

»Und wie geht es jetzt weiter? Ich meine, was hast du jetzt vor? Kommt Nelson einfach so damit durch?«

»Nelson ist nicht länger mein Kampf, Kylee. Ich weiß nicht, was aus uns wird. Ob wir jemals zurückkehren können oder wie die Zukunft aussieht. Alles, was ich weiß, ist, dass ab jetzt nur noch du und ich zählen.«

»Na ja. Nicht nur«, flüstere ich und wie auf Kommando boxt Kearon ihm gegen die Hand.

»Oh mein Gott«, keucht Brexen und zuckt kurz zurück, ehe er beide Hände zurück auf meinen Bauch legt. »Das ist ...« Er hebt seinen Kopf und sieht mich an. »Das ist unfassbar.«

»Er hat einen festen Tritt«, kichere ich und verlagere etwas meine Position.

Brexen streichelt weiter. Er sucht eine Stelle, an der er seine Bewegungen spüren kann, und hält jedes Mal inne, wenn der Kleine sich bemerkbar macht. »Es tut mir leid, dass ich all das verpasst habe. Du warst mit so vielem allein. Das hätte so nicht laufen sollen. Bitte glaub mir, dass ich einen anderen Weg gewählt hätte, wenn ich ihn gefunden hätte. Sich wie ein Feigling aus der Nummer rauszuschleichen ist nicht meine Art. Ich hasse mich seitdem jeden einzelnen Tag dafür.« Wir sehen uns an und ich lege meine Hand an seine Wange. Er quält sich. Das ist offensichtlich. »Ich habe London als elender Feigling verlassen, Kylee. Das ist etwas, das ich mir selbst niemals verzeihen kann. Ich hoffe nur, dass du es kannst.«

»Das ist ganz einfach«, flüstere ich.

»Was? Was kann ich tun?«

Ich nehme seine Hände in meine und drücke sie. »Versprichst du mir, nie wieder wegzugehen?« Ich muss schlucken, um nicht schon wieder zu heulen. »Ich schaffe das nicht allein«, gebe ich zu und lege unsere Hände auf meinen Bauch. »Ihr seid alles, was ich habe.«

»Ich verspreche es«, sagt er, ohne zu zögern.

Das Einzige, das mich davon abhält, ihn anzulächeln, ist die Erinnerung, dass er dieses Versprechen schon einmal gebrochen hat.

BREXEN

27.05.2021

Die vergangenen Wochen waren nicht leicht. So sehr Kylee und ich froh sind, wieder zusammen zu sein, war es wahrhaftig nicht einfach, weiterzuleben. Wir konnten nicht da anknüpfen, wo wir aufgehört hatten. Das wurde uns schnell klar.

Die Lage hatte sich geändert. Sie hochschwanger. Ich vollkommen orientierungslos. Wir beide waren unsicher miteinander. Gefühle brachen immer wieder durch die dünne Schicht der Erleichterung und erschwerten uns die Tage.

Hinzu kam, dass Kylee Schwierigkeiten mit meiner Anwesenheit hatte. Wir haben oft gestritten. Sie hat mich angebrüllt, mir Vorwürfe gemacht und mit Tellern nach mir geworfen. Doch ganz gleich, wie schwer die Tage auch waren – in der Nacht haben wir eng umschlungen zusammengelegen. Ich habe sie gehalten, wenn sie nachts weinend aufgewacht ist. Wir haben unsere Körper sich vereinen lassen. Und damit meine ich nicht, dass wir gevögelt haben. Wir hatten keinen Sex. Zumindest nicht richtig. Es fühlte sich einfach ... falsch an, und zum ersten Mal, seit wir uns kannten, habe ich sie nicht gedrängt. Ihr sollte klarwerden, dass wir alle Zeit der Welt haben.

In Island hatte ich viel Zeit zum Nachdenken. Und doch weiß ich noch immer nicht, wo unser Leben uns hinführen wird. Wir sind tot. Ich habe keine Papiere. Keine Perspektive. Und so lange Nelson lebt, müssen wir einen riesigen Bogen um England machen. Finanziell kommen wir klar. Wir können eine Zeit lang hier leben, doch unser Sohn wird eines Tages so weit sein, dass er einen stabilen Alltag braucht. Er muss zur Schule. Wir müssen verantwortungsvolle Eltern werden und ich habe keine Ahnung, was das bedeutet.

Jetzt erstmal zählt für mich nur, dass Kylee wieder glücklich wird. Und dass unser Sohn gesund und munter auf diese Welt kommt, was – wie es aussieht – nicht mehr allzu lange dauern wird.

»Ich hasse dich«, schreit Kylee und krallt ihre Finger erneut um meine. Ich hatte keine Ahnung, dass Frauen eine solche Kraft entwickeln können.

»Das meint sie nicht so«, versucht die Hebamme mich zu besänftigen. Schon seit einer gefühlten Ewigkeit hockt sie zwischen den Beinen meiner Frau und fummelt an ihrer Pussy herum, was mich richtig ankotzt. Sie scheint verwirrt, dass ich hier bin, doch es kümmert mich einen Scheiß, was sie denkt.

»Und ob«, flucht Kylee. Ich tupfe ihr mit einem feuchten Handtuch den Schweiß von der Stirn und stelle meine Füße auf die Matratze, damit sie sich an meinen Knien festkrallen kann. Sie schreiend vor Schmerz zwischen meinen Beinen zu halten, kostet mich mehr Kraft als der Kampf gegen ein ganzes Land. Ihr Schmerz ist für mich einfach nicht auszuhalten.

»Komm schon, Kitty«, sporne ich sie an. »Es wird Zeit, dass du dich zusammenreißt.« Ich kenne sie. Auch wenn diese Anna mir einen eigenartigen Blick zuwirft, ich weiß, das Kylee ihre Wut in Kraft umwandelt. Sie braucht niemanden, der ihr erzählt, wie gut alles werden wird. Sie benötigt einen Tritt in den Arsch.

»Oh Gott, wie ich dich hasse«, flucht sie und legt den Kopf pressend auf die Brust. Dabei stöhnt sie und es kommen Geräusche aus ihrer Kehle, die ich ihr nie und nimmer zugetraut hätte.

»Ja, ja«, freut sich die Hebamme und ich will gar nicht so genau wissen, wohin ihre Finger jetzt schon wieder verschwinden. »So ist es super. Noch eine Wehe und wir haben es.«

»Da hörst du es«, lobe ich und nehme ihre Hände in meine. »Und jetzt bring es zu Ende, Honey.«

An meiner Brust spüre ich, wie sie nickt und anschließend einmal tief Luft holt.

Sie legt den Kopf nach vorne, zerdrückt beinahe meine Hände und mit einem animalischen Schrei flutscht das Baby in die Hände der Hebamme. Kylee sackt sofort zusammen und der Kleine fängt an zu schreien.

Wie ein Idiot sitze ich mit Tränen in den Augen nutzlos da und sehe dabei zu, wie Anna ihn – nackt und verschmiert, wie er ist – auf Kylees Brust legt. Einen kleinen Menschen aus Fleisch und Blut. Geschaffen durch unsere Liebe. In diesem Haus. Vermutlich in diesem Zimmer.

»Da ist er«, sagt sie und legt Kylee eine Hand aufs Knie. »Du hast das toll gemacht. Und jetzt genießt erstmal den Moment.«

Nur im Augenwinkel sehe ich, wie sie das Zimmer verlässt, denn mein Blick ruht einzig und allein auf dem kleinsten Menschen, den ich je gesehen habe. Er ist so zart und zerbrechlich. Und wunderschön. Er hat aufgehört zu weinen und schmatzt mit seinen Lippen.

»Sie hat recht«, flüstere ich. »Du hast das toll gemacht.«

Ich streiche der einzigen Frau, die ich je geliebt habe, die verschwitzten Haare aus dem Gesicht.

Mit dem schönsten Lächeln seit Monaten sieht sie zu mir hoch.

»Du weißt, dass ich dich liebe, oder?«

»Ja.« Ich ziehe die Decke über sie und unseren Sohn. Behutsam lege ich meine riesige Hand auf seinen winzigen Rücken. Dann sehe ich zurück in Kylees Augen. »Ja, das weiß ich. Und ich liebe euch. Ich werde euch immer beschützen. Und wenn ich die Welt in Schutt und Asche legen muss. Ihr werdet ein glückliches Leben führen.«

KYLEE

EPILOG

29.07.2021

»Siehst du. Das ist ein Steinadler. Da oben fliegt er. Ein tolles Tier. Er ist der König hier auf der Insel.«

Lachend schüttele ich den Kopf und versuche, mich wieder auf meine Arbeit zu konzentrieren, auch wenn der Anblick, der sich mir bietet, es unmöglich macht.

Die Sonne hat sich hinter ein paar Wolken versteckt, was die Hitze etwas erträglicher sein lässt. Brexen hat in den letzten Wochen eine Terrasse gebaut, auf der wir momentan jede freie Minute genießen. Ja – wir genießen. Denn wir sind glücklich. Endlich. Wir haben unser Happy End bekommen. Mit allem, was dazugehört. Es war eine verdammt harte Zeit, aber nun sind wir endlich wieder wir. Kylee und Brexen. Füreinander bestimmt. Füreinander gestorben und für alle Zeit miteinander verbunden.

»Ich glaube nicht, dass er sich das merken wird, bis er alt genug ist, um zu wissen, was ein Steinadler ist.«

»Tja, dafür müsste er vielleicht wenigstens wach sein«, schmunzelt der wundervolle Mann an meiner Seite und schlendert zurück Richtung Kinderwagen. Er hält Kearon eng an seinem nackten Oberkörper. Das ist sein Lieblingsort. Obwohl ich es war, die ihn zehn Monate lang in ihrem Bauch gehütet hat, hatten die beiden vom ersten Tag an eine besondere Bindung zueinander. Brexen ist der geduldigste Vater, den ich je erlebt habe. Dafür, dass er keine Ahnung von Babys hat, wusste er von Anfang an, wie er mit ihm umgehen muss, und beruhigt ihn viel besser als ich. Dafür liebe ich ihn noch ein bisschen mehr als sowieso schon.

»Schlaf noch ein bisschen, Kumpel«, sagt er und küsst sein kahles Köpfchen, ehe er den Kleinen in seinen Kinderwagen legt und das Fliegengitter über ihm ausbreitet. Er schiebt den Wagen nah an das Haus, um das Baby vor Wind und der Sonne, die ab und an durch die Wolken blitzt, zu schützen.

Ich lehne mich zurück und strahle ihn an, als er wieder auf mich zukommt.

»Was?«, sagt er, als er meinen Blick bemerkt. Er ist barfuß und trägt nichts außer einer Shorts. Seine Haut glänzt in der Sonne und spiegelt sich auf den Tattoos. Letzte Woche durfte ich ihm die Haare schneiden. Es ist gar nicht mal so schlecht geworden.

»Unser Leben ist doch irgendwie perfekt. Findest du nicht? Wir haben unser Happy End gefunden.«

Natürlich weiß ich, dass es das nicht ist. Meine Eltern denken nach wie vor, ich sei tot, und sie fehlen mir furchtbar. Uns ist beiden klar, dass diese Zeit hier wieder ein Ablaufdatum hat. Aber für diesen Moment, in dem wir vor unserem traumhaften Haus sitzen, eine ganze verfluchte Insel nur für uns allein. Unser wundervoller Sohn schläft und ich meinen Traumberuf ausüben kann. Für diesen Moment ist unser Leben perfekt und wir hoffentlich bis ans Ende aller Tage glücklich miteinander.

»Ja und nein«, strahlt er. Dass Brexen lächelt, ist momentan ein Dauerzustand. Ich habe seine verbissene Miene seit Kearons Geburt nicht mehr gesehen.

»Das müssen Sie erläutern, Mister Ward«, feixe ich.

»Ja, unser Leben ist perfekt, und nein, das ist kein Happy End.«

»Ist es nicht?« Gekonnt hebe ich eine Augenbraue.

»Nein, Honey. Das hier mag einiges sein, aber ganz sicher kein Ende. Wir fangen doch gerade erst an zu leben.«

Wie ein dämlich verliebter Teenager kann ich ihn nur angrinsen.

Auch er weiß, dass wir eines Tages von dieser Wolke heruntermüssen, auf der wir gerade schweben. Uns beiden ist klar, dass Brexen niemals einen normalen Job ausüben oder ihm die Ruhe, die uns jetzt umgibt, für immer ausreichen wird. Denn der dunkle Teil in diesem Mann gehört zu ihm. Eine Stimme in ihm wird sich auf ewig für die Finsternis aussprechen. Und es wird der Tag kommen, an dem sie wieder sprechen will. Doch dieser Tag ist nicht heute.

Wir reden oft über die Dinge, die er für Nelson getan hat. Über die Reue, die er empfindet, und eins weiß ich. Wenn Brexen je wieder töten wird, dann auf der richtigen Seite. Blade. Er ist gestorben. Nicht Brexen Ward. Brexen Ward wird für die Schwachen einstehen und die Welt vor den Bösen beschützen. Das ist es, was ihn ausmacht.

Mit einer Hand drehe ich meinen Laptop minimal in seine Richtung und lecke mir dabei über die Lippen.

»Möchtest du mir vielleicht irgendetwas sagen, Kitty?«

»Vielleicht«, zucke ich mit der Schulter und zwinkere ihm frech zu.

»Dann lass mal sehen.« Er setzt sich auf einen Hocker mir gegenüber und zieht meinen Computer in seine Richtung. Ein jugendliches Lächeln auf dem Gesicht, beginnt er zu lesen.

Seit Kearon auf der Welt ist, schreibe ich wieder. Und es fühlt sich toll an.

Immer wieder treffen seine grünen Augen über den Bildschirmrand auf meine. Ich lehne mich in meinem Stuhl zurück und spiele an den Bändchen meines roten Bikinis. Meine Figur ist sicher nicht gerade die reizvollste nach der Geburt meines Sohnes. Doch ich weiß, dass Brexen mich so sieht, wie ich bin. Er nimmt alles von mir. Die guten wie die schlechten Seiten. Und ich schäme mich nicht vor ihm. Weil wir eins sind. Es gibt keine Grenze zwischen uns.

Er atmet laut ein und aus und sein Blick wandert zwischen mir und dem Bildschirm hin und her.

»Du willst spielen, Miss Hawthorn?«

Meine Lippen verziehen sich zu einem Grinsen.

»Und zwar ganz freiwillig«, feixe ich.

»Wirst du schreien und unseren Sohn aufwecken?«

»Vielleicht«, hauche ich und es kribbelt in meinen Fingern.

»Dann werden wir wohl dafür sorgen müssen, dass dein Mund beschäftigt ist, hm?«

Statt einer Antwort ziehe ich an dem Bändchen meines Bikini-Oberteils und entblöße meine Brüste. Sofort wandert Brexens Hand in seinen Schritt.

»Steh auf«, befiehlt er. Die Begierde in seinem Blick lässt mich trotz der Hitze frösteln. Ich folge seinem Befehl. »Komm her«, knurrt er und ich gehe mit langsamen Schritten um den Tisch herum. Er dreht sich ein Stück in meine Richtung. Sobald ich in erreichbarer Nähe bin, finden seine Lippen meine empfindlichen Brustwarzen und seine Zunge fährt vorsichtig darüber. »Ich kann es kaum erwarten, sie nicht mehr mit ihm teilen zu müssen.«

Ich schmunzele nur und fahre ihm durch die kurzen Haare.

Sein Kopf hebt sich und das Grün seiner Augen glänzt im Tageslicht beinahe gelblich. Es sind seine Augen, in die ich mich verliebt habe. Sie waren es, die mich haben vergessen lassen, wer ich zu sein dachte.

»Geh auf die Knie, Kitty«, fordert er. Natürlich leiste ich Folge. Brexen kommt auf die Füße und ich sehe ihn vom Boden aus an, während ich in quälend langsamem Tempo seine Shorts herunterziehe. Meine Finger schließen sich sofort um seinen harten Schaft und ich lecke mir ein weiteres Mal die Lippen.

Wir nutzen jeden Moment, in dem Kearon schläft, um aufzuholen, was wir verpasst haben, und dennoch scheint es nicht genug. »Bist du hungrig?«

Brexen nimmt mir seinen Schwanz aus der Hand und fährt damit über meine Lippen. Ich strecke die Zunge heraus, um seine Spitze zu berühren, und nicke dabei gierig. Meine Hände legen sich an seinen wundervollen Arsch und ich öffne die Lippen, um ihn in meinen Rachen gleiten zu lassen.

»Fuck«, knurrt er, weil ich ihn so tief in meinen Mund nehme, wie es eben geht. Dabei zu beobachten, wie er sich an der Tischplatte festkrallen muss und die Augen zukneift, spornt mich nur noch mehr an. Ohne Umschweife beginne ich, meinen Kopf zu bewegen.

Doch Brexen wäre nicht er, wenn er nicht eine Hand auf meinen Hinterkopf legen und die Kontrolle übernehmen würde. Und ich lasse ihn. Vertraue darauf, dass er genau weiß, was ich brauche. Immer fester stößt er in meinen Mund und ich schmecke seinen Lusttropfen auf meiner Zunge. Freudig nehme ich ihn auf und sauge fester an seiner Spitze. Denn immerhin weiß ich genau, was mich erwartet, nachdem er gekommen ist. Schließlich bin ich die Autorin dieser Geschichte und wenn ich mich auf eines verlassen kann, dann darauf, dass er immer da sein wird, um meine Träume wahr werden zu lassen.

Ende

… aber ist das wirklich für alle ein Happy End?

Verschließ nicht deine Augen vor der Wahrheit. Denn die Dunkelheit – sie lauert in der Ferne. Lies weiter, wenn du wissen willst, was der Winter dir bringen wird, wenn die Sonne sich wieder hinter dichten Wolken versteckt und Kälte über das Land zieht.

ISAAC

Kälte. In meinem Leben ist sie alles, was geblieben ist. Eisige Kälte, die den letzten Rest meines Herzens zu Eis hat erstarren lassen.

Mit dem Geldschein ziehe ich den Schnee in meine Nase und sauge das Koks direkt bis in mein verfluchtes Hirn. Ich mache mir nicht die Mühe, die Reste von meiner Oberlippe zu wischen. Stattdessen schließe ich kurz die Augen und stöhne.

»Soll ich aufhören?« Die dämliche Hure lässt meinen Schwanz aus ihrem Mund gleiten und sieht mich mit ihrer hässlichen Fresse an. Sie kotzt mich genauso an wie der Rest meines Lebens.

»Du sollst vor allem verdammt nochmal nicht reden«, knurre ich und lege ihr die Hand um die Kehle. Vollkommen im Rausch drücke ich zu. Sofort keucht sie und versucht, meine Finger von ihrem Hals zu nehmen. Doch ich denke gar nicht daran, sie loszulassen. Stattdessen zwinge ich sie an der Kehle nach oben auf die Füße. »Wenn du in diesem Zimmer bist, hast du die Klappe zu halten, ist das klar?« Ich dirigiere sie nach hinten, bis sie mit dem Rücken an meinen Schreibtisch stößt. Erst da lasse ich von ihrem Hals ab. Sie japst nach Luft und fasst sich sofort an die Stelle, doch es ist mir scheißegal. »Du vergisst offensichtlich, mit wem du es zu tun hast.« Ich drehe sie herum und schubse ihren Oberkörper auf meine Schreibtischplatte.

»Isaac«, wimmert sie, doch ich will meinen Namen nicht hören. Nicht aus ihrem Mund und auch von sonst niemandem. Ich hasse es, wer ich bin. Der Erbe des Callen-Clans. Der Nachfolger des mächtigsten Mannes im ganzen verfluchten Land. Das ist es, was ich immer sein werde.

Der billige Tanga zerreißt fast von allein in meinen Händen und sie heult kurz auf. Ehe mich eine Woge Menschlichkeit erreichen kann, hole ich meinen Schwanz aus der Hose, ziehe ein Gummi über und ficke sie in ihren hübschen Arsch. Sie winselt und windet sich unter meiner Härte, doch ich habe den Schalter längst wieder umgelegt. Soll sie eine Woche nicht laufen können, was kümmert es mich. Wenn ein unvorbereiteter Arschfick alles ist, was bei ihr schiefläuft, kann sie sich glücklich schätzen.

Mit zusammengekniffenen Augen vögele ich sie und versuche, alles um mich herum zu vergessen. Doch weder die Enge, die sich um meinen Schwanz presst, noch das geheuchelte Gestöhne können das Dröhnen in meinem Kopf übertönen.

»Fuck«, knurre ich und ziehe mich aus ihr zurück. Ohne das Gummi abzunehmen, stecke ich meinen Schwanz zurück in die Hose. »Verpiss dich!«, schreie ich so laut, dass es in meinem Büro nachhallt. »Du bist es nicht wert, dass man dich in den Arsch fickt.«

Jammernd sammelt die Tussi, deren Namen ich nicht mal kenne, ihre Klamotten ein und ich bin verdammt erleichtert, als ihre Heulerei endlich verklingt. Ich lasse mich zurück auf den Sessel fallen und zünde den Joint an, der in dem überteuerten Kristall-Aschenbecher nur darauf wartet, mir den Kopf zu benebeln.

Tief ziehe ich den Rauch in meine Lunge und lasse den Kopf nach hinten fallen.

Keine Droge der Welt kann mich vor dem bewahren, was heute Nacht auf mich wartet. Niemand kann das. Der Einzige, der mich hätte retten können, ist weg. Ich bin allein. Allein in einem Kampf, den ich niemals gewinnen werde. Sein ganzes Leben hat Brexen geopfert, um andere zu beschützen. Jetzt habe ich meins hergegeben, damit er leben kann. Denn mein Vater wird niemals aufhören, mich zu quälen. Mit aller Macht zwängt er mich in eine Rolle, die nie zu mir gepasst hat. Doch ich habe keine Wahl. Ich bin der letzte noch lebende Nachfahre der Callens und es ist meine Pflicht, den Platz an seiner Seite einzunehmen. Eines Tages werde ich sein Nachfolger seien müssen.

Und bis zu diesem Tag wird Nelson Callen mir alle Wärme aus meinem Leben genommen haben, die ich jemals besessen habe.

Er wird den Menschen zerstören, der ich immer sein wollte, und mich zu dem machen, was er in mir sehen will – ein Monster.

DANKSAGUNG

Liebe Leser,

ihr seht schon, da kommt noch etwas auf euch zu. Auch wenn die Geschichte von Kylee und Brexen an dieser Stelle auserzählt ist, müssen wir noch nicht Lebewohl sagen. Wir werden sie wiedersehen und erfahren, wo die drei letztendlich gelandet sind. Und ... weil das noch ein bisschen dauert, geht mein erster Dank an euch und eure Treue. Ein Buch ohne Leser hat keinen Herzschlag. Ihr macht meine Geschichten lebendig, indem ihr sie in eure Fantasie lasst. Danke dafür.

Wie immer geht ein dickes Dankeschön an das Team des Federherz Verlages. Ihr seid einfach super! Es macht so viel Spaß, mit euch zu arbeiten!

Meine Testis wurden bei diesem Band auf eine harte Probe gestellt. Ich weiß, mein Tempo war sportlich und ihr musstet wirklich Vollgas geben. Umso dankbarer bin ich, dass ihr durchgehalten habt. Also vielen Dank für eure hilfreichen Kommentare bei der isle of sin: Daphne, Patricia, Tina, Cara, Theona, Eva, Kathrin, Daniela und Feli. Und nicht nur ihr habt mein Manuskript auf Herz und Nieren geprüft. Ein liebes Dankeschön geht an Annette, die nach uns allen den Feinschliff vornimmt und damit den Roman perfekt macht.

Das größte Dankeschön hat sich bei diesem Roman meine liebe Autorenkollegin Alessia Gold verdient. Unsere Geschichten zu verknüpfen war eine großartige Idee, die auch uns auf dem Weg zur Veröffentlichung eng miteinander verknüpft hat. In den letzten Wochen warst du so manches Mal die Erste, mit der ich morgens geschrieben habe, und die Letzte, bevor ich abends ins Bett gegangen bin. (Und manches Mal auch darüber hinaus.)

Es hat mir riesigen Spaß gemacht, mit dir zusammenzuarbeiten, und es ist mir eine Ehre, ein kleiner Teil deiner Bücher zu sein. Ich werde für immer ein treuer Cluaran-Fan sein. Mögen deine Jungs den Buchmarkt rocken. Sie und du haben es verdient.

Ich danke last but not least meiner Familie für ihre grenzenlose Unterstützung und all die Liebe, die sie mir in meinem Leben schenkt. Ohne euch wäre ich verloren. Jeder Mensch braucht jemanden, der einen so sieht, wie man wirklich ist.

Deswegen, liebe Leser, gebt nicht auf. Sucht euren Brexen oder eure Kylee. Denn jeder hat diese grenzenlose Liebe verdient. In diesem Sinne ... fühlt euch gedrückt.

Eure Mica

Weitere Bücher der Schotten-Reihe

Du bist noch nicht bereit, dich von Schottland zu verabschieden? Tausend Fragen schwirren in deinem Kopf? Wer sind die Lions? Was genau hat es mit dem College auf sich und wie geht es für Isaac weiter? Wir haben gute Nachrichten für Dich! Die Geschichte rund um die heißen Schotten geht weiter. Wir lernen neue Charaktere kennen, tauchen noch tiefer in die dunklen Seiten Schottlands ein und es gibt ein Wiedersehen mit Kylee und Brexen!

Highland Rebels – Wir sind dein Verhängnis
von Alessia Gold (August 2021)

Highland Rebels – Wir sind dein Untergang
von Alessia Gold (September 2021)

Highland Rebels – Du gehörst zu uns
von Alessia Gold (Oktober 2021)

Cold Eyes – Wir dürfen uns nicht lieben
von Mica Healand (November 2021)

Weihnachtsspecial
von Alessia Gold und Mica Healand (Dezember 2021)

Shadow ist der Vice President der Fallen Saints. Niemand stellt sich ihm entgegen. Er tötet – und er genießt es. Und er wird auch deine Seele zu sich in die Dunkelheit holen ...

Als die junge Storm nach einem Streit mit ihrem gewalttätigen Vater an den Falls River flieht und Augenzeugin eines brutalen Mordes wird, zerbricht ihr Traum von einem Leben in Freiheit. Noch bevor sie flüchten kann, wird sie von Shadow Cane – dem Vizepräsidenten der Fallen Saints – geschnappt. Der Outlaw-MC ist für seine Skrupellosigkeit in ganz Arizona bekannt. Shadow bekommt die klare Anweisung, Storm notfalls mit Gewalt vom Club fernzuhalten, aber es gibt einen Teil in ihm, der die schöne Studentin beschützen will. Die beiden geraten in einen Sog aus dunkler Begierde, bis Storm einen folgenschweren Fehler begeht und ihr Leben riskieren muss, um dem MC zu helfen.
War es die richtige Entscheidung?
Und wird Shadow rechtzeitig kommen, um sie zu retten?

Hallo, Fremde.
Hast du Lust, ein Spiel zu spielen?
Du hast die Wahl.
Willst du überleben oder sterben?
Wirst du kämpfen oder aufgeben?
Es gibt keinen anderen Ausweg.
Du kannst nicht entkommen!
Du entscheidest!
Bist du der Jäger … oder bist du die Beute?

Mein Herz schlägt mir bis zum Hals, als ich mitten auf einem Feld zu mir komme und in den Himmel starre. Was ist passiert? Wieso bin ich hier? Wo ist hier? Einhundert Menschen, fünfzig Teams, zwei Überlebende. »Du wurdest auserwählt.« Das hat der Fremde gesagt, der mich begleitet. Liam. Er kennt das Spiel, hat es schon einmal überlebt. Er kann mir helfen, kann mich beschützen. Er wird mich von dieser Insel runterbringen. Ich sollte ihm vertrauen. Ich muss ihm vertrauen. Oder?

Der fesselnde Auftakt der Dilogie von Ava Harrington.

Sammle Herzpunkte und sichere dir

kostenlose Wunschbücher

Du hast Lust, Feedback zu den Verlagstiteln des Federherz Verlages zu geben? Du möchtest dabei Punkte sammeln, von denen du dir in regelmäßigen Abständen Wunschbücher aussuchen kannst?

Dann mach mit beim Herzlesen. Alles, was du dafür brauchst, ist ein Konto auf unserer Federherz-Homepage. Sobald du dieses hast, kannst du direkt damit loslegen, Herzpunkte zu sammeln.

Wir freuen uns, bald mehr von dir zu lesen!

Dein Federherz Verlag